Die Seiltänzerin

Sieh nur: ihr Gang ist mehr Schweben als Schritt;
sie tanzt. Auf zerrissenem Seile,
die Nacht als ihr Mantel, die Tiefe im Tritt –
sie weiß, dass hier stirbt, wer verweile.

Sieh nur, sie tanzt. Und erkennst Du im Sturm,
im Wind ihres Willens sie wanken? –
Im Dunkel erträumend den rettenden Turm?
Sie tanzt, wo schon viele versanken:

die fielen. Und sie – welches Schicksal ihr sei?
Sie ahnt es; das macht sie verschwiegen.
Sie tanzt um ihr Leben – doch liebt es dabei!
Die Nähe zum Fall lässt sie fliegen …

Eröffnung – Ren

Noch sechs Nächte bis zum Attentat.

Die Besucher der Nachtarena brachen in lauthalsen Jubel aus, doch in mir war es still. Ich fühlte mich seltsam von all den Menschen rings umher abgeschnitten, als wäre ich ein Außenseiter. Denn das war ich.

Die Seiltänzer vor mir wirbelten auf den Drahtseilen herum. Unter ihnen lagen Hunderte Fuß Tiefe, doch das schien sie gar nicht zu kümmern. Sie tanzten über der Leere, als besäßen sie Flügel.

Ich konnte den Reiz, der sie offenbar lockte, nicht nachvollziehen. Andererseits konnte ich in letzter Zeit wenig nachvollziehen, da ich an nichts anderes mehr dachte als das Attentat. So lange hatte ich darauf gewartet. Nun war es fast zum Greifen nahe.

Aus der Menschenmenge um mich herum erhob sich Gebrüll, das von einem und nicht von unzähligen Schreien zu stammen schien. Mein Blick flammte nach oben und ich konnte die Gestalt gerade noch sehen, wie sie auf dem Seil stolperte und ins Nichts stürzte. Nur den Bruchteil eines Atemzuges fiel sie in die Schwärze, bevor sie im letzten Moment das Geländer zu fassen bekam, das die Zuschauerbänke von der Tiefe trennte.

Ich sprang auf, rannte nach unten, auf die Person zu.

Für einen Wimpernschlag war es jemand anderes, den ich

hatte fallen sehen. Für einen Wimpernschlag hatten sich all meine Befürchtungen bewahrheitet und ich sah das Mädchen, für das ich eigentlich hergekommen war, in die Tiefe stürzen. Doch nein, das war nicht sie.

Mit wenigen Schritten erreichte ich die gefallene Seiltänzerin. Ihre Fingerknöchel traten weiß hervor, so fest klammerte sie sich an das rettende Holz. Ich packte ihre Handgelenke.

Das Mädchen hatte eine seltsame Vogelmaske auf, die sein halbes Gesicht verdeckte. Ich erkannte es dennoch; dieses Mädchen war nur allzu oft in Zeitungen abgebildet. Eine Angehörige der höchsten Gesellschaft. Wie sehr sie mich hassen würde, wenn sie von meinen Absichten wüsste.

Doch ich war schon viel zu lange gewohnt, all meine Empfindungen vor anderen zu verstecken. Daher schenkte ich der Seiltänzerin sogar ein Lächeln, als ich sie hochzog und ihr über das Geländer half.

Im Fackelschein glänzten ihre Augen. Sie waren hell, grau oder blau vielleicht. Augen, die mich trotz allem zu lesen schienen.

Ich wandte mich ab und ging, bevor sie sich bei mir bedanken konnte.

Kapitel 1 – Elaia

Das Drahtseil erzitterte unter meinen Füßen, als ich behutsam darüber schritt. Ich hörte das Seil singen – ein säuselnder, sirrender Laut. Er wirbelte durch meinen Körper und sprach mit mir, munterte mich auf.

Tagsüber konnte man den singenden Draht kaum hören. Dann übertönten die Geräusche der Stadtbewohner das metallene Wispern. Doch nun, spät in der Nacht und hoch über den Häusern, war das anders. Jetzt stob der Wind durch die Seile und erzeugte helle, leise Töne. Er fuhr durch die Drähte, zog und zerrte spielerisch an ihnen.

In Nächten wie diesen stellte ich mir vor, dass sie mit mir sprachen. Der Wind sah, was auf den Inseln geschah, und brachte mir Botschaften. Er hatte gesehen, wie ich heute Nacht beinahe gefallen war, und tröstete mich.

Unter mir leuchtete eine reine Schwärze. Dort lag irgendwo ein Wald, so tief, dass sich das Fallen wie Fliegen anfühlen würde. Zu meinen Seiten lagen die Inseln, von Fackeln und Laternen erhellt. Die steinernen Säulen, die sie trugen, waren in der Dunkelheit unsichtbar.

Wie hatte mir das nur passieren können? Ein Stolpern, eine winzige Unaufmerksamkeit. Für Seiltänzer konnte das den Tod bedeuten. Und das hätte es für mich auch beinahe.

Die Sommernacht war nur ein klein wenig kühler als die heißen Tage und dennoch fröstelte ich. Hätte der junge Besucher der Nachtarena nicht geistesgegenwärtig meine Hände gepackt und mich auf die Tribüne hinaufgezogen, wäre ich jetzt tot. Ertrunken in dem rauschenden Meer aus wispernden Baumkronen dort in der Tiefe.

Ich schüttelte mich und ging schneller. Dieser Vorfall durfte mich nicht ablenken. Was zählte, war nur, dass ich überlebt hatte. Nicht die Tatsache, dass es dieses Mal knapper gewesen war als je zuvor.

Die Insel *Abendrot* tauchte als düsterer Schemen vor mir in der Nacht auf. Ich hatte schon vor den Toren der Akademie gestanden, als ich es mir anders überlegt hatte. Allein auf dem Seil zu laufen, hatte mich beruhigt – ohne gefährliche Kunststücke, die mich zum Stolpern brachten. Es mochte widersinnig sein, dass gerade das Seiltanzen mich besänftigte, nachdem ich beinahe gefallen wäre. Genauso widersinnig war es, dass ich überhaupt seiltanzte – obwohl ich nichts mehr fürchtete, als tatsächlich in die Tiefe zu stürzen. Und doch war es genau dieser Widerspruch, der mich so reizte.

Unter mir begannen die rauen Ausläufer der Insel, gefolgt von der Grenzmauer und den hölzernen Gondeln, die an dem armdicken Drahtseil hingen. Ursprünglich sollen sie einmal echte Boote gewesen sein, mit denen die Menschen zum Fischen aufs Meer hinausgefahren sind. Als mein Volk auf die Inseln ging, nahm es die Gefährte mit und hängte sie an die Seile. Die Sitzbänke und rauen Bordwände sind aber dieselben geblieben. Tagsüber beförderten sie nun Waren und Personen von einer Insel zur nächsten. Nachts wurden sie verkettet und festgebunden.

Der Austausch zwischen den Inseln war nicht verboten, aber er wurde streng überwacht. Nur so konnte die Ordnung gewahrt werden, die unser Lebensraum erforderte. Nur dass einige von uns keine Gefährte brauchten, um auf die anderen Inseln zu gelangen. Und im Gegensatz zu den Brücken zwischen den

Inseln wurden die Drahtseile der Gondeln auch nicht bewacht.

Ich ging in die Knie und sprang auf den staubigtrockenen Boden neben die Boote. Mit beiden Händen fing ich mich im kargen Gras ab.

Die angrenzenden Häuser am Rand der Insel waren dunkel, die Bewohner schliefen. Entweder das oder sie waren auf dem Nachtmarkt.

Es dauerte einen Augenblick, bis ich mich an den festen Boden unter meinen Füßen gewöhnte. Dann lief ich schneller.

Der Vorfall in der Nachtarena fühlte sich in meiner Erinnerung noch immer wie ein dunkler Alptraum an, aber der Schrecken entfernte sich in der nächtlichen Betriebsamkeit bereits von mir.

Ich liebte den Nachtmarkt, liebte das verstohlene Treiben der Städte bei Nacht. Tagsüber fügten sich alle den Regeln der Inseln, aber in der Dunkelheit herrschten andere Gesetze. Dann konnte ich endlich frei atmen.

Der Nachtmarkt auf *Abendrot* war nicht der Einzige, doch mit Abstand der größte. Auch von den übrigen Inseln kamen viele Menschen – durch Bestechungen, über die Brücken – hierher.

Niemand beachtete mich, als ich mich dem Marktplatz näherte. Das war ein weiteres ungeschriebenes Gebot der Nacht: Keiner kümmerte sich um die Geheimnisse der anderen. Das Treiben hier war nicht ganz erlaubt, aber vielleicht machte gerade das den Reiz des Geschehens aus.

Je näher ich der Stadtmitte kam, desto belebter wurde es um mich. Menschen schlenderten durch den Feuerschein und die Dunkelheit, redeten, lachten. Ein junges Paar lief kichernd an mir vorbei, ohne mir auch nur einen Blick zuzuwerfen. Vor mir überquerte eine Gruppe Jugendlicher die Straße. Auf ihren Gesichtern lag die ausgelassene Freude, die das Brechen der Regeln stets erweckte.

Die Häuser um mich herum waren noch immer dunkel, ihre Fenster wirkten wie schwarze Augen. Das Fackellicht spiegelte sich in ihrem Glas und tanzte auf den Häuserwänden. All die Stimmen klangen wie das Summen eines Bienenschwarms durch die Straßen. Nicht laut genug, um die nächtliche Ruhe zu stören, doch sie übertönten das Singen der Seile zwischen den Inseln. Dank dieses Stimmengewirrs blieben die singenden Drähte das Geheimnis der Seiltänzer, die sich trotz der Winde in die Freiheit hinauswagten.

Die Gassen waren eng und verwinkelt, ungleichmäßiges Kopfsteinpflaster befestigte die Wege. Die Häuser um mich waren flach, ihre Dächer schmiegten sich geradezu an den Boden. Es windete hier oben nicht stark, doch die seltenen Sommerstürme zerrten dennoch immer wieder an allem, was sich zu weit in die Himmel streckte.

Ich bog um die nächste Ecke und erreichte den Marktplatz. Tagsüber war dies eine leere Fläche, nur geschmückt von dem steinernen Springbrunnen in der Mitte. Nun war das sprudelnde Wasser versiegt und die marmorne Adlerfigur als bewegungslose Fratze mit aufgerissenem Schnabel zurückgeblieben.

Dafür war der Platz um den Brunnen gänzlich gefüllt. Überall waren behelfsmäßige Stände aufgebaut. Einige Menschen hatten ihre Küchentische nach draußen gezogen, andere breiteten ihre Waren auf Stühlen aus. Es duftete nach Holz und Blättern und ich sog den Geruch tief ein. Ob es wohl unten auf dem Erdboden genauso roch?

Mit federnden Schritten überquerte ich den Platz und betrachtete gleichzeitig die Stände um mich her. Es war gleichgültig, wie oft ich hierherkam – jedes Mal gab es etwas Neues zu entdecken. Bunte Kleider und Tücher reihten sich an Bücher und Essen. Aber das war das Geringste, was die Stadtbewohner hier zum Verkauf anboten. Das Meiste und bei weitem das Spannendste waren die Artefakte. Die Dinge, die über die Jahrzehnte hinweg ihren Weg vom Erdboden auf die Inseln gefunden hatten: Steine, Erde, Holz, Vogelnester, Schnitzereien, Schmuck, Waffen und manchmal sogar kleine Tiere.

Kaum jemals kaufte ich eines dieser Artefakte, aber ich liebte ihren Duft und die Art, wie jeder dieser Gegenstände eine Geschichte zu erzählen schien.

Ich schob mich durch das Gedränge, mitten über den Platz. Am Beckenrand des Brunnens saßen zwei Mädchen vor dem erstarrten Wasserspeier und ließen ihre Beine in die verbliebene Wasserpfütze baumeln. Als ich an ihnen vorbeiging, schnappte ich das Wort *Nachtarena* auf. Unwillkürlich verharrte ich in meiner Bewegung.

»Ja, es war wirklich einmalig«, schwärmte das linke Mädchen gerade. Es hatte den Kopf seiner Freundin zugewandt, die blonden Locken flogen wild um sein Gesicht.

»Ich kann gar nicht glauben, dass die *Schwalbe* fast gefallen ist«, stimmte die Angesprochene zu und strich sich eine glatte, rote Haarsträhne aus den Augen. »Das ist noch nie passiert!«

Ich atmete langsam aus und ging weiter. Die *Schwalbe* war der Name, unter dem ich in der Arena auftrat. Der heutige Vorfall war wirklich eine Besonderheit gewesen. Und auch wenn es in keiner Zeitung auftauchen würde – die Nachtarena gab es offiziell gar nicht –, würde es bis morgen jeder zweite Inselbewohner wissen. Selbst wenn ein Seiltänzer nur beinahe fiel, wurde darüber geredet. Und ich war bis zu dieser Nacht selten auch nur gestolpert.

Jetzt ging ich schneller, floh vor den Stimmen. Dabei trug ich bei meinen Auftritten eine Maske, niemand würde mich erkennen.

Der Stand, den ich suchte, war wie gewöhnlich ganz am Rand aufgebaut. Er gehörte Yris, einer älteren Frau mit sorgsam gekämmten grauen Haaren. Als sie mich sah, lächelte sie und ihre strahlend weißen Zähne glitzerten im Fackelschein.

»Elaia«, begrüßte sie mich. »Schön, dich zu sehen. Wie geht es dir?«

Also hatte zumindest Yris noch nichts von meinem Auftritt gehört. Gut so, sie hasste es ohnehin, dass ich seiltanzte.

Seufzend lehnte ich mich an die Kommode, auf der Yris ihren Schmuck ausgelegt hatte. »Ich –«, setzte ich zu einer ausweichenden Antwort an, als eine andere Stimme mich von hinten unterbrach.

»Wunderbar geht's ihr! Nicht wahr, Elaia? Immerhin bist du berühmter als jemals zuvor!«

Ich biss die Zähne zusammen und atmete tief ein. Ich musste mich nicht umdrehen, um zu wissen, wer sich mir da näherte. »Sei still, Yason.«

»Reizend wie eh und je«, meinte Yason, lachte kurz auf und trat an den Stand heran. »Dabei sollte man meinen, dass du nach allem, was heute geschehen ist, ein wenig dankbarer bist.«

»*Dir* bin ich für gar nichts dankbar.«

Ich warf Yason von der Seite einen Blick zu. Er hatte blonde, lockige Haare und eine ungerecht glatte Haut. Seine Augenbrauen ruhten über großen, dunklen Augen und langen Wimpern. Die Wangenknochen waren scharf geschnitten, der Kiefer kantig.

Yason war der bestaussehendste junge Mann aller Inseln, da war sich der Großteil der Städtebewohner einig. Nur leider, und das wusste bedauerlicherweise kaum jemand, war er außerdem ein verdammter Mistkerl.

»Ich hätte auch nicht erwartet, dass du mir dankbar bist«, sagte Yason gerade. »Darüber bin ich langsam hinweg. Aber vielleicht dankbar, dass du noch am Leben bist …«

Sein Blick flackerte für einen Moment zu Yris. Yason wusste genau, was er da tat. Und richtig, sofort richtete die ältere Frau sich auf. »*Noch am Leben*?«, fragte sie streng. »Elaia, warst du schon wieder in der Nachtarena?«

Ein winziges Lächeln umspielte Yasons Mundwinkel. Gerade so groß, dass ich es sehen konnte. *Verdammter Mistkerl.*

»Ja«, gab ich missmutig zu. »Und ich würde gerne eine Perle kaufen.« Hastig kramte ich in meinem Lederbeutel nach fünf Muscheln, dem Preis dafür. So konnte ich immerhin Yris' Blick ausweichen.

»Eine Perle also, ja?«, fragte sie. »Wie immer, wenn du fast gestorben wärst. Elaia, ich habe dich gebeten, nicht mehr in die Nachtarena zu gehen!«

»Ich weiß«, murmelte ich und sah nun doch auf. Yris' Brauen waren zornig zusammengezogen, ihre Augen funkelten wie gerade noch ihre Zähne. »Aber du hast es trotzdem getan, und du wirst es wieder tun, richtig?«

Ich verlieh meinem Gesicht einen reumütigen Ausdruck. »Es tut mir leid, Tante. Aber ich muss.« Sorgsam legte ich die Muscheln vor sie auf die Kommode.

Unwillig nahm Yris sie an sich. »Gar nichts musst du. An allem ist nur dein verfluchter Vater schuld!« Doch ihre Augen wurden ein bisschen freundlicher und sie streckte mir eine steinerne Schale voller winziger Perlen an schmalen Drähten entgegen. Ich ergriff wahllos eine. »Danke. Bis bald, Tante Yris!«

»Mach keinen Unfug und komm mich wirklich *bald* wieder besuchen!«, befahl die Frau und seufzte.

Ich lächelte unbestimmt und drehte mich um. Bevor sie weiter auf mich einreden konnte, verschwand ich im Gedränge des Marktes. Yason folgte mir.

Ich wandte ihm den Kopf zu. »Was ist los?« Im Gehen versuchte ich, die Perle an meinem Armband zu befestigen.

»Das gerade eben tut mir leid.« Yason klang reumütig, aber das täuschte mich nicht.

»Tut es nicht. Du hoffst nur, dass sie es mir irgendwann tatsächlich verbietet, damit du mich als Konkurrentin verlierst.«

»Das hoffe ich keineswegs. Konkurrenz beflügelt mich!«

Ich blieb stehen. Mit nur einer Hand gelang es mir nicht, den Draht zu verdrehen.

»Lass mich das machen.« Bevor ich widersprechen konnte, griff Yason nach der Perle. Mit fliegenden Fingern befestigte er sie neben den sieben anderen, die dort schon baumelten. »Ich würde dir nichts Böses wollen, Elaia. Ich habe dir einmal versprochen, dich niemals fallen zu lassen. Das gilt noch immer.«

Ich schüttelte leicht den Kopf. »Ich weiß, was du da tust. Du willst, dass ich bereue, deinen Antrag abgelehnt zu haben.«

Blinzelnd sah Yason auf mich herab. »Und gelingt mir das?«

»Keineswegs.«

Yason hatte die Perle nun befestigt, ließ mein Handgelenk jedoch nicht los. Die freie Hand hob er zu meinem Gesicht und fuhr mir mit dem Daumen über den Wangenknochen. Dabei wandte er den Blick keinen Moment von mir ab. *Was war ich in diese Augen einst verliebt gewesen.*

»Das ist bedauerlich«, hauchte er.

Ich wollte gerade einen Schritt nach hinten machen, als von der Seite Blitzlicht aufleuchtete.

Mit aufgerissenen Augen fuhr ich herum. Ich erhaschte noch einen kurzen Blick auf den Reporter, bevor er zwischen den Menschen verschwand.

Als ich mich wieder zu Yason herumdrehte, lag auf seinem Gesicht ein breites Grinsen. »Wenn das mal nicht im Inselkurier landet.«

Sprachlos schüttelte ich den Kopf.

Yason lachte. »Tut mir leid. Aber ich versuche nur, den Ruf zurückzugewinnen, den du mir vernichtet hast. Wir sehen uns beim Wettbewerb, nicht wahr?«

Ich biss die Zähne zusammen. »Du weißt genau, dass sie mich nicht teilnehmen lassen.«

Dabei hatte ich so sehr gehofft, mitmachen zu dürfen. Die Spiele fanden alle zehn Sommer statt, bei den letzten war ich also erst sieben gewesen. Trotzdem konnte ich mich gut an die Aufgaben erinnern – und an die Bewunderung, die der Gewinner Pyrus erhalten hatte.

»Das ist aber schade. Du weißt schon – der Konkurrenz wegen.« Pfeifend drehte Yason sich um und schlenderte davon.

Ich versuchte mir zu einzureden, dass es mir gleichgültig war. Sollten die Leute doch glauben, was sie wollten. Aber mein Körper verkrampfte sich, als Yason sich noch einmal umdrehte und mir über die Schulter ein letztes, kleines Lächeln zuwarf.

Ein Tropfen Blut würde genügen, um meine Magie zum Leben zu erwecken. Dann könnte ich ihm den Boden unter den Füßen wegreißen, bis *er* in die Tiefe stürzte.

Ich atmete langsam ein und ließ den Ärger hinter mir. Jetzt sollte ich schnellstens zurück in die Akademie, falls ich heute noch ein wenig Schlaf bekommen wollte.

Anmutig schlängelte ich mich zwischen all den Menschen hindurch und verließ den Marktplatz auf demselben Weg, auf dem ich ihn auch betreten hatte. Je weiter ich mich von ihm entfernte, desto ruhiger wurde es um mich. Der Wind strich mit sanfter Wärme über meine Arme und trug die allumfassende Stille der dunklen Wälder unter uns auf die Inseln hinauf.

Irgendwann würde ich diese Wälder besuchen, das schwor ich mir. Trotz all der Gefahren würde ich hinuntergehen und endlich das Meer berühren, das sich nur einen Steinwurf von den Inseln entfernt in die Unendlichkeit erstreckte.

Aber nicht mehr heute. Ich erreichte die angeketteten Gondeln und sprang in die erste hinein. Sie schwankte leicht unter mir, als ich in ihre Mitte schritt, wo das Gefährt mit einem Seil an dem armdicken Draht über mir befestigt war. Ich kletterte daran nach oben, bis ich mit den Händen das Drahtseil zu fassen bekam. Mit angehaltenem Atem zog ich mich hoch und trat mit den Füßen auf den Strang.

Dem ersten Schritt in der Höhe wohnte jedes Mal ein Zauber inne. Mein Kopf zweifelte stets, ob ich das Gleichgewicht tatsächlich halten konnte, ob das überhaupt möglich war. Dann übernahm mein Körper die Oberhand und ich trat mit sicheren Schritten ins Nichts hinaus.

Unter mir war kein Netz gespannt, das mich hätte auffangen können. Doch das war es auch in der Nachtarena nicht. Vielleicht war genau dies das Verlockende daran – für die Zuschauer die Unsicherheit dessen, was geschehen konnte, und für den Tänzer die kribbelnde Herausforderung.

Ich lief schneller und vergaß nach und nach alles, was heute vorgefallen war. Zurück blieben nur ich, die singenden Drahtseile und die endlose Schwärze unter und über mir. Die Sterne funkelten golden auf mich herab, während ich nur für mich die ersten, anmutigen Tanzschritte nach vorn machte.

Da hörte ich die Stimmen.

Ich war schon weit gekommen, befand mich nun in der Mitte zwischen den beiden Inseln. Die Worte erklangen hinter mir, nah und gedämpft. Auf dem Seil drehte ich mich und sah zurück. Ich erblickte sie sofort: drei Männer mit Fackeln in den Händen, die sich an den ruhenden Gondeln zu schaffen machten.

Ich erstarrte, mein rechter Fuß schwebte eine Handbreit über dem Seil. Sie wollten doch nicht –

Ein Rasseln erklang. Ketten, die gelöst wurden.

Der Draht unter meinen Füßen bewegte sich, als der erste Mann in das Boot stieg.

Ich wirbelte herum und unterdrückte einen Fluch. Wenn sie die Gondel in Fahrt setzten, würde es mein geringstes Problem sein, dass sie mich beim Regelbruch erwischten. Viel schlimmer war, dass sie das Gefährt, einmal in Bewegung, nicht schnell genug würden bremsen können. Mehrere Halterungen befestigten es an dem Drahtseil. Diese würden mich einfach umreißen. Ich könnte versuchen, über die Metallringe hinwegzuspringen, aber es waren einige und ich hatte das noch nie probiert.

Ohne mich ein weiteres Mal umzudrehen, rannte ich jetzt den Draht entlang. Er regte sich unter mir, das Gewicht der Männer zog an ihm. Mehrmals gelang es mir nur mit Mühe, das Schaukeln auszugleichen.

Beinahe zwei Dutzend Mannslängen lagen noch vor mir.

Ich hörte, wie sich die Gondel hinter mir in Bewegung setzte. Nun wagte ich im Laufen doch einen Blick zurück. Das Gefährt bewegte sich langsam vorwärts, wurde aber stetig schneller. Funken sprühten am Draht auf und verloschen dann in der Schwärze. Ganz vorn in der Gondel stand der Blutsmagier, der das Boot antrieb. Ein wenig Blut tropfte golden leuchtend aus seiner Hand auf die Gondel, die ihre Geschwindigkeit augenblicklich erhöhte.

Ich lief, so schnell ich konnte. Der Draht hinter mir surrte – kein schönes Singen, sondern eine zornige Warnung. Ich keuchte auf, meine nackten Füße brannten.

Das Gefährt kam immer näher. Ich vernahm das gleichmäßige Gleiten, sah nach vorn und begriff, dass ich es nicht schaffen konnte.

Die Insel *Sonnenaufgang* war zu weit entfernt, die Gondel zu schnell.

Nun konnte ich die Gespräche der Männer hören, ein leises Stimmengewirr, ruhig und gedämpft. Im selben Atemzug wurde es von einem Ruf durchbrochen: »Seht mal, dort oben!«

Sie hatten mich entdeckt. Nur dass es jetzt zu spät war. Aus dem Augenwinkel sah ich den Fackelschein, bedrohlich nah. Das Drahtseil kreischte, als die Gondel gebremst wurde. Trotzdem schoss sie näher, hatte mich fast erreicht.

Ich nahm all meine Kraft zusammen und stürzte nach vorne. Die Insel schien schon zum Greifen nahe. Vielleicht hatte ich mich doch geirrt und konnte –

Ein Schlag traf mich. Der erste Metallring fuhr gegen meine Füße und riss mich mit sich. Bevor ich auch nur schreien konnte, fiel ich nach hinten. Die Gondel raste unter mir hindurch, auf die Insel zu. Ich stürzte an ihr vorbei. Direkt in die Schwärze hinein.

Kapitel 2 – Elaia

Ein zweiter Schlag traf mich. Ich landete auf dem Rücken, alle Luft wurde aus meinen Lungen gepresst. Einen Augenblick lang sah ich nichts als die goldenen Sterne über mir, deren Schein zu undeutlichen Streifen verschwamm.

Keuchend holte ich Luft und setzte mich auf. Die Lichtstreifen in der Dunkelheit drehten sich nun in raschen Kreisen. Es dauerte mehrere Atemzüge, bis der Schwindel nachließ und meine Sicht klar wurde.

Ich war auf dem Ausläufer der Insel gelandet, noch außerhalb der Grenzmauer. Nur eine Armlänge neben mir klaffte der Abgrund. Mühsam krabbelte ich auf ihn zu und blickte hinunter. Ich bildete mir ein, die Bäume rauschen zu hören, aber vielleicht war das nur das Blut in meinen Ohren.

Zweimal in einer einzigen Nacht. Ein erschrockenes Lachen entwich meiner Kehle. Wie konnte mir das nur passieren?

Als ich mich aufrichtete, zitterten meine Beine, mein Herz schlug so laut, dass ich es selbst über den Gesang der Drähte hören konnte. Wo die Halterung der Gondel mich getroffen hatte, breitete sich ein pochender Schmerz in meinem Fuß aus. Doch ansonsten fühlte ich mich unversehrt, als ich auf die hüfthohe Steinmauer kletterte und auf der anderen Seite herabglitt.

Die Männer aus der Gondel erwarteten mich bereits. Sie

trugen graue Uniformen – das waren Hüter. Einer der drei hatte ein rotes Band an seinem Ärmel befestigt, das Zeichen der Blutsmagier. Was tat eine Hüterpatrouille auf der Insel der Akademie?

»Du weißt, dass das verboten ist?«, fragte der Blutsmagier und machte einen Schritt auf mich zu. »Und nach dem, was gerade passiert ist, weißt du nun vermutlich auch, warum.«

»Ja«, sagte ich und wich seinem Blick aus. »Es tut mir leid.«

Was mir leidtat, war einzig die Tatsache, dass ich mich hatte erwischen lassen. Der König und die Hüter sahen über das nächtliche Treiben großzügig hinweg, außer es geschah direkt vor ihren Augen.

»Das hilft dir wenig«, erwiderte der Blutsmagier, der Anführer der Gruppe. »Du hast Glück, dass du den Sturz überlebt hast, aber dein Vergehen wird dennoch Folgen haben. Wie ist dein Name?«

Wäre ich doch nur ein bisschen länger bei Yris geblieben. »Elaia aus dem Hause 7«, gab ich zu.

Kaum hatte ich die Worte ausgesprochen, trat eine spürbare Veränderung ein. Die Männer richteten sich auf, ihre Blicke wurden neugierig. Was ging da vor sich?

»Elaia aus dem Hause 7«, wiederholte der Blutsmagier und legte den Kopf schräg. »Das ändert die Sache. Wir sind hier, um dich zu holen – König Arrum schickt uns. Folge mir.«

Ich blinzelte und starrte den Mann an. »Wie bitte?«

»Der König wünscht, dich zu sprechen. *Euch*, meine ich«, setzte er dann hinzu, als ihm einfiel, dass ich aus einem höheren Haus stammte als er.

Jetzt? Wenn König Arrum mit mir reden wollte, könnte er jederzeit tagsüber nach mir schicken lassen. Was war so wichtig, dass es mitten in der Nacht geschehen musste?

Doch die Hüter vor mir sahen nicht so aus, als setzten sie zu weiteren Erklärungen an. Zögerlich nickte ich. Sofort entspannten sich die Männer sichtlich.

Der Blutsmagier deutete mit dem Arm auf die Gondel hinter

sich, die noch immer leicht schwankte. »Bitte.«

Keiner der drei sagte ein Wort, als sie mir alle in die schaukelnde Gondel folgten. Sie gingen schnell und leise vor, darum bemüht, nicht bemerkt zu werden. Aber warum nur?

Der Anführer der Hüter stieg in den Bug des Bootes. Ich konnte ein winziges Lächeln auf seinen Lippen erahnen, als er ein spitzes, kleines Messer aus seinem Gürtel zog und sich damit in den Finger schnitt. Ein einzelner Blutstropfen fiel auf das Holz der Gondel hinunter. In der Dunkelheit der Nacht leuchtete er genauso golden wie die Sterne hoch über uns. Ohne das geringste Geräusch traf der Tropfen auf das Holz auf und breitete sich darauf aus. Das Leuchten verglomm, jeder Glanz verlosch vollständig und die Gondel setzte sich in Bewegung. Das gesamte Geschehen dauerte nicht länger als einen Wimpernschlag.

Ich hob den Kopf und sah, wie die anderen beiden gleichzeitig mit mir den Blick abwandten. Es war ganz gleich, wie oft wir alle dies hier schon erlebt hatten – dem wundersamen Zauber der Blutsmagie konnte man sich schwer entziehen. Als Kind hatte mein Vater mir manchmal absichtlich in den Finger geschnitten, nur um dieses Leuchten zu sehen. Aber das war lange her.

Ein weiterer Blutstropfen fiel hinab und das Schauspiel wiederholte sich. Erneut wurden alle Insassen der schneller werdenden Gondel von dem Anblick gebannt.

Nur wenige Tropfen später erreichten wir die Insel *Abendrot.*

Ich sprang aus dem Gefährt und wartete, bis die Hüter sie wieder neben den anderen festketteten. Dann gab der Anführer der Gruppe uns ein Zeichen und wir folgten ihm durch die Stadt. Wir liefen durch das Randgebiet und mieden die belebten breiteren Straßen. Nur selten kamen Menschen in Sicht und jedes Mal wirbelten sie bei unserem Anblick herum und flohen in verwinkelte Seitenstraßen. Niemand beging den dieselbe Ungeschicklichkeit wie ich, dieser Hüterpatrouille nahezukommen.

Doch die Hüter machten keine Anstalten, einen der nächtlichen

Herumtreiber aufzugreifen. Die zwei, die bisher geschwiegen hatten, gingen zu meinen beiden Seiten – um mich vor fremden Blicken zu schützen oder um mich an einer Flucht zu hindern?

Am anderen Ende der Insel stiegen wir in die nächste Gondel, die uns direkt nach *Sonnenleuchten* brachte. Der Insel des Königs. Als wir dieses Boot schließlich verließen, verharrte ich einen Moment in der Dunkelheit. Weder die Akademieinsel *Sonnenaufgang* noch die Stadtinsel *Abendrot* waren arme Inseln, doch an die Schönheit und den Prunk von *Sonnenleuchten* kamen sie nicht heran.

Es war schon eine Weile her, dass ich sie das letzte Mal gesehen hatte, und in all der Zeit hatte ich diese Vollkommenheit vergessen. Selbst im Dunkeln fiel die vollendete Gleichmäßigkeit des Parks auf, der das Königsschloss umgab. Gewundene Wege aus weißen Kieselsteinen führten mitten durch Ansammlungen hell grünender Bäume. Zwischen diesen waren ordentliche Beete mit Blumen aufgereiht, deren Blüten im Schein der wenigen Laternen schwarz wirkten. Daneben standen Brunnen mit stillen Wasserspeiern, die alle aus den verschiedensten Vögeln bestanden.

»Kommt«, bat der Blutsmagier und ich zuckte zusammen. Es war das erste Wort, das seit einer ganzen Weile zwischen uns gefallen war.

Ich beeilte mich, zu den Hütern aufzuschließen, die bereits ein Stück weiter vorn warteten. Gemeinsam gingen wir durch den großen Garten auf das Tor der Mauer zu, die die Königsburg umgrenzte. Kaum standen wir davor, wurde es von innen geöffnet.

Hinter dem Tor erwartete uns ein weiterer Garten, noch schöner und prunkvoller als der letzte. Hier drinnen lagen auch die Häuser der Dienstboten, im Schatten der Mauer versteckt, um das Bild nicht zu stören. In der Mitte des Parks ragte das steinerne Königsschloss in den Nachthimmel.

Die beiden schweigenden Hüter blieben vor dem Eingangstor stehen, nur der Blutsmagier trat mit mir ein. Wir gingen durch die breiten, dunklen Gänge, die völlig verwaist waren.

Mehrfach setzte ich zum Sprechen an, überlegte es mir dann jedoch anders; der Blutsmagier hätte mir jetzt nichts mehr verraten. Doch die Stille lastete schwer auf mir.

Ich war auch früher nicht oft hier gewesen, aber die Gänge waren mir trotzdem vertraut. Der Hüter führte mich in den ersten Stock. Vor König Arrums Arbeitszimmer blieb er stehen. Ein schmaler Streifen Licht fiel durch den Türspalt zu uns heraus. Wortlos klopfte er an.

»Herein«, rief der König von drinnen.

Ich erkannte seine Stimme sogleich wieder, obwohl er erschöpft und müde klang. Mit dem ziehenden Gefühl der Spannung im Magen trat ich ein. Der Hüter blieb hinter mir im Gang zurück, seine Schritte entfernten sich. Ich schloss die Tür.

König Arrum saß an seinem Schreibtisch, der über und über mit Papierstapeln bedeckt war. Als ich hereinkam, blickte er auf. Sein einst blondes Haar war völlig ergraut, ein goldener Reif lag darauf. Und täuschte mich der flackernde Kerzenschein oder war selbst Arrums Gesicht ein wenig gräulich? Jedenfalls hatten sich zu den Lachfältchen um seine Augen Falten auf der Stirn gesellt. Doch als ich näherkam, glitt ein Lächeln über seine Züge, das jegliche Müdigkeit vertrieb.

»Elaia!«, begrüßte er mich, stand auf und drückte meine Hand. »Es ist schön, dich zu sehen. Wie geht es dir?«

Ich ließ mich auf die Knie sinken und küsste den silbernen Ring an Arrums Zeigefinger. Dann erhob ich mich und lächelte.

»Gut«, antwortete ich und verschwieg, dass ich in dieser Nacht zweimal beinahe gestorben wäre. »In der Akademie mache ich große Fortschritte. Die Magister sind zufrieden mit mir, denke ich.«

»Davon habe ich gehört.« König Arrum lächelte gütig. »Wenn das Laurus nur gelingen würde. Aber mein Sohn versetzt jegliche Hauslehrer immer wieder in Zorn.«

Ich senkte bescheiden den Kopf. »Ihr habt mich rufen lassen, Eure Majestät?«

Der König seufzte unwillig, als hätte er diese Angelegenheit lieber eine Weile gemieden. Mit der rechten Hand fuhr er sich durch die Haare und berührte den Goldreif darin, als würde er stören.

»Ich habe dich rufen lassen, Elaia, weil ich deine Hilfe brauche«, erklärte er. Das Lächeln wich sowohl aus seinem Gesicht als auch aus seiner Stimme.

»Meine Hilfe?« Überrascht sah ich auf. »Majestät, ich werde alles in meiner Macht Stehende tun, um Euch zu helfen.«

»Darauf vertraue ich«, erwiderte der König. »Daher habe ich dich holen lassen und nicht irgendeine andere Blutsmagierin.«

Ich sah an seinem Blick, dass er an den Vorfall vor fünf Sommern dachte – den Vorfall, nach dem meine Treue für immer ihm gehören würde.

»Was soll ich tun?«, fragte ich, um die Erinnerung daran loszuwerden und gleichzeitig zu verhindern, dass er das Geschehene ansprach.

Der König atmete schwer aus und setzte sich wieder auf den Stuhl vor seinem Schreibtisch. »Bevor ich es dir sage, musst du wissen, dass diese Unterredung unter allen Umständen geheim bleiben muss.« Er schwieg einen Augenblick und fuhr mit gesenkter Stimme fort: »Einer meiner Untertanen hat mir zugetragen, dass jemand aus dem Volk ein Attentat auf mich plant. Jemand will meinen Tod.«

Ich atmete scharf ein und machte unwillkürlich einen Schritt nach hinten. »Ein Attentat? Seid Ihr sicher?« In meinem Kopf überschlugen sich die Gedanken. *Ein Attentat.* Wie konnte irgendjemand König Arrums Tod wollen? Er war der großzügigste, gütigste und stärkste Mensch, den ich mir vorstellen konnte.

»Nicht so laut«, bat König Arrum und rieb sich seine Augen. »Ja, leider bin ich mir sehr sicher. Der Untertan hat ein Gespräch mitangehört … Er weiß nichts Genaues. Sonst wärst du jetzt nicht hier.«

Ich biss mir auf die Unterlippe. König Arrum durfte nicht sterben – die Inseln würden keinen besseren König finden.

»Und warum bin ich hier?«, fragte ich. »Ich würde *alles* tun … Aber wie kann ich Euch helfen?«

»Mach dir keine Sorgen«, versuchte der König, mich zu beruhigen. »Ich werde es überleben. Doch dafür muss ich erst einmal herausfinden, wer es ist, der meinen Tod plant.«

»Und das soll ich tun?«, fragte ich und überlegte gleichzeitig verzweifelt, wie ich das anstellen sollte.

»Nicht allein«, erwiderte König Arrum. »Ich habe einige Hüter, die an dieser Aufgabe arbeiten. Aber ich habe einen Verdacht.« Er räusperte sich. »Auf der Insel *Sternenschimmer* lebt ein Mädchen, das schon oft durch Bemerkungen und Taten aufgefallen ist. Es hat mehrfach durchblicken lassen, dass es mit meiner Herrschaft nicht einverstanden ist … Es könnte damit zu tun haben. Ich möchte, dass du zu ihr gehst und ihre Freundin wirst. Du bist in ihrem Alter, deshalb wird das nicht schwierig sein. Offensichtlich kann ich keinen Hüter dafür einsetzen.«

Das war machbar und da ich tatsächlich *alles* tun würde, war es leichter, als ich erwartet hätte. »Ich werde es tun«, versprach ich.

Auf König Arrums Gesicht breitete sich Erleichterung aus. »Ich kenne dich schon länger und weiß, dass dir das, was du willst, auch gelingt. Daher bin ich froh darüber.« Er nickte leicht. »Also, es geht um ein Mädchen namens Dahlya aus dem Hause 3. Dahlya war einst wie du auf der Akademie, musste nach verschiedenen Ereignissen jedoch gehen. Jetzt bewohnt sie ein Haus in *Sternenschimmer*. In diesem ist ein Zimmer frei, das man ohnehin an einen Teilnehmer des Wettbewerbs vergeben hätte. Da kannst du für die Zeit einziehen.«

Ich verkrampfte mich. »Eure Majestät, ich nehme an dem Wettbewerb nicht teil. Ich wurde nicht ausgewählt.«

»Dann wirst du es jetzt.« König Arrum sprach die Worte so leicht, als würden sie nicht schwer wie die ganze Welt wiegen.

»Ihr lasst mich am Wettbewerb teilnehmen?« Ich blinzelte. »Der Rat wird das nicht gutheißen.«

Sie hatten mich mit den Worten *Wir erachten es für eine Verbrechertochter als unangebracht, an diesem Wettbewerb teilzunehmen* ausgeladen. Diese Beleidigung brannte noch immer in mir.

»Ich bin der König.« Arrum runzelte die Stirn. »Wenn ich sage, dass du teilnimmst, wird der Rat damit einverstanden sein. Gibt es sonst noch etwas, das du wissen willst?«

Sprachlos schüttelte ich den Kopf.

»Gut.« König Arrum wirkte erschöpft. »Also, wirst du diese Aufgabe übernehmen?«

»Ja«, sagte ich bestimmt. Ich richtete mich auf und wiederholte den Schwur, den jeder Blutsmagier König Arrum leisten musste: »Ich werde Euch dienen, König Arrum. *Bis ich kein Blut mehr zum Brennen besitze.*«

Kapitel 3 – Elaia

Mein Zimmer in Dahlyas Haus war groß; zwei Mannslängen breit und fast doppelt so lang. Es war geschmackvoll eingerichtet, mit teuren Holzmöbeln und einem zweiflügeligen Fenster, das auf einen Park gerichtet war.

Doch das wirklich Außergewöhnliche an diesem Raum war sein Boden – der vollständig aus Glas bestand. Unter meinen Füßen erstreckten sich die endlosen Wälder, und wenn ich mich auf den Bauch legte, konnte ich sogar das Meer sehen. Es glitzerte im hellen Sonnenschein, die Lichtstrahlen spiegelten sich auf den Wellen und tanzten auf ihnen.

Ich war unsicher, ob ich diesen Boden liebte oder hasste. Nur eine Schicht Glas bewahrte mich davor, zweihundert Fuß in die Tiefe zu fallen. Aber dafür hatte ich mich dem Erdboden noch nie so nah gefühlt.

Gerade als ich wieder aufstehen wollte, sah ich unter mir eine Bewegung zwischen den Bäumen. Hatte ich mir das nur eingebildet oder war dort ein Mensch?

Ich starrte so angestrengt hinunter, dass meine Augen tränten, aber die Gestalt war verschwunden.

Ich wusste, dass dort unten die Stämme lebten, doch ich hatte nie einen dieser Wilden gesehen. Ich kannte sie nur aus den Erzählungen der Blutsmagier, die regelmäßig mit ihnen Handel betrieben. Die Stämme waren roh und gewalttätig, kein bisschen zivilisiert wie wir. Sie bekämpften sich gegenseitig und auch uns, wann immer sie die Gelegenheit dazu erhielten. Sie waren der Grund, weshalb wir überhaupt auf diesen Inseln lebten – ihr Neid auf die Blutsmagie hatte eine gewaltige Feindschaft gegen unsere Vorfahren entwickelt, bis diese keinen anderen Weg gesehen hatten, als den ständigen Angriffen in die Lüfte zu entgehen.

Zumindest wurde das erzählt – zu gern hätte ich gewusst, ob das stimmte. Und was dort unten mit meiner Mutter geschehen war.

Ich sprang auf die Füße. Meine Sachen ließ ich achtlos auf dem Bett liegen, als ich durch den hellen Hausflur – über den ebenfalls gläsernen Boden – nach draußen trat.

Die Spiele begannen morgen, heute Abend waren das Sommerfest und die Ankündigung des Spektakels. Ich hatte also ein wenig Zeit, um mich Dahlya anzunähern.

Das geblümte Sommerkleid strich um meine Knie. Es war ein Geschenk des Königs und fühlte sich ungewohnt an. Dieses Kleid entsprach der neusten Mode von *Sternenschimmer*, ganz im Gegensatz zu *Sonnenaufgang*, wo seit geraumer Zeit weit geschnittene Leinenhosen angesagt waren. Ich war mir nicht sicher, wann ich das letzte Mal ein kurzes Kleid getragen hatte.

Mit weit geöffneten Augen spazierte ich durch die Gassen der Insel. *Sternenschimmer* war die Insel der höheren Häuser, was auf den ersten Blick ersichtlich war. Dieser Prunk reichte nicht an den der Königsinsel heran, aber er war trotzdem außergewöhnlich. Die Bäume waren höher als auf den anderen Stadtinseln, die Straßen sauberer, die Fassaden glitzernder.

Ich kam an einigen Bäumen vorbei, an denen zwei Blutsmagier ihr Blut auf die trockene Erde träufelten. Augenblicklich verdunkelte sich das Grün der Blätter. Unter mir, in den Zwischenböden der Inseln, waren große Wasserspeicher verborgen. Doch es waren die Blutsmagier, die die Städte am Leben erhielten. Ein paar Tropfen unseres Blutes genügten, um die Pflanzen hier für viele weitere Sonnenläufe bestehen zu lassen – und um uns überhaupt hier oben in der Luft zu halten.

Der jüngere der beiden spürte meinen Blick und sah auf. Ich lächelte rasch und ging weiter, an ihnen vorbei.

Einer der Hüter, die mich hergebracht hatten, hatte gesagt, dass Dahlya heute in einen der großen Parks auf der Insel gegangen war, und hatte mir den Weg beschrieben. Ich war ihr vorhin begegnet, als sie mir mein Zimmer gezeigt hatte. Doch sie hatte mir nur einen verächtlichen Blick zugeworfen und war verschwunden. Nicht gerade das, was ich gehofft hatte.

Ich schlenderte an einem der großen Gebäude der Essensvergabe vorbei. Mehrere Menschen standen in einer kurzen Schlange davor an. Flüchtig ließ ich meinen Blick über sie gleiten. Es war ein offenes Geheimnis, dass die Bewohner der reicheren Inseln zwar nicht mehr Essen bekamen, die Herstellung aber erlesener war.

Ich ließ das Gebäude hinter mir, ohne ihm einen weiteren Blick zuzuwerfen.

Am Ende der Straße kam der Park in Sicht, von dem der Hüter erzählt hatte. Dichte Laubbäume spendeten ein wenig Schatten, die Wasserspeier plätscherten munter. Über dem geschnittenen Gras flimmerte die Hitze.

Unzählige Menschen drängten sich auf der Wiese. Die Frauen trugen wie ich helle Sommerkleider, die Männer kurze Hosen.

Obwohl ich Dahlya vorhin nur einen Augenblick gesehen hatte, erkannte ich sie selbst im überfüllten Park sofort. Nur ein kleines Stück entfernt lehnte sie an einem der Bäume. Anstelle des verbreiteten Sommerkleids hatte sie eine graue Leinenhose und ein ärmelloses blaues Hemd angezogen. Und anders als die meisten Frauen hier, mich eingeschlossen, war ihr Haar offen. Es floss ihr in glänzend braunen Wellen die zierlichen Schultern herab.

Vorhin, als wir allein gewesen waren, war das nicht aufgefallen. Doch hier, zwischen all den anderen Inselbewohnern, zog Dahlya die Aufmerksamkeit der Menschen auf sich. Es schien, als *wollte* sie das. Als täte sie alles dafür, aus der Menge herauszustechen.

Neben ihr standen zwei weitere Mädchen meines Alters in bestickten Kleidern und ordentlich hochgesteckten Haaren. Um die drei war der Rasen leer, als mieden die Leute diese Gruppe.

Kurzentschlossen ging ich über die Wiese auf sie zu. »Hallo!« Ich lächelte so strahlend und freundlich, wie ich konnte. »Was für ein Zufall, dich hier zu treffen, Dahlya! Ich bin vorhin gar nicht dazu gekommen, mich vorzustellen. Mein Name ist Elaia.«

Die beiden fremden Mädchen nickten höflich, aber in Dahlyas Blick lag unverhohlene Abneigung. »Aha.«

Ich runzelte die Stirn und wartete darauf, dass sie etwas hinzufügte, doch das tat sie nicht.

»Ich komme gerade von deinem Haus«, fuhr ich fort. »Noch einmal vielen Dank, dass ich darin wohnen darf.«

Dahlya zuckte mit den Schultern. »Ich hab's nicht freiwillig gemacht, also von daher …«

Ich blinzelte. Dahlya konnte gar nicht wissen, dass der König mich auf sie angesetzt hatte. Warum brachte sie mir solche Abneigung entgegen? Hatte sie etwas zu verbergen?

Ich ließ mir meinen Ärger nicht anmerken und lächelte. »Ich kenne mich hier auf *Sternenschimmer* überhaupt nicht aus. Würde es euch etwas ausmachen, mich hier ein wenig herumzuführen?«

Das linke Mädchen mit so hellblonden Locken, dass sie fast weiß wirkten, öffnete den Mund, doch Dahlya kam ihr zuvor: »Ja«, stieß sie hervor. »Es würde mir tatsächlich etwas ausmachen. Ich kenne dich nicht, du kannst aufhören, so zu tun, als wären wir Freundinnen. Würde es *dir* jetzt etwas ausmachen, zu verschwinden?«

Es kostete mich meine gesamte Selbstbeherrschung, höflich zu bleiben. Erneut zwang ich ein Lächeln auf mein Gesicht und sagte munter: »Nur weil wir keine Freundinnen sind, heißt das ja nicht, dass wir keine werden können. Immerhin wohnen wir in der nächsten Zeit zusammen!«

Dahlya warf die Haare zurück und legte damit die schmale,

silberne Kette frei, die sie trug. Ein winziger Vogelanhänger hing daran. »Erica, Artemis, kommt. Wenn sie nicht verschwindet, tun wir das eben.« Sie stieß sich von dem Baum ab, an dem sie lehnte.

Das hellblonde Mädchen warf mir einen entschuldigenden Blick zu. Das andere, braunhaarige beachtete mich gar nicht. Gemeinsam schlenderten die drei über die Wiese, Dahlya in der Mitte.

Ich sah ihnen regungslos hinterher. Hoffentlich war es diese Dahlya, die das Attentat plante. Zu gern würde ich sie an den König verraten.

Die drei liefen in einem Bogen durch den Park und steuerten dann eine der Gassen an, die von der Wiese abgingen. Gemächlich nahm ich die Abkürzung direkt auf die Straße zu, während die Mädchen ebenfalls darauf zuschritten. Bald waren sie wieder in Hörweite.

Dahlya fuhr die Hellblonde an: »Vergiss das, Artemis! Ich kann diese Art Menschen nicht ausstehen. Wir gehen nicht zurück.«

Ich trat ihnen direkt in den Weg und wartete nicht, bis Dahlya etwas sagen konnte. »Hör mal zu, Dahlya. Ich versuche, höflich zu sein, und fände es sehr angemessen, wenn du das auch tätest«, sagte ich fest entschlossen. »Es würde uns beiden das Leben erleichtern, denn egal, was du tust: Ich ziehe nicht vor dem Ende der Spiele aus.«

Dahlya schleuderte ihre Locken auf den Rücken. »Oh, wo ist deine widerliche Freundlichkeit geblieben? Sieh mal einer an, eine Heuchlerin bist du also. Dann muss ich dich enttäuschen, denn *ich* werde dir keine Höflichkeit vorspielen.«

Sie packte das dunkelhaarige Mädchen am Arm – das musste Erica sein – und ging an mir vorbei, die Straße entlang.

»Tut mir leid«, seufzte Artemis, als sie an mir vorbeiging und den anderen folgte.

»Mir tut's nicht leid!«, rief Dahlya von vorn.

Ich sah ihnen hinterher. Das war gar kein guter Anfang gewesen. Ich musste mir etwas Besseres ausdenken.

»Elaia!«, rief jemand hinter mir und ich drehte mich um. Auf dem breiten Sandweg im Park standen zwei junge Männer meines Alters: Yason und ein zweiter, der mir bekannt vorkam und jetzt sprudelnd auf mich einredete: »Ich bin's, Laurus! Wir haben uns schon ewig nicht mehr gesehen! Wie geht es dir? Habe ich richtig gehört und du bist bei Dahlya eingezogen? Das täte mir leid. Sie kann schwierig sein.«

»Hallo, Laurus« sagte ich überrumpelt. Den Kronprinzen hatte ich hier nicht erwartet. »Danke, mir geht es gut. Ja, ich bin bei Dahlya eingezogen. Wie geht es Euch? Was tut Ihr hier?«

»Sei nicht so förmlich!«, befahl Laurus. »Wir sind doch alte Bekannte! Du kannst ruhig *du* sagen. Ich nehme ebenfalls am Wettbewerb teil!«

»Ich auch.« Ich lächelte.

»Du auch?« Yason kniff die Augen zusammen. »Hast du nicht letzte Nacht –«

»Ja, das dachte ich.«

Yason runzelte die Stirn, offensichtlich wenig erfreut. Jetzt, wo er nicht mehr die Presse auf uns aufmerksam machen wollte, täuschte er keinerlei Freundlichkeit vor.

»Haben wir es denn wenigstens in den Kurier geschafft?«, fragte ich, ohne die Schärfe in meiner Stimme zu verdecken.

Über Yasons Gesicht huschte ein schiefes Grinsen, das ihm ärgerlicherweise gut stand. »Hast du es denn nicht gesehen? Wir sind auf der Titelseite.«

Er zog ein gefaltetes Papier aus seiner Tasche, und ich musste lachen. Es war *so* typisch für ihn, dass er diese Zeitung mit sich herumtrug.

Ich nahm das Blatt aus seinen schlanken Fingern. *Doch gemeinsame Zukunft für Yason aus dem Hause 3 und Elaia aus der 7?* – leuchtete mir in dicken Lettern entgegen. Darunter prangte eine große SchwarzWeißFotografie von uns beiden. Unsere Gesichter waren so nah ausgeschnitten, dass man den verbotenen Nachtmarkt im Hintergrund nicht sah. Yasons Hand lag auf meiner Wange, er blickte mit gesenkten Lidern auf mich herab. Ich sah mit riesigen Augen zu ihm auf, den Mund leicht geöffnet.

»Nicht schlecht«, gab ich zu und reichte ihm den Kurier, ohne den Artikel zu lesen. »Das hast du aber geschickt eingefädelt.«

»Ich weiß.« Yason grinste.

»Und, stimmt es?«, fragte Laurus, der ebenfalls einen Blick auf die Zeitung erhascht hatte.

»Vielleicht«, behauptete Yason.

»Auf keinen Fall«, widersprach ich heftig. Yason lachte.

»Das ist gut!« Laurus strahlte. »Das hätte ich dir nämlich nicht verziehen, Yason. Und Elaia, darf ich anmerken, dass du in diesem Kleid zauberhaft aussiehst?«

»Danke«, sagte ich misstrauisch. Bei Dahlya hatte ich ihre fehlende Höflichkeit bemängelt, aber Laurus übertrieb seine Nettigkeit ein wenig.

»Genau das hat sie auch beabsichtigt. Nicht wahr, Elaia?«, fragte Yason spöttisch. An den Prinzen gewandt erklärte er: »Elaia tut immer so, als wäre sie völlig sie selbst, doch in Wirklichkeit macht sie allen etwas vor. Die Natürlichkeit ihres Wesens ist genauso falsch wie die dieser süßen kleinen Haarsträhnen, die ihr stets *ganz aus Versehen* aus der Frisur fallen. Tatsächlich ist das immer eine mühsame Arbeit.« Er hob die Hand und zupfte an einer blonden Strähne, die auf meiner Wange lag.

Ich schlug seine Finger weg. »Und Yason ist ein selbstsüchtiger Mistkerl, dem alles egal ist außer er selbst und sein Ruf.«

Yason lachte hell auf und Laurus sah verwirrt zwischen uns beiden hin und her. »Hast du mir nicht gesagt, ihr hättet keinen Streit?«, fragte er Yason.

Ich schnaubte und Yason zuckte mit den Schultern. »Habe ich das? Ich weiß nicht mehr.«

»Wie dem auch sei«, beendete ich unser Gespräch. Ich musste dringend nach Dahlya suchen und sie davon überzeugen, dass ich doch kein so schlechter Mensch war. Yason würde mich dabei offensichtlich nicht unterstützen. Wo war sie hingegangen?

»Willst du schon gehen?«, fragte Laurus und sah mich enttäuscht an. »Ich könnte dir die Stadt zeigen!«

»Nein, danke«, lehnte ich ab. Es war ein paar Sommer her, dass ich Laurus das letzte Mal gesehen hatte – aber so anhänglich war er mir nicht in Erinnerung geblieben.

»Gut, sehen wir uns dann später beim Sommerfest, wenn die Spiele verkündet werden?« Laurus fuhr sich durch die Haare.

Versuchte der Kronprinz, mich zu beeindrucken? Er kannte mich doch kaum.

»Mal sehen«, sagte ich unbestimmt. Das hing davon ab, was Dahlya vorhatte.

»Bis bald«, schloss Laurus und sah ein wenig enttäuscht aus.

Ich nickte lächelnd, warf Yason noch einen kurzen Blick zu und ging dann mit federnden Schritten die Straße hinunter, in die Richtung, in die Dahlya und ihre Freundinnen verschwunden waren.

Ich fand die drei Mädchen einige Straßenzüge weiter, hielt mich jedoch zurück. Dahlya würde ihre Meinung über mich nicht so schnell geändert haben – bevor ich sie wieder ansprach, brauchte ich dringend eine bessere Idee.

Die drei blieben vor dem Gebäude der Essensvergabe stehen, an dem ich schon vorhin vorbeigelaufen war. Jetzt wartete keine Menschenschlange mehr davor.

Hinter einer hellgrünen Buche versteckt sah ich zu, wie sie sich voneinander verabschiedeten. Artemis und Erica gingen gemeinsam davon, Dahlya trat in das Gebäude ein.

Ich zögerte erst, dann folgte ich ihr. Drinnen empfing mich eine Kühle, die einen starken Gegensatz zu der nachmittäglichen Hitze draußen bildete. Ich brauchte einen Augenblick, um mich zurechtzufinden. Der Raum war groß und vollkommen mit Regalen zugestellt. In ihnen stapelten sich Kisten mit unzähligen verschiedenen Lebensmitteln, Wasserflaschen und Haushaltsgegenständen. In der Mitte zwischen den Regalreihen stand ein Tresen mit dem dicken Buch, in dem eine alphabetische Sortierung aller Personen verzeichnet war, die dieser Vergabe zugeteilt waren, und dem verteilten Essen. Eine Frau saß dahinter auf einem Stuhl und unterhielt sich mit zwei weiteren, deutlich älteren Damen.

Dahlya entdeckte ich erst auf den zweiten Blick. Sie schlenderte rechts von mir durch die Reihen. Außer ihr waren nur wenige Menschen hier.

Unsicher trat ich auf den rauen, kalten Steinboden und verbarg mich hinter einem Regal. Sollte ich noch einmal versuchen, sie anzusprechen? Oder …

Durch die Regalreihen sah ich, wie Dahlya mit der Hand in eine der Kisten griff. Sie nahm einen großen, dunkelroten Apfel heraus und ließ ihn in ihre Hosentasche gleiten, die sich nun stark ausbeulte.

Sie stahl. Dahlya klaute! Ich atmete scharf ein.

Als hätte sie das Geräusch gehört, fuhr Dahlya herum. Mit der Schulter stieß sie gegen eine Glasflasche mit irgendeinem Saft darin. Sie fiel zu Boden und zersprang klirrend in hunderte Scherbensplitter.

Dahlya riss die Augen auf. Unsere erschrockenen Blicke trafen sich, Spiegel voneinander. Im Raum breitete sich Stille aus, als hätte jemand geschrien.

Die Frau am Tresen erhob sich und eilte auf Dahlya zu, die Fäuste geballt.

Ich sah das Aufblitzen von Angst in Dahlyas Augen. Wenn die Frau zu ihr kam, würde sie dann auch den Apfel finden? Diebstahl wurde auf den Inseln mit aller Härte bestraft und ich konnte mir nach den Worten des Königs nicht vorstellen, dass Dahlya sich Ärger leisten konnte.

Ohne nachzudenken, sprang ich vor. Mit wenigen Schritten hatte ich Dahlya erreicht und zerrte sie am Arm zurück. Das Mädchen stolperte, sein war Blick verwirrt und erschrocken.

Vor uns bog die Frau um die Ecke. Ihr breites Gesicht war gerötet. »Was war das?«, keifte sie, bevor ihr Blick auf die Scherben und die Pfütze des Saftes fiel, die sich langsam ausbreitete. »*Wer* war das?« Sie stemmte die Hände in die Seiten.

»Dahlya«, knurrte sie dann, als sie das Mädchen neben mir

erkannte. »Du schon wieder?«

Dahlya öffnete den Mund, aber ich war schneller. »Nein, entschuldigt vielmals. Ich war es.«

Ich bückte mich nach den Scherben und fuhr mit der Hand über eine der scharfen Kanten. Heißer Schmerz durchschoss mich und Blut tropfte gleißend golden aus der Schnittwunde auf den Scherbenhaufen hinab. Innerhalb von einem Augenblick fügte er sich wieder zu dem ursprünglichen Gefäß zusammen, die Flüssigkeit floss rot glitzernd in sie hinein.

Ich biss die Zähne aufeinander und hob die Hand in die Höhe. Mit der anderen, unverletzten ergriff ich die Flasche und stellte sie ins Regal zurück. »Verzeihung«, bat ich erneut und blinzelte.

Die Frau blickte misstrauisch zwischen Dahlya und mir hin und her. Ihr Ärger war nicht verflogen, aber jeder Inselbewohner überlegte es sich zweimal, bevor er sich mit einem Blutsmagier anlegte. »Wie heißt du?«, fragte sie barsch und suchte den Boden nach zurückgebliebenen Scherben ab. Sie fand keine.

»Elaia aus dem Hause 7«, sagte ich und wusste, dass ich gewonnen hatte.

Kaum merklich blitzte in den Augen der Frau die Erkenntnis auf. Sie machte einen Schritt zurück. »Verzeiht meinen Ärger. Nun ist ja alles in Ordnung«, brachte sie mühsam hervor und sofort schämte ich mich, meine Stellung so auszunutzen.

Ich lächelte unbestimmt und ging zur Tür, Dahlya am Handgelenk mit mir ziehend. Keiner von uns beiden sprach, als wir aus dem Gebäude hinaus in den Sonnenschein traten.

Ich ließ Dahlya los. Schweigend gingen wir die Straße entlang, bis das Haus der Essensvergabe außer Sicht war.

»Verdammt«, murmelte Dahlya missmutig. »Jetzt schulde ich dir etwas.«

»Gern geschehen«, sagte ich. »Machst du das öfter?«

»Ich habe es schon oft genug getan, um es mir kein weiteres Mal leisten zu können.« Dahlya zog den Apfel aus ihrer Tasche und biss hinein. »Aber ich werde es trotzdem wieder tun. Weil ich mir von anderen nichts vorschreiben lasse«, erklärte sie kauend.

Ich schüttelte leicht den Kopf und musste lachen. Dahlyas Dreistigkeit war so unverhohlen, dass sie durchaus ihren Reiz besaß.

Das Mädchen sah mich von der Seite an und legte den Kopf schräg. »Keine Moralpredigt, 7? Du überraschst mich.« Mit hochgezogenen Augenbrauen setzte sie hinzu: »Glaub nicht, dass du dir damit jetzt meine Freundschaft erkauft hast. So schnell geht das nicht.«

»Ich verstehe schon«, sagte ich und biss mir auf die Unterlippe, während ich über meine nächsten Worte nachdachte. Zögernd fuhr ich fort: »Ich wüsste allerdings, wie du es wiedergutmachen könntest.«

»Ach ja?« Dahlya blieb stehen und zog ihre schmalen Augenbrauen misstrauisch zusammen. »Und wie?«

Ich hielt ebenfalls an. »Wir könnten heute Abend gemeinsam zum Sommerfest gehen.«

Dahlya blinzelte und brach in Gelächter aus. Es schallte so laut die Straße hinab, dass sich überall Köpfe zu uns umwandten.

»Ich habe keine Ahnung, was du damit erreichen willst«, keuchte Dahlya, als sie sich wieder beruhigt hatte. »Aber gut, meinetwegen. Wie es aussieht, werde ich dich ohnehin nicht mehr los.«

»Nein, wirst du nicht«, stimmte ich zu und lächelte. »Wann geht es denn los?«

»Bald«, sagte Dahlya und warf einen Blick über die Schulter. Tatsächlich füllte sich die Straße immer weiter mit Menschen. »Die Ankündigung der Spiele ist bei Sonnenuntergang.«

»Gut.« Abwartend sah ich sie an. »Und was hast du jetzt vor?«

»Ich muss erst meinen Verlobten abholen«, erklärte das Mädchen. »Er wohnt auch in meinem Haus, dort soll ich ihn treffen.«

»In Ordnung«, sagte ich und war überrascht. Davon hatte ich nichts gewusst, weder von dem Verlobten, noch dass er ebenfalls in Dahlyas Haus lebte.

Wir liefen durch die belebten Straßen. Dahlya war mit einem

Mal erstaunlich friedlich. Nicht nett, aber auch nicht mehr unhöflich.

Ich dachte an die endlosen Übungsstunden, die mich in der Akademie an diesem Abend erwartet hätten, und fühlte mich befreit.

Wir bogen um die nächste Ecke und da sah ich ihn. Es traf mich so unerwartet, dass ich in der Bewegung stockte. Er lehnte an einer Hauswand. Seine dichten, dunkelblonden Haare waren zerzaust.

Er sah auf, als hätte ich ihn gerufen. Obwohl er noch einige Schritte entfernt war, konnte ich seine grünen Augen sehen. Ein Grün, das so tief und dunkel war wie die Wälder, die sich unter den Inseln erstreckten. Um seine linke Iris glitzerte der goldene Kreis, der ihn ebenfalls als Blutsmagier erkennbar machte.

Er war es. Der Junge, der mir in der letzten Nacht das Leben gerettet hatte.

Erneut blitzte das Geschehen vor meinen Augen auf – mein Stolpern, der Fall. Die hölzerne Absperrung, an die ich mich klammerte. Meine abrutschenden Finger. Und dann dieser junge Mann, der geistesgegenwärtig aufgesprungen war und mich wieder auf festen Boden gezogen hatte. Die grünen Augen, die selbst in der dämmrigen Arena geglitzert hatten.

Ich schnappte nach Luft und merkte gar nicht, dass ich stehengeblieben war. Was sollte ich nun tun? Was sollte ich sagen?

»Ach, da bist du ja.« Dahlyas Worte rissen mich aus meiner Starre. Ich zuckte zusammen und sah, wie der Mann den Blick von mir abwandte und das Mädchen ansah, das zu ihm eilte.

»Hallo, Dahlya. Ich habe schon auf dich gewartet«, sagte er. Seine Stimme war tief und ruhig.

Dahlya reichte ihm flüchtig die Hand und ich folgte ihr. Meine Beine zitterten. Der Boden unter mir war fest, doch ich wusste nicht, ob ich mein Gleichgewicht würde halten können. Das Schlucken fiel mir schwer, als ich mit leichter Verzögerung begriff. Das war er...

Dahlyas Verlobter.

Es hätte mich nicht so treffen sollen, ich kannte ihn überhaupt nicht. Aber das tat es trotzdem.

»Hallo«, begrüßte ich ihn und wider Erwarten war meine Stimme fest. »Ich heiße Elaia.«

Erinnerte er sich? Ich hatte eine Maske aufgehabt, doch die ließ meinen Mund und meine Augen frei. Erkannte er mich wieder?

Im Gesicht des jungen Mannes spiegelte sich keinerlei Erkenntnis. »Freut mich«, sagte er. »Ich heiße Ren.«

Ren. Ein ungewöhnlicher Name. Er sprach das R weich aus, mehr wie ein *W*. Und trotzdem klang das Wort scharf wie ein Messer.

»Ren«, wiederholte ich unwillkürlich und mir schoss Hitze ins Gesicht. »Ein schöner Name. Von welcher Pflanze kommt er?«

Rens Blick war undurchdringlich. »Von gar keiner.«

Ich stutzte. »Aber alle Namen werden von Pflanzen abgeleitet.« Meiner von der Olivenpflanze, Dahlyas vermutlich von Dahlia, also der Dahlie.

»Meiner nicht.« Ren erwiderte meinen Blick ruhig. »Ich hatte seltsame Eltern.«

Hatte. Was war mit ihnen passiert? Ich verkniff mir die Frage.

»Gehen wir?«, fragte Dahlya.

Ren lächelte sie an, eine Geste, bei der sich mein Magen zusammenzog. »Ja. Gehen wir.«

Kapitel 4 – Elaia

Die Dämmerung senkte sich über die Inseln herab. Kleine Feuer und flackernde Flammenschalen warfen lange Schatten an die Häuserwände. Die Magister der Akademie hielten nichts von Sommerfesten und tagsüber wurde es nur ungern gesehen, dass man die Inseln wechselte. Daher war ich mir nicht sicher, wann ich das letzte Mal auf einem Fest gewesen war.

Die Aufgabe, für die König Arrum mich hergeschickt hatte, war ernst – doch in diesem Atemzug fühlte das Leben sich berauschend an.

Wir schlenderten durch die Straßen und erreichten einen neuen Park. Dieser bestand aus einer weitläufigen, flachen Wiese. Nur wenige Bäume wuchsen am Rand. Dafür erhob sich am uns gegenüberliegenden Ende ein leeres Podest.

In der Mitte der Wiese klaffte ein kreisrundes Loch im Stein, von einer hüfthohen Mauer umgrenzt. Mehrere Seile waren zum Seiltanz darüber gespannt, darunter erstreckte sich die Tiefe. Jeder wusste, dass unter dem Loch ein Fangnetz aufgespannt war; dies war nicht die Nachtarena. Doch reizvoll war der Anblick dennoch.

Auf der Mauer standen in kurzen Abständen Flammenschalen, die erst in der Dunkelheit ihre ganze Wirkung entfalten würden. Überall auf der Wiese verstreuten sich kleine, hohe Tische mit

Gebäck, Obst und Getränken. Kinder liefen munter lachend umher, Frauen und Männer unterhielten sich locker.

Es war hier auf den Inseln nicht immer so friedlich gewesen. In den Jahren, nachdem es den Erdboden zurückgelassen hatte, war das Inselvolk beinahe verhungert. Und auch als diese Gefahr überwunden war, drohten ständig Übergriffe der Stämme. Es war König Arrums Verdienst, dass es den Inseln so gut wie nie zuvor erging. Der Handel mit den Stämmen blühte und sogar die niedrigsten Häuser erhielten genug zu essen.

Und dennoch wollte jemand all diesen Frieden zunichtemachen und König Arrum ermorden.

Trotz der abendlichen Hitze fröstelte ich ein wenig, als ich Dahlya von der Seite einen Blick zuwarf. Sie sah nicht aus wie die friedlichste Inselbewohnerin, aber auch nicht so, als plante sie ein Attentat.

»Seht, Laurus und Yason!«, rief Dahlya im selben Moment, als ich die beiden ebenfalls entdeckte. Sie schlenderten nebeneinander über die Wiese. Als sie uns erblickten, kamen sie zügig auf uns zu – Laurus mit deutlich größerer Begeisterung im Blick als Yason.

Ich hatte gar nicht gewusst, dass die zwei so gut befreundet waren. Aber es wunderte mich nicht, Yason bemühte sich stets um die besten Beziehungen.

»Guten Abend!«, rief Laurus und strahlte uns an. »Ihr seid gekommen!« Er warf mir einen Blick zu. »Das ist eine schöne Frisur, Elaia.«

Ich blinzelte verdutzt. Machte er sich über mich lustig? Aber Laurus wandte sich ab, ohne zu lachen.

»Kommt, wir gehen zu den Seilen«, schlug Dahlya vor. »Da gibt es vor der Verkündung der Spiele einen Wettbewerb, um den besten Seiltänzer zu küren.« Ohne auf eine Antwort zu warten, ging sie voran. Wir folgten ihr.

»Nimmst du teil, Yason?«, fragte Laurus und erklärte an keinen Bestimmten gerichtet: »Yason ist der beste Seiltänzer der Inseln. Mit ihm kann es keiner aufnehmen.«

»Mal sehen«, sagte Yason. »Ich hatte es nicht vor, schließlich werde ich schon die Spiele gewinnen … aber vielleicht. Was ist mit dir, Elaia?«

Seine ständigen Versuche, mich zu reizen, hatten allmählich Erfolg. »Nein«, antwortete ich knapp.

»Stimmt, du bist auch Seiltänzerin, oder?« Laurus lächelte breit. »Von dir wurde eine Weile in allen Zeitungen berichtet. Aber in letzter Zeit habe ich gar nichts mehr über dich gehört – außer die Gerüchte über dich und Yason.«

»Seitdem warst du also nicht mehr seiltanzen?«, fragte Ren, der neben Dahlya lief, beiläufig. Seine grünen Augen schienen in der Dämmerung schwarz, als er mir einen Blick zuwarf.

Ein Stich fuhr durch meinen Magen. *Er erinnerte sich.* Er hatte mich nach der letzten Nacht wiedererkannt!

»Nein, Elaia tanzt nicht mehr«, log Yason in demselben unbeteiligten Tonfall.

Bevor ich etwas sagen konnte, fragte Laurus: »Warum nicht? Du warst doch so gut!«

»Tja … vielleicht hat sie Angst zu fallen?« Yason lachte leise und ich holte zischend Luft.

»Ich kann gut für mich selbst antworten, Yason. Ich tanze nicht mehr, weil meine Tante es nicht will. Und weil meine Familie schon genug Aufsehen erregt hat.«

Einen Moment lang schwiegen alle. Jeder von ihnen musste gehört haben, was damals geschehen war.

»Das sollte dich einen Dreck kümmern«, sagte Dahlya unvermittelt. »Meine Familie ist auch in Dramen verwickelt, na und?«

Und jetzt setzt der König Blutsmagier darauf an, um herauszufinden, ob du ihn umbringen willst, antwortete ich in Gedanken. Doch ich blieb stumm.

»Sie hat recht«, bekräftigte Ren. »Meine Familiengeschichte ist auch ganz und gar nicht unbefleckt. Aber ich bin aus dem Haus 511, da kümmert das keinen.«

Laurus nickte ebenfalls. »Außerdem ist das schon ewig her.

Niemand interessiert sich mehr dafür.«

Mir fiel einen Moment lang das Schlucken schwer. Sie waren alle so nett zu mir, sogar Dahlya. Und ich belog sie. Yason warf mir von der Seite einen Blick zu. Er stimmte den anderen nicht zu, das wusste ich.

»Dabei solltest gerade du keine Probleme haben, dich wenig zu kümmern«, murmelte er.

Ich seufzte. Seine zunehmenden Sticheleien störten mich immer mehr. »Du bist nicht derjenige, der sich wegen mangelnder Gefühle beschweren darf.«

Laurus wandte uns den Kopf zu. »Aber er hat dir doch einen Antrag gemacht, oder?«, fragte er unumwunden.

»Ja«, gab ich mit einem Seitenblick zu Yason zu. »Aber nicht meinetwegen, sondern nur wegen der Nummer meines Hauses.«

Yason lachte. »Kannst du mir das verdenken? Du wurdest nach der Olivenpflanze benannt, doch du hättest lieber Distel heißen sollen. Oder noch besser: Rose – hübsch, aber mit garstigen Stacheln.«

Laurus prustete los. Dann sah er mein Gesicht und bemühte sich um eine entrüstete Miene. »Das ist jetzt aber gemein, Yason!«

Der schüttelte nur den Kopf. »Pass lieber auf. Elaia kann jedem alles vormachen, was sie will. Und wenn du ihre Pläne durchkreuzt, sticht sie dir ein Messer in den Rücken.«

Nun musste ich lachen, da Yason maßlos übertrieb. »Ich muss dich wirklich verletzt haben. Das tut mir leid«, sagte ich.

»Ich bin darüber hinweg«, antwortete der junge Mann, wirkte jedoch missmutig.

Dahlya blickte einen Moment zwischen uns beiden hin und her. »Und jetzt habe ich Hunger«, erklärte sie dann unbekümmert, als keiner etwas sagte, und steuerte den nächsten der kleinen Tische an.

Als ich ihr hinterhergehen wollte, sah ich aus dem Augenwinkel eine Bewegung. Ich blieb stehen und wandte den Kopf. Dort, auf der anderen Seite der Wiese, stand ein Mann. Sein dunkelgraues Haar war sorgfältig zurückgekämmt, seine Haltung aufrecht. Ich brauchte einen Augenblick, um ihn zu erkennen. Das war eines der drei Ratsmitglieder, Carex aus dem Haus 3. Ich hatte ihn erst ein einziges Mal gesehen, damals vor fünf Sommern, doch sofort fiel mir das Atmen schwer. Ich musste mich schütteln, um das Gefühl loszuwerden. Es war vergangen, ich war darüber hinweg.

Ich wollte mich gerade abwenden, als Carex mich ansah. Einen Moment lang blickten wir uns direkt in die Augen, dann hob er eine Hand und winkte mich zu sich.

Ich erstarrte und warf einen Blick über die Schulter. Hatte er wirklich mich gemeint? Doch um mich standen nicht so viele Menschen und keiner von ihnen blickte in Carex' Richtung.

Als ich den Mann wieder ansah, nickte er knapp.

Nach kurzem Zögern ging ich schräg über die Wiese durch Schatten und Menschengruppen auf Carex zu. Wusste er überhaupt, wer ich war?

»Elaia aus dem Hause 7«, begrüßte Carex mich, kaum dass ich in Hörweite war, und beantwortete meine Überlegung damit.

»Ratsmitglied Carex«, sagte ich und nickte ehrerbietig. »Womit kann ich Euch behilflich sein?«

»Ich habe gehört, dass du für deine guten Leistungen ausgezeichnet wurdest«, erzählte Carex, ohne auf meine Frage einzugehen. »Glückwunsch.« Sein Ton war freundlich, aber seine dunklen Augen hart und eiskalt.

»Vielen Dank«, erwiderte ich mit gesenktem Blick. Was wollte er? Die Erinnerung an den Tag damals, als der Rat sich über das Verbrechen meiner Mutter beriet, flammte lebhaft vor meinen Augen auf. Mit jedem Wimpernschlag wurde mir unangenehmer zumute.

»Ja. Nun, der König hat das entschieden, ohne den Rat zu fragen, und keiner von uns würde sich anmaßen, diese Entscheidung zu bemängeln. Aber …« Carex zögerte einen Moment, seine Augen wurden schmal. »Wenn wir ehrlich sind, Elaia, dann wissen wir, dass du diese Auszeichnung nicht verdient hast.«

Angesichts dieser offenkundigen Beleidigung musste ich schlucken. »Es tut mir leid, wenn ich Euer Missfallen errege«, entgegnete ich vorsichtig. Was erwartete er von mir?

»Und außerdem«, redete der Mann weiter, »finde ich deine Anwesenheit hier unangemessen. Dies ist die Stadt der hohen Häuser, und du magst eine 7 sein, doch deine Familie ist entehrt.«

In mir brodelte Wut auf und ich konnte sie nur mühsam hinunterkämpfen. Wortlos sah ich Carex an.

Der schwieg einen Moment, in dem er mich aus seinen dunklen Augen reglos musterte. Als es mir gelang, meine Gelassenheit zu wahren, fuhr er fort: »Im Namen des Rates teile ich dir mit, dass deine Anwesenheit hier unerwünscht ist. König Arrum zieht seine Auszeichnung nicht zurück, doch er weiß von unserer Entscheidung.«

»Verbietet Ihr mir, an den Spielen teilzunehmen?«, fragte ich ungläubig.

»Nein.« Carex' Blick war eisig. »Wir denken, dass deine Teilnahme nicht angemessen wäre. Die Auszeichnung abzulehnen, ist jedoch letztendlich deine Wahl.« Ohne die kleinste Verabschiedung oder höfliche Geste drehte er sich um und verschwand in der dichter werdenden Menschenmenge.

Ich sah ihm sprachlos hinterher. Es war offensichtlich, warum Carex meine Anwesenheit hier störte: Er hätte mich damals gern gemeinsam mit meiner Mutter verbannt. Aber noch schwerwiegender war wohl die Tatsache, dass seine Tochter in meinem Alter war und ebenfalls die Akademie besuchte. Dass sie hierzu nicht eingeladen war, musste ihn sehr kränken.

Wäre ich wirklich nur als Belohnung hier gewesen, hätte ich Carex gehorcht. Seit Jahren tat ich alles, um in der Gesellschaft wieder geachtet zu werden. Den Zorn des Rats würde ich niemals freiwillig auf mich ziehen.

Doch hierbei ging es um mehr als nur um mein Ansehen. Wenn ich mit meiner Anwesenheit hier König Arrum das Leben retten konnte, war es das wert. Das war ich ihm schuldig. Daher raffte ich mich auf und ging zurück zu Dahlya und den anderen, die sich gerade von mir entfernten.

Als Ren mich sah, blieb er stehen. »War das Carex?«, fragte er wachsam. »Was wollte er?«

»Mir Glück für die Spiele wünschen«, antwortete ich mit einem unbestimmten Lächeln. »Wohin gehen die anderen?«

»Sie melden Yason für den Wettbewerb an. Wollen wir nach dort drüben gehen? Dann können wir ihnen einen Platz auf der Wiese freihalten.«

Ich nickte und wir spazierten zu der Stelle. Nun, da ich mit Ren alleine war, hätte ich mich gerne bei ihm bedankt – dafür, dass er mir gestern das Leben gerettet hatte. Doch noch während ich überlegte, was ich sagen wollte, war es Ren, der das Schweigen brach: »Hat Yason recht? Hast du Angst vor dem Fallen?«

Ich öffnete den Mund, schloss ihn wieder. »Ja«, flüsterte ich. »Todesangst.«

»Warum tust du es dann?«, fragte Ren, ohne den Blick von mir abzuwenden.

»Weil es mir das Gefühl gibt, lebendig zu sein«, antwortete ich.

Ren sah nachdenklich aus, sagte aber nichts mehr.

Dahlya und Laurus kehrten zu uns zurück und der kleine Wettbewerb begann. Er war unterhaltsam, mit den verschiedensten Aufgaben, und zweimal fielen Tänzer in das Fangnetz. Anspruchsvoll war er aber nicht. Yason gewann mit großem Abstand, obgleich er einige grobe Fehler machte. Mehrmals sprang er nicht hoch genug und einmal ließ er die Fackel fallen, die er in der Hand gehalten hatte.

Offensichtlich geschahen diese Ausrutscher nur, um mich zu ärgern. Mir war es gleichgültig.

Am Ende holte Carex ihn auf das Podest, auf das er selbst ebenfalls gestiegen war. Aus seinem Gesicht war jegliche Kälte verschwunden, sein Lächeln war warm und väterlich. »Yason aus dem Hause 2!«, rief er so freudig, dass es mir einen Stich versetzte. Seine Stimme hallte, von Blutsmagie verstärkt, über die ganze dunkle Wiese. »Das war eine großartige Vorstellung und ich freue mich, dir zum Sieg gratulieren zu dürfen!«

Yason lächelte so breit, dass sein Gesicht selbst zu leuchten schien. »Es ist hoffentlich nicht der letzte Sieg in diesem Sommer.«

Die versammelten Menschen jubelten ihm zu und sein Lächeln wurde sogar noch strahlender. Ich hätte nicht gedacht, dass das überhaupt möglich war.

»Und das ist eine wunderbare Überleitung zu dem nächsten Wettbewerb, der übermorgen beginnen wird!« Carex lachte und Yason nickte bescheiden. Ich musste mir ein Schnauben verkneifen.

Carex trat in den Vordergrund der Bühne und Yason sprang mit einem Satz auf die Wiese. Zwei junge Mädchen stolperten kichernd auf ihn zu und er begrüßte sie mit einem weiteren Lächeln.

»Ja, übermorgen werden die Spiele beginnen, auf die wir alle seit zehn Sommern gewartet haben«, erklärte Carex. »Die meisten von euch kennen die Regeln, aber ich werde sie dennoch erneut erklären: Die Spiele bestehen aus drei verschiedenen Runden, in denen den Teilnehmern unterschiedliche Aufgaben gestellt werden. Im Zuge dieser Aufgaben werden immer mehr der ehemals einhundert Teilnehmer ausscheiden, bis nur ein einziger übrigbleibt. Diesem Gewinner gelten nicht nur Ruhm und Anerkennung, sondern auch ein ganz besonderer Preis.«

Carex beugte sich vor und lächelte, als würden er uns eine umwerfende Überraschung berichten. »Der Gewinner erhält zwar nicht auf der Stelle einen Platz im Rat, aber er darf große Hoffnungen darauf haben. Falls einmal eines von uns drei Ratsmitgliedern unfähig sein sollte, seine Arbeit weiter zu verrichten, wird ein Nachfolger gesucht werden. Und bei dieser Suche wird der Sieger der Spiele ganz besonders berücksichtigt werden.«

Es ging bei den Aufgaben weniger darum, seine Fähigkeiten als Ratsmitglied unter Beweis zu stellen, als seinen Einsatz und Willen dazu zu zeigen – und sich beim Volk beliebt zu machen, damit es von jemandem geführt wurde, dem es zujubeln konnte.

Alle wussten das, aber es klappte trotzdem. Außerdem bekam jeder Jugendliche damit das Gefühl, selbst diese Stellung erreichen zu können.

Das war es, was Ratsmitglied Pyrus vor zehn Sommern gelungen war: Er hatte die letzten Spiele gewonnen und war somit zum Ratsmitglied geworden, obwohl er nicht einmal ein Blutsmagier war. Bis das nächste Ratsmitglied ausgewählt wurde, würde es aber vermutlich eine Weile dauern. Der einzige Preis waren also die von Carex angesprochene Anerkennung und der Ruhm – aber das wäre mir zumindest auch Anreiz genug.

Applaus brandete auf und ich stimmte halbherzig ein.

Die allgemeine Aufmerksamkeit wandte sich wieder Yason zu, der die beiden Mädchen stehenließ. Die Menge bettelte ihn um Zugabe an und er zierte sich gerade so lange, wie es sich gehörte. Mit einer Drehung sprang er wieder auf die Seile, was einen Begeisterungssturm im Publikum auslöste.

Seufzend wandte ich mich ihm ebenfalls zu und beobachtete, wie er den mitfiebernden Zuschauern seine Kunststücke vortanzte.

Als wir später Dahlyas Haus erreichten, war die Nacht schon stark vorangeschritten. Der gläserne Boden war völlig schwarz und schien undurchdringlich.

Dahlya ging in ihren Teil der Wohnung. Ren steuerte die Treppe an, die nach oben führte.

Doch bevor er sie erreichte, sagte ich: »Ren?«

Er verharrte, in der Dunkelheit war seine Gestalt kaum zu erkennen. »Ja?«

»Danke.«

Ren drehte sich um und ich konnte in der Düsternis ein Lächeln erahnen. »Immer wieder.«

Kapitel 5 – Elaia

Die Nacht war dunkel, als ich allein in meinem Bett lag. Der Tag fühlte sich in meiner Erinnerung kribbelnd und bunt an, verschiedene Augenblicke und Satzfetzen flogen durch meinen Kopf.

Dahlya war nach wie vor weder freundlich zu mir noch begeistert über meine Anwesenheit. Trotzdem hatte ich mich beinahe wie ein Teil ihrer Freundesgruppe gefühlt. Doch all die freundschaftlichen Gefühle verschwanden auf einen Schlag, als ich plötzlich vor meiner Zimmertür ein Klicken hörte – eine Tür, die geöffnet wurde. Dann Schritte auf dem Flur und das Rascheln des Vorhangs, als sich jemand an ihm vorbeischob.

Ich stützte mich vom Bett ab, mein Herz raste. War das Dahlya oder Ren? Die Schritte waren leichtfüßig gewesen und ich hatte niemanden auf der Treppe gehört. Also vermutlich Dahlya.

Ich sprang auf und schlich auf Zehenspitzen über den gläsernen Boden. Vorsichtig zog ich an dem Vorhang, der meine Tür verdeckte. Im Flur brannte eine Kerze in einer winzigen Laterne und spendete fahles Licht.

Es war völlig still.

Ohne nachzudenken, trat ich auf den Flur hinaus. Rechts von mir lagen die Küche und der Waschraum, die ich benutzen durfte. Links führte die Treppe zu Rens Zimmern nach oben und mir schräg gegenüber befand sich Dahlyas Bereich.

Mit flachem Atem nahm ich die Laterne aus der Nische in der Wand und schlich auf Dahlyas Zimmer zu. Ein dichtes Tuch verdeckte die Sicht auf das, was dahinter lag. Reglos stand ich da und lauschte. Kein Geräusch drang zu mir hindurch.

Falls Dahlya mich hierbei entdeckte, würde sie mir glauben, dass ich schlafwandelte? Wohl eher nicht.

Ich schob den Vorhang beiseite und spähte in das dahinterliegende Zimmer. Der Kerzenschein reichte nicht aus, um viel zu erkennen, doch es war dunkel und still. Kurzentschlossen trat ich ein. Ich befand mich in einer Küche, ein kleiner Tisch stand mittig vor mir. Vorsichtig durchquerte ich sie, kam an einem Waschraum vorbei und an einer Tür, die in eine Abstellkammer führte, und erreichte Dahlyas Schlafzimmer.

Ihr Bett war leer. Obwohl ich das vermutet hatte, atmete ich erleichtert aus. Dann erst wandte ich meine Aufmerksamkeit dem Rest des Zimmers zu. Es war so unordentlich, dass ich kaum mehr als einen Schritt hineinmachen konnte. Kleidung lag am Boden verstreut, Bücher und Schriftrollen stapelten sich übereinander. Ein kleiner Tisch in der Ecke wurde fast vollständig von alten Ausgaben des Inselkuriers verdeckt, darauf lag eine Schmuckschatulle.

Nichts in dem Zimmer deutete darauf hin, dass Dahlya etwas Böses plante. Doch wohin war sie jetzt verschwunden? Ich hätte lieber ihr nachschleichen sollen, als ihr Zimmer zu durchwühlen. *Verdammt.*

Stumm fluchend brachte ich die Laterne an ihren Platz zurück und verharrte einige Augenblicke im Flur. Nun war es zu spät, Dahlya nachzugehen, aber mit ihr war all die abendliche Müdigkeit verschwunden, die ich gerade noch empfunden hatte. Ich war hellwach, mein ganzer Körper bebte.

Ich entschied mich für die dritte Möglichkeit neben schlafen und spionieren, die Nacht zu verbringen. Ein kleines Lächeln schlich sich auf meine Lippen. Ich würde in die Nachtarena gehen...

Die Arena war bis auf den letzten Platz ausgefüllt.

Energie raste durch meinen ganzen Körper, als ich auf dem Seil umherwirbelte. Es gab keine festgelegten Tanzschritte, ein weiterer Reiz der Nachtarena. Die Herausforderung bestand darin, das Publikum so lange zu begeistern, bis die Sanduhr abgelaufen war. Gelang es einem Seiltänzer, händigte der Arenameister den vorher ausgemachten Preis der kleinen weißen Muscheln aus. Wenn nicht, ging derjenige leer aus.

Heute hatte ich die Zuschauer auf meiner Seite.

Viele Seiltänzer tricksten damit, absichtlich zu stolpern und sich vorgeblich erst im letzten Augenblick zu fangen. Todesgefahr erzeugte immer Spannung. Ich hatte das nie getan, ich war weder absichtlich noch aus Versehen gestolpert. Bis zur gestrigen Nacht. Bis Ren mich wieder auf festen Boden gezogen hatte.

Die Aufregung über dieses Ereignis wirkte heute in den Besuchern der Nachtarena nach, sie jubelten und schrien mir zu. Ich blendete den Lärm völlig aus und konzentrierte mich einzig und allein auf das Seil unter meinen Füßen. Es vibrierte im Gleichtakt zu der Spannung in mir. Jeder Muskel meines Körpers war angespannt, als ich einige Sprünge in die Luft machte, so hoch ich konnte. Das Seil federte unter meinen Füßen, die Sprünge wurden immer höher.

Als ich die Mitte des Drahtes erreicht hatte, schoss ich erneut hinauf. Diesmal ballte ich meinen Körper zu einer Kugel zusammen und machte erst einen Überschlag, dann einen zweiten. Ich ließ mich an dem Drahtseil vorbeifallen, packte es im Fall mit beiden Händen. Von meinem eigenen Schwung mitgerissen schnellte ich wieder in die Höhe und landete in einer runden Umdrehung auf meinen Füßen.

Wie aus weiter Ferne hörte ich die Glocke, die das Ende meiner Aufführung verkündete. Das Publikum brüllte, als ich in einem tiefen Knicks versank. Ich wiederholte ihn in die andere Richtung und rannte dann über das Seil auf den Ausgang zu. Äußerst widerwillig reichte der Arenameister mir die acht Muscheln, die ich soeben verdient hatte. Mit einem Lächeln ging ich an ihm vorbei in die Umkleide der Tänzer, ein kleineres Zelt neben dem großen der Arena.

»Er zieht dich über den Tisch«, begrüßte Mira mich.

Sie saß auf einer der Bänke und flocht sich das dunkelblonde Haar zu einem langen Zopf. »Du könntest das Doppelte verlangen und er würde es dir geben«, fügte sie hinzu. »Die Leute lieben dich.«

»Unsinn«, widersprach ich und lachte. »Sie lieben nur meine Maske.« Ich nahm sie ab und warf den Stoff auf die Bank. Das schwarze Gefieder landete mit dem spitzen Schnabel zur Decke gerichtet.

Stöhnend wischte ich mir den Schweiß von der Stirn und ließ mich neben Mira auf die Bank sinken. Wir waren jetzt schon seit mehreren Jahren befreundet, da wir beide regelmäßig auftraten. *Mira* war bestimmt nicht ihr echter Name, danach wurde in der Nachtarena nicht gefragt. Vermutlich erkannten viele hier mein Gesicht, da ich öfter in den Zeitungen auftauchte. Doch keiner der nächtlichen Seiltänzer sprach einen anderen jemals über sein Leben bei Tage an.

»Als Nächstes, sehr geehrte Damen und Herren, begrüßen wir Mira!«, dröhnte der Arenameister von draußen.

Das Mädchen neben mir sprang auf. »Also dann!«

»Viel Glück!«, rief ich ihr nach, als Mira hinaushüpfte.

Ich warf die Maske und die schwarze Kleidung in meine Truhe und zog mir hinter einem der Vorhänge wieder meine unauffällige Leinenkleidung an.

Die meisten anderen Tänzer kannte ich nur vom Sehen, daher verließ ich den Raum, ohne mich zu verabschieden.

Vom Rand aus sah ich mir Miras Auftritt an. Die Zuschauer liebten sie ebenfalls. Ihre Bewegungen waren nicht so sicher wie meine, dafür aber wendiger und ausgefallener.

Erst als sie wieder in die Umkleide verschwand, verließ ich das Zelt. Im Publikum der Nachtarena herrschte ein ständiges Kommen und Gehen, daher fiel ich nicht weiter auf. Und auch Ren bemerkte ich erst, als ich geradewegs in ihn hineinlief.

»Oh, Elaia.« Er wirkte nicht sonderlich überrascht, mich zu sehen. »Ein sehr schöner Auftritt war das eben.«

»Danke.« Ich strich meine Haare zurück. »Hast du mich etwa vermisst, weil du jetzt schon wieder hier bist?«, fragte ich scherzhaft.

Ren lachte, schüttelte aber den Kopf. »Nein, ich treffe jemanden.«

»Ach so.« Ich sah mich um. »Und wo ist Dahlya? Ist sie auch hier?«

»Nein.« Ren klang gelassen. »Ich weiß nicht, wo sie ist.«

»Und weiß sie, dass du hier bist?«, erkundigte ich mich.

Ren schüttelte leicht den Kopf und meine Verwunderung wuchs. Andererseits war es schön, wenn sie so ein Vertrauen zueinander hatten.

»Ihr seid verlobt, nicht wahr?«, hakte ich nach.

»Ja.« Ren sah mich an, und ich konnte seine Miene nicht deuten. Das Schweigen zwischen uns dehnte sich aus und intensivierte sich viel rascher, als ich es erwartet hätte. Ich konnte spüren, wie ich mich in seinem Blick verlor. Mühsam wandte ich mich ab. »Ich muss gehen«, verabschiedete ich mich.

Ren nickte und ich lief durch die dunklen Straßen, etwas schneller als gewöhnlich. Ich musste das Gefühl loswerden, das er in mir weckte.

Als ich wieder gleichmäßig atmen konnte, steuerte ich auf das Drahtseil der Gondeln zu, das wieder zurück zu *Sternenschimmer* führte.

Außerhalb der Stadt brannten keine Fackeln mehr, die Gondeln und die Brücken lagen in vollkommener Schwärze. Ich sah mich nach Hütern um, entdeckte aber niemanden. Oder doch – da bewegte sich etwas. Jemand kam auf mich zu. Kein Hüter, sondern ein Mädchen … es wandte leicht den Kopf und ich erkannte die Umrisse. Dahlya!

Augenblicklich sprang ich zurück und stürzte um die Ecke des nächsten Hauses. Mit hämmerndem Herzen presste ich mich an die Wand. Nur langsam wagte ich es, um Hauswand zu spähen.

Dahlya eilte mit raschen Schritten über den Rasenstreifen und auf die Stadt zu. Ich schmiegte mich an die Wand, verschmolz mit der Dunkelheit. Sie ging an mir vorbei, ohne in meine Richtung zu sehen. Ich folgte ihr kurzerhand, indem ich vom Schatten eines Hauses in den nächsten huschte. Dahlya sah sich nicht um, sie hielt den Kopf gesenkt. Trotzdem fürchtete ich mit jedem Schritt, sie könnte mich entdecken. Doch das tat sie nicht. Stattdessen eilte sie auf den entgegengesetzten Rand der Stadt zu.

Als sie ihn erreichte, verharrte ich in der Dunkelheit. Ich blieb im Schatten des letzten Hauses stehen und beobachtete, wie Dahlya weiterlief. Das Mädchen richtete sich auf und warf nun doch einen Blick über die Schulter, aber es drehte sich wieder nach vorne, ohne mich zu sehen. Mit großen Schritten hielt Dahlya auf die Brücke zu.

Ich atmete schwer. Wenn sie zurück zur Insel *Sternenschimmer* wollte, war dieser Weg ungewöhnlich. Die Brücke führte zu einer Zweigstelle, an der es möglich war, über *Nordwind* zu *Sternenschimmer* zu gelangen. Doch wir waren gerade von einer Brücke fortgegangen, die direkt nach *Nordwind* ging.

Nein, diese Brücke war der schnellste Weg zu einer anderen Insel: zu *Sonnenleuchten*. Der Insel von König Arrum.

Eine Gänsehaut kroch meine Arme hinauf, obwohl Dahlya unmöglich vorhaben konnte, König Arrum in dieser Nacht zu töten, in seinem eigenen Palast. Oder?

Ich sah zu, wie sie etwas aus der Hosentasche zog und dem Hüter reichte, der vor der Brücke wachte. Die beiden wechselten ein paar Worte, die ich nicht verstand. Einen Wimpernschlag später trat Dahlya an dem Mann vorbei auf die Holzplanken der Insel.

Ich verließ den Schutz der Häuser und eilte über das dürre Gras. Das Seil der Gondeln war hier nur wenige Mannslängen neben der Brücke aufgespannt. Das war ungünstig, der Hüter konnte mich leicht entdecken. Wenn ich Dahlya aber nicht aus den Augen verlieren wollte, hatte ich keine andere Wahl.

Mit wenigen Schritten sprintete ich zu den Gondeln; der Hüter sah nicht in meine Richtung. Ich duckte mich hinter den mannshohen, würfelförmigen Stein, in dem das Drahtseil verankert war. An den Ecken dieses Klotzes vorbei sah ich Dahlya, die eilig auf die Zweigstelle zuhielt. Ich hatte nicht viel Zeit. Seufzend kletterte ich auf die erste Gondel und zog mich auf das Seil hinauf. Würde der Hüter mich sehen und im Schloss Alarm schlagen? Meine Kleidung war dunkel, doch der Mond schien hell vom wolkenlosen Himmel. Ich musste es versuchen.

Mit geballten Fäusten lief ich los. Aus dem Augenwinkel sah ich den Hüter, der seitlich zu mir stand. Sein Umriss zeichnete sich dunkel in der Nacht ab. Aber entweder sah der Mann mich nicht oder er entschied sich bewusst dazu, mich zu übersehen.

Ich erreichte die Zweigstelle, eine Insel mit einem Durchmesser von vier Mannslängen, ohne aufgehalten zu werden. Drei Brücken gingen in unterschiedliche Richtungen hiervon ab, neben ihnen führte jeweils ein Drahtseil für die Gondeln in die Dunkelheit.

Vor mir trat Dahlya auf eine neue Brücke in Richtung *Sonnenleuchten*.

Angespannt sprang ich vom Seil. Hier wuchs nicht einmal spärlich Gras, nur kalter Stein empfing mich. Der Aufprall raste schmerzhaft durch meine Beine, doch ich lief weiter, ohne anzuhalten. Nur wenige Atemzüge später erklomm ich das nächste Seil, ein kleines Stück hinter Dahlya.

Am Ende der Brücke stand ein weiterer Hüter und Dahlya bestach ihn erneut mit einigen Muscheln. Er ließ sie durch und ich hätte ihn am liebsten geohrfeigt. Seine Bestechlichkeit konnte verheerend sein.

Ich sprang vom Seil und verharrte hinter dem Stein, der auch auf dieser Seite das Drahtseil hielt. Dahlya ging geradewegs auf die Burg zu, ich musste einen Umweg über den Park nehmen, um nicht von dem käuflichen Hüter gesehen zu werden.

Als endlich das Tor in mein Blickfeld kam, schloss es sich

gerade hinter Dahlya. Sie war drinnen und ich nicht. Stumm fluchend wandte ich mich nach rechts, in die Richtung, wo auf der Innenseite der Mauer keine Hüter standen.

Das glatte Gestein ragte über mir in die Höhe, doch ich kannte eine Stelle, wo die Äste des angrenzenden Baumes bis über sie hinüber reichten. Es war ein Leichtes, den Baum hinaufzuklettern und mich auf der anderen Seite hinabzulassen. Ich landete auf den Fußballen und federte den Sprung mit den Händen ab. Wie ich erwartet hatte, war von Dahlya nichts mehr zu sehen.

Verflucht.

Geduckt rannte ich zum Schloss. Hier mussten überall Hüter in der Nähe sein, doch ich sah keinen einzigen.

Ich holte tief Luft und stieß die Eingangstür einen Spalt auf, huschte hindurch und zog sie hinter mir geräuschlos wieder zu. Mit weit aufgerissenen Augen machte ich ein paar zögernde Schritte nach vorn. Durch die schmale Eingangshalle kam ich zu einer Stelle, an der sich zwei Gänge kreuzten. Hell flackerndes Fackellicht malte dunkle Schemen und Schatten an die Wände, verwandelte das Dunkel in Dämmerlicht.

Angestrengt blickte ich in alle Richtungen und erstarrte, als ich links von mir einen Umriss zwischen den Schatten erkannte. Ein Hüter! Er stand nur wenige Schritte von mir entfernt, völlig regungslos.

Ich wagte nicht zu atmen, als ich vorwärts schlich, in den nächsten Gang hinein, geradeaus. Erst als ich nicht mehr im Blickfeld des Hüters war, holte ich wieder Luft. Meine Lunge brannte.

Auf Zehenspitzen huschte ich den Flur entlang, jetzt schneller. Meine Schritte wurden von dem dichten Teppich gedämpft und waren so leise, dass ich sie selbst nicht hören konnte. Trotzdem erwartete ich jeden Atemzug, dass jemand mich entdeckte und die Stille mit Schreien zerriss. Doch das geschah nicht und so erreichte ich endlich die nächste Ecke.

Erleichtert sprang ich darauf zu – und rannte mit voller Geschwindigkeit in eine Person hinein. Keiner von uns beiden gab ein Geräusch von sich. Dennoch schien es ohrenbetäubend laut, als wir auf den Boden stürzten.

Nach Luft schnappend rollte ich mich von der Person herunter und sprang auf, während mein Gegenüber sich im selben Moment aufrappelte. Fassungslos starrten wir uns an.

Das war kein Hüter, aber es war auch nicht Dahlya. Es war *Ren*.

»Ist dort jemand?« Der Ruf des Hüters riss uns aus der Starre. Schwere Schritte erklangen im Flur – Laufschritte, die sich näherten.

Geistesgegenwärtig packte Ren mein Handgelenk und zog mich in die entgegengesetzte Richtung. Er riss die Tür auf, die in ein leeres Zimmer führte. Kein Platz, an dem wir uns verstecken konnten. Selbst hier drinnen stand eine Laterne, die die Nacht erhellte.

Mein Blick flog zum Fenster, doch Ren schüttelte den Kopf. »Draußen auf der Seite steht irgendwo ein Hüter«, wisperte er.

Nebeneinander standen wir im Kerzenschein, während der Hüter immer näher kam. Er riss die Tür auf der gegenüberliegenden Seite des Ganges auf, dann bewegten sich die Schritte auf uns zu.

Ren handelte, bevor ich auch nur einatmen konnte. Er legte eine Hand unter mein Kinn, drückte es sanft nach oben. Gerade, als die Tür aufging, senkten sich seine Lippen auf meine und er küsste mich.

Kapitel 6 – Elaia

»Was habt ihr hier zu suchen?«, fauchte der Hüter und wir fuhren auseinander.

Ich konnte noch immer die Wärme von Rens Lippen spüren. Sie hinterließen ein leichtes Kribbeln auf meinem Mund – und ein deutlich stärkeres in meinem Magen. Selbst im Kerzenlicht sah ich, wie der junge Mann neben mir rot anlief. Auch meine Wangen fühlten sich heiß an.

»Wir … Also …«, stammelte Ren.

Ich riss meine Augen auf und blinzelte den Hüter an. »Es tut mir leid, aber tagsüber müssen wir so viel arbeiten. Deshalb müssen wir uns nachts treffen.« Ich umfasste Rens Arm und brachte ein nervöses Kichern heraus.

Der Hüter trat einen Schritt zurück und atmete heftig aus. »Verdammt, ich dachte schon, hier wäre jemand eingebrochen.«

»*Eingebrochen?*« Ich warf einen ängstlichen Blick über meine Schulter, als könnte sich irgendwer im leeren Raum verbergen. »Wer sollte denn so etwas tun?«

»Ich weiß nicht.« Der Hüter gähnte. Dann richtete er sich auf und betrachtete misstrauisch unsere Kleidung, die der Dienstbotentracht nicht im Geringsten ähnelte. »Wer seid ihr eigentlich?« Sein Blick wanderte zu meinem Gesicht. »Du kommst mir irgendwie bekannt vor.«

Verflucht. »Ich heiße Rosa«, nannte ich ihm den ersten Namen, der mir einfiel. »Und ich glaube auch, Euch hier schon ein paar Mal gesehen zu haben. Ich arbeite in der Küche … Seid Ihr öfter dort?«

Jetzt wirkte der Hüter verwirrt. »Manchmal. Nein. Nun, ich muss zurück auf meinen Platz. Ihr wisst, dass ihr euch nachts nicht im Schloss herumtreiben sollt.«

»Ja.« Verlegen sah ich zu Boden. »Aber ich habe ihn so vermisst …«

»Dann will ich noch mal ein Auge zudrücken.« Der Hüter lächelte, drehte sich um und zog die Tür hinter sich zu. Keiner von uns beiden wagte die kleinste Bewegung, während die Schritte des Mannes sich von der Tür entfernten. Erst als sie nicht mehr zu hören waren, sackte Ren in sich zusammen.

Ich ließ seinen Arm los, den ich noch immer umklammert hielt. Dunkle Halbmonde zeichneten sich dort ab, wo sich meine Fingernägel in seine Haut gegraben hatten.

»Das war knapp«, flüsterte Ren.

Ohne zu antworten, holte ich aus und verpasste ihm eine Ohrfeige. Das Geräusch hallte laut in der Stille nach.

Ganz langsam hob Ren seine Hand und griff sich an die Wange. Die Überraschung in seinem Blick verwandelte sich in Wut. »Was hätte ich denn machen sollen, verdammt?!«, fuhr er mich an. »Mir ist keine andere Lösung eingefallen!«

»Wir hätten schon eine gefunden!«, zischte ich. Mein Zorn wurde dadurch verstärkt, dass ich noch immer seine Lippen auf meinen fühlen konnte – und dass ein Teil von mir dieses Gefühl genoss. Ich war mir ziemlich sicher, dass dieser Teil mein Herz war.

»In Ordnung.« Ren holte tief Luft. »Es stimmt, ich hätte das nicht tun dürfen.«

»Nein, hättest du nicht«, bestätigte ich. Nur mit Mühe gelang es mir, meine Stimme zu dämpfen. »Vor allem deshalb nicht, weil du *verlobt* bist. Was wird Dahlya dazu sagen?«

Ren schwieg.

Als ich begriff, verdüsterte sich meine Stimmung noch mehr. »Du wolltest es ihr überhaupt nicht *erzählen*? Schäm dich, Ren. Ich hatte dich für anständig gehalten, habe mich aber anscheinend geirrt. Doch wenn du es Dahlya nicht sagst, werde ich das tun!«

»Schon gut«, versuchte Ren, mich zu beruhigen. »Ich werde es ihr sagen.«

»Gut.« Trotzdem war ich wütend. Oder nein, eher enttäuscht. Ich kannte Ren kaum, doch ich hatte das Bild in meinem Kopf gekannt, das ich von ihm gehabt hatte. Nun war es zerstört. Niemals hätte ich ihn für fähig gehalten, seine Verlobte zu betrügen … aber ich wusste schließlich nichts von ihm. Offensichtlich tat ich das nicht.

»Was machst du hier?«, fragte ich abrupt.

»Was machst *du* denn hier?« Rens Miene war ausdruckslos.

Ich seufzte. »In Ordnung. Du behältst dein Geheimnis für dich und ich meines für mich.« Mit einem knappen Nicken wandte ich mich ab und schlüpfte zur Tür hinaus.

Die Schritte des Hüters hatten sich nach rechts entfernt, daher schlich ich in die entgegengesetzte Richtung. Die Nacht war schon so weit vorangeschritten, dass im ganzen Schloss kein Laut zu hören war.

Von jetzt an war ich vorsichtiger. Ich ging langsam, horchte bei jedem Schritt in die Finsternis hinein und blieb vor jeder Ecke stehen, um in den nächsten Gang hineinzuspähen. Zweimal musste ich meine Richtung ändern, um nicht einem wachestehenden Hüter in die Arme zu laufen.

Ich schlich durch die verlassenen Gänge, ohne zu wissen, was ich tun sollte. Es widerstrebte mir, so ahnungslos von allem zu König Arrum zu gehen. Andererseits wanderte Dahlya ebenfalls hier im Schloss herum. Falls sie wirklich eine Attentäterin war, bedeutete das eine gewaltige Gefahr für den König.

Entschlossen bog ich in den Gang ein, der zur Treppe führte. Von Dahlya war nichts zu sehen oder zu hören, also hatte ich keine andere Möglichkeit. Ich musste König Arrum wecken und ihm von Dahlya erzählen. Gleichzeitig konnte ich ihm sagen, dass die Sicherheitsvorkehrungen in seinem Schloss ihren Zweck nicht im Geringsten erfüllten. Dahlya, Ren und ich waren alle hineingekommen – und das zur selben Zeit, auf unterschiedlichen Wegen.

Ich ging dicht an der Wand, um mit den Schatten zu verschmelzen. In der Wand war ein großes Fenster eingelassen, das auf den Schlosspark hinausführte. Der Mond schien hell auf ihn herab und bemalte die Baumspitzen mit flüssigem Silber. Er beschien die zwei Gestalten, die eilig in die Dunkelheit des Waldstückes verschwanden. Den Umriss des Mannes erblickte ich nur aus dem Augenwinkel, bevor die Nacht ihn verschluckte. Die dunklen Locken des Mädchens sah ich noch einen winzigen Moment länger, dann folgte es seinem Begleiter.

Ich erstarrte und hielt die Luft an. Das waren Dahlyas Haare!

Mit bebenden Fingern zog ich am Verschluss des Fensters, bis es sich klickend öffnete. Ich riss es auf und sprang mit einer einzigen Bewegung nach draußen. Zum Glück war ich im Erdgeschoss.

Ich landete auf weichem, kurzgeschnittenem Gras. Im gleichen Moment rannte ich los, ohne das Fenster auch nur hinter mir zuzuziehen. Umso besser, wenn jemand es entdeckte. Vielleicht würden die Hüter dann in Zukunft aufmerksamer sein.

Einige Mannslängen Rasen breiteten sich um das Schloss aus, bevor der Park mit seinen Bäumen begann.

Ich hatte die Hälfte der Fläche hinter mich gebracht, als ein Ruf die Stille der Nacht wie ein Messer durchschnitt: »Halt! Bleib stehen!« Ein Hüter.

Ich rannte weiter, stets die Stelle im Blick, wo Dahlya gerade verschwunden war. Hinter meinem Rücken flogen Rufe hin und her, nun von mehreren Hütern. Laufschritte ertönten.

Ich erreichte die Bäume, die hier dichter zusammenstanden als in der Nähe vom Tor. Wo war Dahlya? Ich stürzte weiter, wand mich zwischen den Ästen hindurch.

Zweige knackten, als meine Verfolger ebenfalls zu den Bäumen gelangten. Hier waren sie im Nachteil, ich war kleiner und deutlich gewandter als sie. Ich schlug einen Bogen, hielt aber weiter auf die Mauer zu. Da entdeckte ich Dahlya. Sie war nur wenige Schritte von mir entfernt stehengeblieben, jetzt wirbelte sie zu mir herum.

Schlitternd änderte ich meine Richtung und hielt direkt auf Dahlya zu. Wenn sie nun versuchte, vor mir zu fliehen, würde ich schreien und alle Hüter herbeiholen, die in Hörweite waren.

Aber stattdessen kam Dahlya auf mich zu. Sie warf sich auf mich und wir stürzten beide zu Boden. Ineinander verschlungen rollten wir über das Gras und prallten dann gegen den Stamm eines Baumes. Blut tropfte gleißend golden aus meinem Arm auf den Rasen, als er die raue Rinde entlangschürfte.

Dahlya wirbelte herum und warf sich mit ihrem ganzen Gewicht auf mich. Sie drückte beide Hände auf meinen Mund. Mein erster Impuls war es, hineinzubeißen und aus vollem Hals zu brüllen, doch ich zögerte.

Dahlyas Oberkörper ragte über mir auf, ihre Augen waren weit aufgerissen. »Bitte«, wisperte sie. »Nicht.«

Ich verharrte, den Blick auf ihr flehendes Gesicht gerichtet. Was sollte ich tun?

Ich traf eine Entscheidung. Ich stieß mich vom Boden ab und schob sie von mir, gab jedoch kein Geräusch von mir. Dahlya zögerte einen Augenblick und ließ mich widerstrebend los. In ihren Augen leuchtete Angst so hell wie Feuer.

Ich drückte mich gegen den Baum und wandte den Kopf ab, um ihre Erleichterung nicht sehen zu müssen. Schweigend tat sie es mir gleich.

Die Hüter hatten sich aufgeteilt, ihre Bewegungen wurden vom Knacken unzähliger Äste begleitet. »Bist du dir sicher, dass da jemand war?«, rief ein Mann, der nur wenige Schritte von uns entfernt durch die Zweige brach.

»Natürlich!«, antwortete ein anderer Hüter. »Ich weiß, was ich gesehen habe!«

Ein dritter entgegnete etwas, das ich nicht verstand.

Wir bewegten uns keine Handbreit, während die Hüter den

Park durchkämmten. Zahl- und endlose Atemzüge vergingen, bis sie schließlich aufgaben. »Hier kann so oder so niemand raus!«, erklärte einer von ihnen, dann verschwanden sie wieder aus unserer Hörweite.

Dahlya atmete erleichtert aus.

Ich löste mich vom Baum und wirbelte zu ihr herum. »Wo ist er?«, stieß ich hervor. »Der Mann, der bei dir war?«

Dahlyas Blick wanderte durch die Schwärze. »Ich weiß es nicht.«

Ich funkelte sie zornig an. »In Ordnung. *Wer* ist er? Ren?«

»Ren?« Dahlya starrte mich an, Verblüffung spiegelte sich in ihren Augen. »Nein. Keine Ahnung, wo Ren ist, zu Hause vermutlich.«

Log sie oder wusste sie tatsächlich nicht, dass Ren ebenfalls hier war? »Hör mir zu«, fauchte ich und meine Stimme triefte vor Verachtung. »Ich weiß, dass ihr hier ein Attentat plant. Versuch gar nicht erst, es abzustreiten.« Es war ein leichtsinniger Schritt in die Leere hinein. Aber ich musste sehen, wie sie darauf reagierte.

Dahlyas Augen wurden größer. Im Mondlicht sah ich das Weiße darin glänzen. »Ein Attentat?«, zischte sie. »Bist du verrückt? Natürlich nicht!«

»Du hast einen Versuch, etwas zu sagen, das mich überzeugt. Sonst rufe ich die Hüter«, drohte ich.

»Nein!« Dahlya packte meinen Arm. »Wenn du das tust, zerstörst du mein Leben. Dann bringe ich mich um!«

»Dann sag es mir!«, rief ich. Es war mir gleichgültig, ob die Hüter mich hören konnten.

»Still!« Dahlya sah aus, als würde sie jeden Augenblick in Tränen ausbrechen. »Bitte, ich habe versprochen, keinem davon zu erzählen … Ich kann nicht, ich darf nicht. Aber ich schwöre dir, Elaia: Weder ich noch irgendjemand, den ich kenne, plant ein Attentat. Ich gebe dir mein Wort.«

Verdrossen machte ich einen Schritt nach hinten. »Und warum sollte ich dir das glauben, wenn du mir nicht das Geringste erzählst?«

Dahlya schlang sich die Arme um den Oberkörper. »Ich … ich weiß nicht. Bitte, vertrau mir einfach.«

»Aber weshalb sollte ich das tun?«, stieß ich hervor. »Ganz offensichtlich hast du ein Geheimnis und du schleichst nachts auf dem Schlossgelände herum!«

»Weil ich schwöre, dass dieses Geheimnis niemanden in Gefahr bringt.« Dahlya wirkte verzweifelt. »Außer vielleicht mich selbst.«

Mein Kopf schmerzte. Falls Dahlya log und ich ihre Anwesenheit hier verschwieg, brachte ich König Arrum in große Gefahr. Das könnte ich mir niemals verzeihen. Andererseits wusste ich, wie Menschen aussahen, wenn sie logen – so wirkte Dahlya nicht. Mein Gefühl – dem ich als Seiltänzerin gelernt hatte, rückhaltlos zu vertrauen – sagte mir das Gleiche. Und es war fürchterlich selbstsüchtig … aber wenn ich Dahlya jetzt verriet, würde König Arrum mich zurück in die Akademie schicken. Ich würde mich niemals beweisen können, würde niemals einen besseren Ruf gewinnen.

Dennoch fürchtete ich, den größten Fehltritt meines Lebens zu begehen, als ich vorsichtig sagte: »In Ordnung. Ich vertraue dir, Dahlya. Bitte lass es mich nicht bereuen.«

Zwischenspiel – Ren

Noch fünf Nächte bis zum Attentat.

Die entscheidende Nacht, die Nacht nach der dritten Runde, rückte immer näher. Doch das erklärte meine Aufgewühltheit nicht. *Sie* war schuld.

Ich war mir nicht ganz sicher, was an ihr mich so sehr fesselte – vielleicht das Feuer in ihren Augen, das ich schon in der Nachtarena gesehen hatte. Sie war hübsch, aber das waren andere Mädchen auch. Viel anziehender war die Entschlossenheit, die jede ihrer Bewegungen ausstrahlte, als wäre sie sich jeden Schrittes sicher. Möglicherweise suchte ich in ihr die Sicherheit, die ich in mir selbst vermisste.

Doch letztendlich war sie nicht bedeutend, nicht wirklich. Das war nur das Attentat. Und eben jenes hatte ich in dieser Nacht gefährdet. Es war mir von Anfang an klar gewesen, dass ein Einbruch in das Königsschloss gewagt war. Doch ich brauchte eine Waffe; und dieses Unterfangen war auf den Inseln schwierig.

Meine Verbündeten hatten mir schon lange Waffen versprochen, aber sie hielten mich immer weiter hin. Sie wollten mir helfen, doch ich konnte mich nicht auf sie verlassen. Letztendlich würde ich es alleine tun. Wenn sie mir keine Waffe gaben, dann musste ich mir selbst eine besorgen. Auf dem Nachtmarkt wurden hin und wieder welche verkauft, doch die waren zu teuer. Außerdem hätte es womöglich Aufmerksamkeit erregt, ein noch viel höherer Preis. Also hatte ich mich für das Königsschloss entschieden.

Es war beinahe erheiternd, dass ich die Mordwaffe gerade von dort stahl. Eine düstere Ironie, die mich mit grimmiger Freude erfüllte. Doch dass Elaia mich entdeckt hatte, erstickte jedes Lachen in mir, bevor es aufkommen konnte.

Ahnte sie etwas? Hatte sie die Ausbeulung in meinem Ärmel gesehen, wo ich das Messer verborgen hatte? War ihr aufgefallen, dass ich meinen einen Arm kaum bewegt hatte? Vielleicht war sie aber zu zornig über den Kuss gewesen, um anderes zu bemerken. Das wäre es auf jeden Fall wert.

Dass ich Elaia nicht deuten konnte, war gefährlich. Ich musste sie im Auge behalten. Es waren nur noch so wenige Tage, in dieser Zeit durfte nichts mehr schiefgehen.

In der Dunkelheit ballte ich die Faust um den glatten Messergriff. Wie verlockend es war, das Attentat einfach in dieser Nacht zu verüben. Die Hüter waren so nachlässig, vielleicht hätte ich es sogar geschafft.

Doch meine Verbündeten hatten recht: Es war klüger, noch ein wenig zu warten. Noch fünf Nächte.

Kapitel 7 – Elaia

Als ich die Augen aufschlug, tanzte das Licht in meinem Zimmer. Helle Staubflocken wirbelten durcheinander und glichen der Aufregung, die durch meinen Körper strömte. Ich brauchte einen Moment, um den Grund für diese Unruhe zu verstehen: Heute war der erste Tag der Spiele. An diesem Mittag fand die erste Runde des Wettbewerbs statt, der mein Leben verändern konnte.

Durch den Vorhang vor meinem Zimmer drang eine gedämpfte Unterhaltung. Ich lag regungslos da und versuchte, etwas des Gesprochenen zu verstehen. Da war Rens Stimme, erkannte ich. Und Dahlyas. Doch obwohl ich sogar meinen Atem anhielt, verstand ich ihre Worte nicht.

Mit einer fließenden Bewegung sprang ich aus dem Bett. Das Glas fühlte sich unter meinen nackten Füßen kühl an. Darunter lagen die Wälder, von der Morgensonne hell beleuchtet.

Hastig schlüpfte ich in ein weiteres meiner knielangen Sommerkleider – hellblau mit einem weißen Stickmuster – und schlich barfuß auf den Vorhang zu. An der Schwelle verharrte ich und lauschte, doch noch immer drang die Unterhaltung nur undeutlich zu mir. Auf Zehenspitzen schob ich den Stoff beiseite und huschte durch den Flur auf das Tuch zu, hinter dem Dahlyas Zimmer verborgen waren.

»Bitte, Ren«, sagte Dahlya angespannt. »Wir haben eine Abmachung.«

»Ja, und du weißt, dass du auf mich zählen kannst. Aber alles hier …« Ren seufzte. »Es tut dir nicht gut, Dahlya. Ich mache mir Sorgen um dich.«

»Das ist nicht deine Aufgabe.« Dahlya klang gereizt. »Bitte, könntest du einfach den Inselkurier holen? Es ist wichtig!«

Ren seufzte.

Ich begriff erst, was Dahlyas Worte bedeuteten, als seine Schritte sich mir bereits näherten. Erschrocken wich ich zurück, doch es war zu spät. Ren schlug den Vorhang beiseite, sein Blick fiel auf mich.

»Guten Morgen«, begrüßte ich ihn, konnte aber die Hitze spüren, die meine Wangen überzog.

»Guten Morgen«, erwiderte Ren knapp und ging an mir vorbei auf den Ausgang zur Straße zu.

Ich straffte die Schultern und trat auf den Vorhang zu. »Darf ich reinkommen?«, fragte ich leise.

Dahlya stöhnte. »Ja«, seufzte sie.

Ich trat in die Küche, die ich ja schon von der gestrigen Nacht kannte.

Dahlya lehnte am Fenster auf der anderen Seite, das auf eine schmale Seitengasse hinausführte. »Hast du es irgendjemandem verraten?«, fragte sie ohne jegliche Begrüßung. Ihre Finger spielten nervös an der silbernen Vogelfigur, die als winziger Anhänger an ihrer Kette hing.

»Wir sind doch in der Nacht gemeinsam hierhergekommen«, sagte ich verwirrt. »Oder besser gesagt heute Morgen.«

»Das heißt nichts!«, fuhr sie mich an. »Also, hast du?«

»Nein.«

Dahlya sank ein Stück in sich zusammen. »Gut.« Sie atmete tief aus. »Ich hasse es, weißt du?«, sagte sie kläglich. »Anderen etwas vormachen zu müssen. So ein Mensch bin ich nicht. Aber ich habe es versprochen.«

»Das tut mir leid«, murmelte ich.

Dahlya richtete sich auf. »Mir nicht«, erklärte sie. »Damals war es richtig und jetzt ist es geschehen.«

Da sie mir nicht beantworten würde, *was* geschehen war, fragte ich etwas anderes. »Welche Abmachung haben Ren und du getroffen?«

»Abmachung?« Dahlya blinzelte einen Moment. »Ach so, das. Das ist …« Sie verstummte.

»Ein weiterer Teil des Geheimnisses?«, beendete ich ihren Satz.

Dahlya nickte schwach. »Das tut mir leid. Eigentlich schulde ich dir eine Antwort – genau genommen schulde ich dir inzwischen viel mehr als nur eine Antwort.«

»Es ist in Ordnung«, erklärte ich. Zögernd fügte ich hinzu: »Aber … weißt du, was Ren gestern getan hat?«

»Der Kuss? Ja, von dem hat er mir erzählt.«

Dahlya klang so gelassen, dass ich die Stirn runzelte. »Ihr seid ein seltsames Paar.«

Dahlya schwieg, doch in ihren Augen glitzerte etwas, das ich nicht verstand. Es sei denn …

Ich verengte die Augen zu schmalen Schlitzen. »Ihr seid überhaupt kein Paar!«, zischte ich. »Das ist auch nur eine Lüge, nicht wahr?«

Dahlya öffnete den Mund, schloss und öffnete ihn dann wieder. »Äh …«

»Aber *warum*?« Ich schüttelte leicht den Kopf. »Nein, es ist schon in Ordnung. Du kannst es mir nicht erzählen, das habe ich begriffen. Aber ich hoffe wirklich, dass ich auch den ganzen Rest eines Tages verstehe.« Ich versuchte, mir irgendeinen Grund auszumalen, der solch eine Täuschung rechtfertigen konnte. Es gelang mir nicht.

Schweigend starrten wir ins Leere, jede in ihre eigenen Gedanken versunken. Da drang aus der Ferne Glockengeläut durch die Straßen auf uns zu und vertrieb die Stille. Dahlya richtete sich ruckartig auf. »Verdammt, die erste Runde. Das hat mir gerade noch gefehlt.«

»Du willst mitmachen?«, fragte ich erstaunt.

»Warum nicht?« Dahlya verschränkte die Arme.

Ich zögerte. »Es ist nur … Du bist keine Blutsmagierin. Die Wahrscheinlichkeit, dass sie dich irgendwann im Rat aufnehmen, ist nicht sehr hoch.«

Dass es Pyrus damals gelungen war, stellte eine große Ausnahme her – und seitdem hatte sich auf den Inseln einiges verändert, die Blutsmagier hatten noch ungemein an Bedeutung gewonnen.

Dahlya öffnete den Mund, wurde jedoch von Ren unterbrochen, der den Vorhang beiseiteschob und in die Küche trat. »Hier«, sagte er und reichte Dahlya die neuste Ausgabe des Inselkuriers. »Es steht nichts über dich drinnen.«

Dahlya blätterte durch die Seiten und warf mir dann einen erstaunten Blick zu. »Du hast geschwiegen.«

»Das sagte ich doch.« Ich runzelte die Stirn. »Hältst du mich für eine Lügnerin?«

»Ich war mir nicht sicher«, gab Dahlya unumwunden zu und warf die Zeitung auf den Tisch. »Lass uns losgehen. Ich will nicht zu spät kommen.«

Die Glocken läuteten noch immer. Als wir vor die Tür traten, empfing uns ein Menschenstrom, der sich in Richtung der Wiese bewegte, auf der Ratsmitglied Carex die erste Runde eröffnen würde. Aufregung kribbelte in meinem Magen, als wir uns all den Leuten anschlossen.

Es wurde immer lauter, je näher wir dem Platz kamen. Der Lärm musste bis weit auf den umliegenden Inseln zu hören sein – bei all den Menschen, die der ersten Runde nicht beiwohnen konnten oder durften. Es war zwar schon erlaubt, heute zuzusehen, aber die meisten mussten arbeiten. Erst bei der dritten und letzten Runde würden auch viele Bewohner der anderen Inseln zuschauen.

Als wir die Wiese erreichten, war sie bereits brechend voll. Auf der gegenüberliegenden Seite erhob sich das mannshohe Podest. Dieses Mal war in seiner Mitte eine weitere Stufe aufgerichtet, die einen noch höheren Absatz bildete.

Bunte Bänder waren über die ganze Wiese gespannt. Sie trafen an der Spitze eines Fahnenmastes aufeinander, an dem farbenfrohe Fähnchen flatterten. Darauf war eine durchsichtige, faustgroße Kugel befestigt, die im Sonnenschein hell schillerte.

Neugierig schoben wir uns durch die Wartenden. Das Podest war leer, doch daneben unterhielten sich die Ratsmitglieder mit einer Handvoll anderer Männer, die alle den höchsten Häusern angehörten. Ich erstarrte, als ich Carex zwischen ihnen entdeckte. Er sprach mit Quercus, Yasons Vater.

Als hätte er das gespürt, hob Carex in ebendiesem Moment den Kopf und ließ seinen Blick über die Menge schweifen. Er blieb an mir hängen. Carex sah mich an, seine Miene war undurchdringlich.

Unfähig, von ihm wegzusehen, erstarrte ich in der Bewegung. Carex' Augen durchbohrten mich förmlich, obwohl sie weder Überraschung noch Wut ausstrahlten.

Einen endlosen Moment später schoben sich Menschen zwischen uns und Carex verschwand aus meinem Blickfeld. Jetzt erst merkte ich, dass ich den Atem angehalten hatte. Ich holte zitternd Luft.

»Ist alles in Ordnung?« Ren war ein kleines Stück vor mir stehengeblieben und wandte sich zu mir um.

»Ja.« Ich drückte die Schultern durch und folgte ihm. Als ich kurz später einen Blick auf Carex erhaschte, hatte er sich von mir abgewandt.

Neben dem Podest wartete eine Gruppe Jugendlicher in unserem Alter darauf, dass die erste Runde begann. Gleichzeitig mit uns stießen zwei andere hinzu, und vier weitere folgten.

Ich runzelte die Stirn. »Wie viele nehmen dieses Jahr denn an den Spielen teil?«

Dahlya antwortete, den Blick von mir abgewandt: »Einhundert. In die zweite Runde können dieses Mal aber nur neun kommen, habe ich gehört.«

Neun von einhundert. Ich ließ meinen Blick über die Menge um mich herum schweifen. Ein Großteil von ihnen hatte den goldenen Kreis um die Iris, der sie als Blutsmagier auswies. Plötzlich war ich mir nicht mehr so sicher, ob meine Hoffnung auf den Sieg berechtigt war.

»Schaut mal, da sind Yason und Laurus!«, rief Dahlya uns über den Lärm hinweg zu. Ohne auf eine Antwort zu warten, bahnte sie sich einen Weg auf die beiden zu, Ren folgte ihr. Ich setzte an, es ihm gleichzutun, als jemand mein Handgelenk packte.

Zischend wirbelte ich herum und wollte meinen Arm zurückreißen, doch der Griff wurde nur noch fester. Es dauerte einen Herzschlag, bis ich Carex vor mir erkannte, der meinen Arm umklammert hielt. Erneut zerrte ich an meinem Arm, aber Carex ließ nicht los. Stattdessen bohrte er seine Fingernägel so tief in meine Haut, dass mich heller Schmerz durchzuckte.

»Folge mir«, sagte er in einem Tonfall, der auf Außenstehende durchaus höflich wirken könnte. Sein eiskalter, zorniger Blick offenbarte das Gegenteil.

»Lasst mich los!«, zischte ich und versuchte erneut, meinen Arm zu befreien. »Oder ich schreie!«

Carex blickte mich an. Als könnte er mir meine Panik ansehen, verzog er die Lippen zu einem schmalen, wölfischen Grinsen. Zu meiner Überraschung ließ er meinen Arm los. Tiefe, dunkelrote Halbmonde blieben als Zeugen seiner Fingernägel auf meiner Haut zurück.

Das Ratsmitglied drehte sich um und steuerte durch die Menschen auf den Rand der Wiese zu, ohne mich noch einmal anzusehen.

Kurz war ich versucht, in die entgegengesetzte Richtung zu fliehen. Aber das wäre ein Beweis meiner übergroßen Furcht, den mein Stolz nicht zuließ. Mit gerecktem Kinn folgte ich Carex an den Rand der Wiese, wo im Schatten der vereinzelten Bäume weniger Menschen standen. Ich blieb weit genug von Carex entfernt stehen, dass er mich nicht erneut anfassen konnte. Ekel stieg in mir auf, als ich an seine Berührung dachte.

»Du bist noch hier«, begrüßte Carex mich. Seine Stimme gab keinerlei Gefühl preis.

»Ja«, erwiderte ich und bemühte mich darum, ebenfalls ausdruckslos zu wirken.

»Ich habe dir das Gegenteil befohlen.«

Ich weigerte mich, meine Taten zu entschuldigen oder Carex um Gnade anzubetteln. »Ich weiß.«

Carex beugte sich vor. »Dann bleibt mir nichts anderes übrig, als dich hauslos zu machen.«

Schock durchfuhr meinen Körper und es kostete mich meine gesamte Selbstbeherrschung, nicht zusammenzuzucken. Hauslos, ohne jedes Recht. Aus der Gemeinschaft ausgestoßen. Ich war ohnehin schon ausgegrenzt, doch als Hauslose würde ich das letzte bisschen Anerkennung verlieren, das ich noch erhielt.

Meine Gedanken rasten, als ich versuchte, dem irgendetwas entgegenzusetzen. Wie konnte ich Carex davon abhalten, seine Ankündigung sofort wahrzumachen?

»Ich bin eine Blutsmagierin«, brachte ich heraus und war überrascht, wie ruhig meine Stimme klang.

»Man kann seine Blutsmagie verlieren«, antwortete Carex in dem gleichen gelassenen Tonfall, als sprächen wir über das Wetter.

Eine Gänsehaut kroch meine Arme hinauf, doch ich widerstand dem Drang, sie zu verschränken. Was? Was sollte ich jetzt tun? »Ich stehe auf der Teilnehmerliste des Wettbewerbs«

Carex' Augenbrauen wanderten ein winziges Stück nach oben. »Nicht mehr lange.«

»Vielleicht schon«, entgegnete ich mit einer völlig unbegründeten Hoffnung. »Möglicherweise gewinne ich.«

»Du gewinnst nicht«, widersprach der Mann und jedes Wort war ein Tropfen perlender Gelassenheit.

»Und wenn doch?« Ich reckte das Kinn. »Wenn ich gewinne, darf ich den Titel meines Hauses dann behalten?«

»Natürlich nicht.« Carex stieß ein Lachen aus, doch meine Hoffnung vergrößerte sich ein winziges bisschen. Log er?

»Nach dem Wettbewerb werde ich dich hauslos machen und dir deine Blutsmagie entziehen«, fuhr er unbeirrt fort und meine Hoffnung verwandelte sich wieder in Angst. »Und wenn du dich weigerst, deine Magie abzugeben …« Das Ratsmitglied beugte sich vor und kam mir damit unangenehm nahe. »Dann wirst du sehen, dass auch ein Blutsmagier nicht nur freiwillig blutet. Und bis dahin – pass auf dich auf, Elaia. Denn das Blut, das du blutest, ist alles, was du noch besitzt.«

Mit einem Ruck wandte Carex sich um und ließ mich vor Angst starr zurück. Das war unmissverständlich eine Morddrohung gewesen – von Ratsmitglied Carex höchstpersönlich.

Ich machte mir nichts vor: Das kam einem Todesurteil gleich. Ich bildete mir nicht ein, mich dem widersetzen zu können. König Arrum würde so etwas niemals gutheißen, aber er war auf den Rat angewiesen – einen bereits getroffenen Entschluss konnte er nur schwer rückgängig machen. Einmal hatte er es getan – vor langer Zeit; doch es hatte ihm großen Ärger mit dem Rat eingebracht, bis zum heutigen Tag. Ich bezweifelte, dass er es wieder tun würde. Der Rat würde es zu verhindern wissen.

Der einzige, winzige Hoffnungsschimmer, der mir blieb, war der Sieg im Wettbewerb. Carex hatte das Gegenteil behauptet, aber sogar für ihn wäre es beschwerlich, die Gewinnerin des Wettbewerbs umzubringen. Doch die Wahrscheinlichkeit, dass ich diesen Wettbewerb gewann, war nicht hoch.

Kühle Finger berührten mein Handgelenk und ich wirbelte mit aufgerissenen Augen herum.

Vor mir stand Ren, die Brauen zusammengezogen. »Ist alles in Ordnung?«, fragte er leise. In seinen Augen blitzte ein Gefühl auf, aber ich erkannte es nicht. War es Sorge? *Hass*?

»Er will mich umbringen«, gestand ich mit zitternder Stimme, ohne nachzudenken. Ich hatte das nicht sagen wollen, doch Rens zorniger Blick erfüllte mich mit Genugtuung. Jetzt war es eindeutig Hass, der in seinen Augen glitzerte. Ich dagegen fühlte nichts. Nur die eisige Kälte, die sich in meinem Inneren ausbreitete. Und das Gefühl, dass meine Beine jeden Augenblick unter mir nachgeben konnten.

»Ich …« Ren stockte, ballte die Hände zu Fäusten. »Kann ich *irgendetwas* tun?«

»Nein.« Ich schlang die Arme um meinen Oberkörper und versuchte, die Kälte loszuwerden. Es gelang mir nicht. »Vielleicht …« Ich wusste nicht, wie ich weitersprechen sollte, doch diese Entscheidung wurde mir abgenommen. Ein lauter, tiefer Glockenschlag ertönte aus Richtung des Podests und brachte mich wie die Menschen um mich herum zum Verstummen.

Ich drehte mich um und sah zu Carex, der auf das Podest gestiegen war. Ein breites, sicheres Lächeln zierte sein Gesicht – ein Lächeln, mit dem er die Zuneigung der anderen gewann. In mir dagegen nährte es den beißenden Hass.

Allmählich breitete sich die Stille auf der gesamten Wiese aus. Alle sahen gespannt zu Carex auf, die Blicke voll Freude und Bewunderung. Ich fühlte mich völlig allein zwischen all diesen Menschen.

»Meine Damen und Herren! Werte Gäste! Ich freue mich, Euch zu dieser ersten Runde des Wettbewerbs begrüßen zu dürfen!«, begann Carex mit einer Stimme, die durch Blutsmagie verstärkt wurde und über die ganze Wiese hallte. »Darf ich die Teilnehmer zu mir auf das Podest bitten?«

Bewegung kam in die Menge, als die Jugendlichen nach vorn drängten. Die Zuschauer flüsterten aufgeregt. Laurus und Yason schwangen sich als Erstes hinauf, die anderen folgen. Nur ich war außerstande, einen einzigen Schritt zu machen.

»Komm!« Ren trat vorwärts, drehte sich aber wieder zu mir um. »Elaia?«

Langsam schüttelte ich den Kopf. »Ich kann das nicht«, sagte ich heiser. »Sobald ich ausscheide … Carex wird mich hauslos machen.« Ich hörte das Zittern, das in meiner Stimme mitschwang, konnte es jedoch nicht unterdrücken.

Ren kam zu mir zurück. »Und wenn du gewinnst?«

Ich wusste es nicht. Hilflos sah ich ihn an.

»Dann komm jetzt«, knurrte Ren. »Zeig es ihm!«

Noch immer konnte ich mich nicht rühren und Rens Blick wurde weicher. »Elaia«, flüsterte er.

Etwas an der Art, wie er meinen Namen aussprach, rüttelte mich auf. Ich zog die Schultern zurück und hoffte, dass ich mutiger aussah, als ich mich fühlte. Gemeinsam schoben wir uns durch die Menge und traten als Letztes an das Podest heran. Unzählige Jugendliche drängten sich auf der Plattform, doch es waren längst nicht alle. Die übrigen versammelten sich in einer Gruppe davor.

Carex wirkte enttäuscht, als er mich sah. Diese Enttäuschung war es, die mich endgültig aus meiner Starre löste.

Zorn brodelte wie kochendes Wasser in mir auf und brachte mich dazu, seinen Blick ohne ein Blinzeln zu erwidern.

Ich war nicht die rechtlose Ausgestoßene, als die er mich behandelte. Ich war Elaia, die letzte Vertreterin des Hauses 7. Und niemand, nicht einmal ein Ratsmitglied höchstpersönlich, durfte mir diese Stellung nehmen.

Es war Carex, der den Blick zuerst abwandte.

Er hatte er mich noch nicht besiegt. Ich hatte noch Hoffnung.

»Verehrte Bewohner der sechsundzwanzig Inseln!«, rief Carex in die Menge hinaus. »Ich freue mich, den Wettbewerb um einen zukünftigen Anwärter auf einen Platz im Rat eröffnen zu dürfen!«

Kapitel 8 – Elaia

»Nur neun von euch werden in die nächste Runde kommen«, erklärte Carex. Er stand auf der Stufe des Podests, das ihn über die übrigen Menschen erhob, und ließ seinen Blick über uns wandern; wie alle anderen auch.

Neun von einhundert. Ich verbot mir, weiter darüber nachzudenken, um nicht erneut zu verzweifeln.

»Und nun zu eurer Aufgabe.«

Es war völlig still auf dem Platz, niemand wollte etwas verpassen. Nur ein Kind in den hintersten Reihen stieß einen trotzigen Schluchzer aus, dann verstummte es ebenfalls.

»Seht ihr jene Kugel dort oben?« Carex deutete in die Höhe, wo über den Fähnchen des Fahnenmastes die weißlich glitzernde Kugel befestigt war. »Auf der Insel sind insgesamt neun von ihnen versteckt. Wer mir eine dieser Kugeln überreicht, ist eine Runde weiter. Sie sind gegen Blutsmagie geschützt – ihr müsst sie also suchen und ohne eure Magie erreichen.« Er lächelte liebenswürdig.

Erneut war es völlig still, als alle mit in den Nacken gelegten Köpfen die Kugel anstarrten, wie sie drei Mannslängen über uns verführerisch funkelte.

In die Menge auf dem Podest kam Bewegung. Eine einzelne Person löste sich aus der Gruppe und sprang auf die Stange zu, an der die Bänder, Fähnchen und die Kugel befestigt waren.

Yason. Ich versteifte mich.

Er zog sich mit geschmeidigen, kraftvollen Bewegungen an dem Metall hinauf, bis er die Kugel mit einer Hand zu fassen bekam und vorsichtig aus ihrer Halterung hob. Als er sie sicher hielt, ließ er sich erst ein Stück hinabrutschen und dann fallen. Ohne zu zögern, sprang er auf Carex zu. Die anderen Teilnehmer des Wettkampfes machten ihm eilig Platz, an den Seiten kletterten ein paar vom Podest. In der entstandenen Gasse senkte Yason sich vor Carex auf die Knie, den Kopf ehrerbietig gesenkt. »Euer Ehren, erlaubt Ihr mir, Euch die erste Kugel zu überreichen?«

Carex nahm sie strahlend entgegen. »Mit Vergnügen.«

Die Menge brach in kreischenden Jubel aus, aber Yason hatte den Blick abgewandt. Ich wusste, wohin er sah, und drehte den Kopf ebenfalls. Da stand Yasons Vater, Ratsmitglied Quercus. Doch dieser hatte sich von dem Podest weggedreht und redete flüsternd auf einen anderen, älteren Mann ein. Er schenkte dem Erfolg seines Sohnes keinerlei Beachtung.

Wut stieg in mir auf, die sich gegen das zweite Ratsmitglied an diesem Tag richtete. So war es immer schon gewesen. Yason wollte nichts mehr als ein wenig Anerkennung von seinem Vater. Aber dieser ging mit seinem Sohn nicht besser um als mein Vater es mit mir getan hatte.

Ich sah wieder zu Yason, der sich zu der Menge drehte und den Menschen ein unwiderstehliches, jungenhaftes Lächeln schenkte. Doch ich kannte Yason, und ich sah den Schmerz und die Enttäuschung in seinem Blick.

»Und damit darf ich euch den ersten Gewinner dieser Runde vorstellen: Yason aus dem Hause 3!«, rief Carex. Mit dem Arm deutete er auf die steinerne Hauswand hinter sich, wo auf magische Weise ein Täfelchen mit Yasons Namen erschien.

Ren berührte meinen Arm. »Lass uns gehen.«

»Wohin?« Ich sah auf.

»Weitere Kugeln suchen. Du musst den Wettbewerb gewinnen

und auch ich habe großes Interesse daran, in die nächste Runde zu kommen.«

Um uns machten die anderen Wettstreiter sich an dasselbe Unterfangen. Vom Park aus strömten wir in die leeren Straßen, gefolgt von Schaulustigen.

»Was meinst du, wo sie sind?« Mein Blick glitt über die Häuserreihen, doch nirgendwo war das weiße Glitzern zu sehen.

»Der Sinn des Wettbewerbs ist es, uns herauszufordern«, erklärte Ren und sah sich ebenfalls um. »Das heißt, die Kugeln werden nicht auf der Straße herumliegen.«

Wir verfielen in den Laufschritt, um die anderen hinter uns zurückzulassen. Mit weit geöffneten Augen liefen wir durch die Gassen.

Trotzdem waren nicht wir es, die die nächste Kugel fanden. Aufruhr drang durch die Straßen zu uns hindurch und lockte uns an den Rand der Insel. Wir waren an ihrem südlichen Ende, wo die Gondeln hinaus zu den benachbarten Inseln führte. Einige Mannslängen vom Inselrand entfernt baumelte eine faustgroße, leicht glitzernde Kugel am Drahtseil.

Mehrere Jugendliche kletterten in einer der Gondeln herum und versuchten, an die glänzende Kugel zu gelangen. Doch jedes Mal, wenn sie die Arme nach ihr ausstreckten, griffen ihre Hände ins Leere.

Energie schoss durch meinen Körper und ich sprang vor. Ohne auf die erschrockenen Rufe der Umstehenden zu achten, kletterte ich auf das Drahtseil. Ich rannte auf die Kugel zu, griff sie mit leicht bebenden Fingern aus dem lockeren Netz, in dem sie hing, und hastete zurück. Die Gondel und zornige Rufe aus ihrem Inneren folgten mir. Lange vor der Gondel erreichte ich die Insel und sprang vom Seil. Mit der Hand umklammerte ich die Kugel, die sich in meiner Hand warm anfühlte.

Ich konnte Rens Miene nicht deuten, als ich zu ihm zurückkehrte und wir gemeinsam in die Richtung des Parks liefen. »Ich bringe sie zurück, dann helfe ich dir dabei, deine Kugel zu finden«, versprach ich. Als sich Rens Miene nicht änderte, setzte ich hinzu: »Was ist los?«

»Du hast nicht so ausgesehen, als fürchtetest du das Fallen«, murmelte Ren. »Das hast du auch in der Nachtarena nicht … aber dort hätte dich das Netz aufgefangen. Hier hingegen …«

Ich runzelte die Stirn. »Es gibt kein Netz in der Nachtarena.«

»Was?« Ren blieb ruckartig stehen. Dann ging er weiter, in seiner Miene spiegelte sich dunkle Wut. »Ich fasse es nicht. Sie hat mich angelogen!«

»Wer? Dahlya?« Ich musste laufen, um mit ihm mithalten zu können.

»Nein.« Ren schüttelte den Kopf und vertrieb damit den Zorn aus seinen Zügen. »Egal. Bringen wir deine Kugel weg.«

Auf dem Rückweg zum Platz war Ren schweigsam. Ich fragte nicht noch einmal, weshalb.

Der Park war geleert, nur wenige Menschen warteten vor dem Podest auf weitere Ereignisse. Ich sah zu der Hauswand. Zwei neue Namen standen unter dem von Yason.

Als wir die Wiese überquerten, kam Dahlya von der Seite auf uns zu.

»Dahlya«, begrüßte ich sie und Ren öffnete den Mund. Doch Dahlya sprang nach vorn, ohne ein Wort zu sagen. Bevor ich begriff, was geschah, riss sie mir die Kugel aus der Hand und stürmte davon. Für einen Wimpernschlag war ich zu verblüfft, um ihr zu folgen. Dann rannte ich dem Mädchen hinterher, doch ich hatte zu lange gezögert. Vor mir erreichte Dahlya das Podest, auf dem Carex lächelnd die Kugel entgegennahm. Ihr Name tauchte auf einem kleinen Täfelchen an der Wand auf.

Ich blieb schlitternd stehen, mein Körper zitterte. Als Dahlya sich zu mir umdrehte, sah sie schuldbewusst aus. Doch das beruhigte mich nicht. Ich wartete, bis sie zu uns kam und Carex sich abgewandt hatte. Dann stürzte ich auf sie zu.

Sie zuckte nicht zurück, als ich mit der Hand ausholte. Es war Ren, der meinen Arm packte und den Schlag verhinderte.

»Du miese Verräterin!«, zischte ich, darum bemüht, kein Aufsehen zu erregen. »Du dumme, undankbare Diebin! Ich hätte dich sofort an den König verraten sollen!«

Dahlya zuckte zusammen. »Elaia …« Ihre Miene war gequält. »Ich muss gewinnen.«

»Das muss ich ebenfalls!«, fauchte ich und hätte am liebsten geschrien. »Aber das bedeutet nicht, dass ich zu so hinterhältigen Mitteln greifen würde!«

»Dann bist du nicht verzweifelt genug«, murmelte Dahlya.

Ich schnaubte angewidert. »Verzweiflung ist eine wunderbare Entschuldigung für alles Mögliche. Du machst es dir damit ein wenig einfach!«

»Komm, Elaia«, mischte Ren sich ein. »Wir suchen nach neuen Kugeln.«

»Nimmst du sie in Schutz?«, fragte ich fassungslos und wich einen Schritt zurück.

»Nein«, sagte Ren und warf Dahlya einen scharfen Blick zu. »Aber wenn wir uns jetzt nicht beeilen, gibt es keine Kugeln mehr. Mit Dahlya können wir später reden.«

Ohne ein Wort wirbelte ich herum. Carex' Hass gegen mich war wenigstens von Anfang an offen gewesen. Mit Dahlya dagegen hatte ich mich nach der letzten Nacht beinahe verbunden gefühlt. Meine Verachtung ihr gegenüber war nun sogar größer als mein Hass gegen Carex. Und das hieß einiges.

Erneut traten wir in das Gewirr der Gassen ein. Mein Herz fühlte sich schwer an, als ich daran dachte, wie lange wir gebraucht hatten, um diese eine Kugel zu finden. Wie sollten wir jetzt so schnell an zwei weitere kommen?

Aber anders als vorher zog Ren mich diesmal schon nach wenigen Schritten in eine Gasse zwischen zwei Häusern. Sie war so schmal, dass ich mit ausgestreckten Armen beide Häuserwände hätte berühren können.

Die Steinhäuser tauchten die Gasse völlig in Schatten. Bis auf Ren und mich war sie leer, weder von Menschen noch von glitzernden Kugeln war eine Spur zu sehen.

Ich sah mich zweifelnd um. »Was willst du hier? Ich glaube nicht, dass –«

»Warte.« Ren holte tief Luft. »Das, was ich jetzt vorhabe, ist nicht direkt schummeln, aber es kommt dem nahe. Aber ich denke, dass wir beide das brauchen.«

»Du willst sie mit Magie herholen, nicht wahr?«, fragte ich. »Das geht nicht. Die Kugeln sind gegen Blutsmagie geschützt, das hat Carex vorhin doch gesagt.«

Ren sah nicht so aus, als hätte er mir zugehört. »Versprich mir, dass du niemandem von dem erzählst, was ich jetzt tue.«

Ich verschränkte die Arme und wich einen Schritt zurück. Langsam wurde mir seine Eindringlichkeit ein wenig unheimlich. »Ich verspreche überhaupt nichts, von dem ich nicht weiß, ob ich es halten kann.«

Ren blickte auf und seine grünen Augen glitzerten wie die Kugeln, die wir suchten. »In Ordnung«, murmelte er. »Ich vertraue dir.« Ohne den Kopf abzuwenden, schloss er die Augen.

Reglos stand ich da und überlegte, ob ich lachen oder weglaufen sollte. Ich entschied mich, stehenzubleiben und abzuwarten.

Er sah verletzlich aus, wie er so dastand. Mit erhobenem Kopf, die Augen geschlossen. Denn wenn er sonst auch durchgehend freundlich war, blieb er doch verschlossen. Vielleicht wollte er darüber hinwegtäuschen, aber man sah ihm deutlich an, dass er ein Geheimnis hatte, als würde er es ausatmen. Jetzt war diese Maske für einen Moment von ihm abgefallen und das berührte mich auf eine seltsame Weise.

Mit einem Mal musste ich an unseren Kuss denken. Wollte er mich noch einmal küssen? Wollte ich, dass er mich noch einmal küsste? Jetzt, da ich wusste, dass er nicht verlobt war?

Ich war nicht zu einer Antwort gekommen, als plötzlich zwei weiße, faustgroße Kugeln durch die Gasse hinter Ren entlangflogen.

Er öffnete die Augen und drehte sich um. Mit beiden Händen pflückte Ren die Kugeln aus der Luft. Als er sich mir wieder zuwandte, lag auf seinen Lippen ein leises Lächeln.

Ich starrte ihn an. »Wie hast du das gemacht?«, brachte ich heraus und meine Stimme war nicht mehr als ein Flüstern.

Erneut schlich sich Besorgnis in Rens Züge. »Wenn irgendjemand davon erfährt …«

»*Wie hast du das gemacht?*«, wiederholte ich. »Du hast überhaupt nicht geblutet … Was …«

Ich nahm die Kugel aus seiner linken Hand. Als er sie mir überreichte, hielt ich sein Handgelenk fest. Zögerlich ließ Ren zu, dass ich seine Handfläche nach oben drehte.

Wo meine Hand von unzähligen Schnitten verkrustet und vernarbt war, zeichneten sich bei ihm wenige, blasse Linien ab. Die meisten waren schon älter und nur als silberne Spuren zu erahnen.

Ich nahm ihm auch die zweite Kugel aus der Hand und betrachtete seine andere Handfläche. Kein einziger Schnitt war auf darauf zu sehen.

Verwirrt blickte ich wieder nach oben. Um Rens linke Iris fand sich eindeutig der goldene Kreis, der ihn als Blutsmagier kennzeichnete. Aber welcher Blutsmagier hatte kaum Schnitte an seiner Hand? Und welcher Blutsmagier konnte Magie wirken, ohne überhaupt zu bluten?

»Lass uns die Kugeln wegbringen«, murmelte Ren. In seinen Augen las ich die stumme Bitte, all die Fragen nicht zu stellen, die in mir umherwirbelten. Die Bitte, ihm zu vertrauen, wie er mir vertraute. Auch Dahlya hatte mich gebeten, ihr zu vertrauen – und ebendies schändlich ausgenutzt.

Trotzdem nickte ich langsam. »Danke für die Kugel«, sagte ich und gab ihm eine der beiden zurück. Unsere Finger berührten sich und ein warmes Kribbeln fuhr durch meine Hand.

Ren lächelte leicht, als wir zurück auf die Wiese gingen. Aber obwohl sich dieses Lächeln anfühlte, als erreichten die Sonnenstrahlen über uns geradewegs mein Herz, enttäuschte es mich. Er trug erneut diese Maske. Die Maske, hinter der er seine Geheimnisse versteckte.

Auch bei uns lächelte Carex, als wir ihm die Kugeln überreichten. Was mir Angst machte, war aber die Tatsache, dass es nicht unecht wirkte. Im Gegenteil, es schien fast, als freute er sich wirklich. Erneut kroch eine Gänsehaut meine Arme hinauf.

Trotzdem fühlte ich mich erleichtert, als ich mich von Carex und dem Haus, auf dem nun schon sechs Namen standen, abwandte.

Ich wusste nicht, was Carex plante, aber damit würde ich mich befassen, wenn es soweit war. Im Augenblick freute ich mich über meinen kleinen Erfolg: Ich hatte es in die zweite Runde geschafft!

Ich war unsicher, was ich sagen sollte, als wir kurze Zeit später wieder durch die Straßen schlenderten, dieses Mal gemächlich. Ich kannte Rens Geheimnis nicht und ihn selbst kaum, aber ich mochte es, bei ihm zu sein. Vielleicht mochte ich es eine Spur zu gern.

»Was hast du jetzt vor?«, erkundigte ich mich und bedauerte es, nicht fragen zu können, was *wir* jetzt vorhatten.

Ren sah zur Sonne auf. »Es ist zu früh, um zu Dahlyas Haus zurückzugehen … aber heute gibt es keine andere Veranstaltung mehr.«

»Außerdem«, fügte ich hinzu, »habe ich es ohnehin nicht so eilig, dorthin zurückzukehren.«

Ren zögerte. »Ich habe eine Idee, was wir machen können.«

Mir wurde warm, als *er* so leicht von einem Wir sprach. »Und was?«

»Warst du schon mal unten?«, fragte Ren so leise, dass keiner der Inselbewohner um uns herum es verstehen konnte.

Ich stockte einen Moment. »Unten?«, wiederholte ich ungläubig und war mir sicher, dass er nicht das meinen konnte, wonach es für mich klang. »Wo unten?«

»Ganz unten.« Ren legte den Kopf schräg und grinste. »Auf dem Erdboden.«

Ich sah ihn von der Seite an, unsicher, ob er nur scherzte. »Selbstverständlich nicht.«

»Ich war schon einmal dort, und ich kann dich hinbringen. Wenn du willst.«

Ich schnappte nach Luft. »Ja!«, brachte ich heraus. »Ich will auf jeden Fall!«

»Gut.« Ren änderte die Richtung und ich bemühte mich, an seiner Seite zu bleiben.

Er führte mich bis zu einer kleinen, grauen Steinhütte, die zwischen den anderen Häusern beinahe verschwand. Sie hatte weder eine Tür noch einen Vorhang im Eingang. Ren trat hinein, ohne sich umzusehen. »Man darf sich nur nicht ansehen lassen, dass man etwas Verbotenes tut. Dann denken die Leute, dass schon alles seine Ordnung haben wird«, erklärte Ren, als ich ihm eilig folgte.

»Wenn du das sagst«, murmelte ich. »Du musst es ja wissen. Brichst du öfter irgendwo ein?«

Ren lachte. »Manchmal.«

Er ging geradewegs auf den nächsten Raum zu. Kein einziges Möbelstück stand hier und das Haus hatte nicht einmal Fenster. Nur durch die Eingangstür fiel ein Streifen der Mittagssonne hinein und sandte Licht in das Zimmer.

Erst als Ren sich auf den Boden kniete, sah ich die Klappe, die in den Stein eingelassen war. Trotzdem war ich unsicher, ob Ren das alles ernst meinte, bis er an dem eisernen Ring zog und den Verschluss öffnete.

Licht breitete sich im Raum aus. Aufgeregt trat ich an die Kante heran. Direkt am Rand der Klappe begann einer der steinernen Pfeiler, die die Insel stützten. Eine schmale Leiter führte daran abwärts. Vor dem dunklen Stein war sie beinahe unsichtbar. Ich hatte nicht gewusst, dass es so eine Leiter überhaupt gab.

»Die anderen Leitern sind streng bewacht oder versperrt«, beantwortete Ren meine unausgesprochene Frage. »Diese hier war es auch, bis irgendjemand einmal die Ketten entfernt hat. Und dann wurde sie einfach vergessen, glaube ich.«

Tief unter uns lag der Wald mit seinen zahllosen unterschiedlichen Grüntönen. Ich ging in die Knie und berührte die Leiter mit der Hand. »Hält sie unser Gewicht?«

Ren drehte sich zu mir. »Du springst auf einem nicht einmal

armdicken Seil herum, als wäre es der feste Erdboden, und hast Angst vor einer *Leiter*?«

Ich wertete das als ein *Ja* und ließ mich ohne weiteres Zögern auf die oberste Sprosse herab. Eine frische Brise wehte mir lose Haarsträhnen ins Gesicht, als ich durch den mehrere Mannslängen langen Schacht ins Freie kletterte. Ren trat ebenfalls auf die Leiter, zog die Klappe zu und folgte mir.

Meine Aufregung stieg, je tiefer wir kamen. Ich wurde immer schneller, ließ die Inseln über mir zurück. Sie ragten düster und riesig auf. Von unten betrachtet bestanden sie aus grauem, dunklem Stein. Die Inseln waren gewaltig und massiv. Sie warfen lange Schatten auf Teile des Waldes.

Als ich die Baumwipfel erreichte, fiel mir das Atmen schwer – doch nicht vor Anstrengung. Die Zweige waren beinahe zum Greifen nahe … und es waren *so viele*. Zahllose Bäume, so weit ich sehen konnte. Ein Meer aus Ästen, ohne einen einzigen Blutsmagier, der sie nährte.

Und dann waren wir da. Ich ließ die untersten Sprossen los und sprang in die Tiefe. Meine Sandalen berührten den staubigen Erdboden. Hastig zog ich sie aus und schleuderte sie von mir. Meine Zehen bohrten sich in die Erde, die sich trotz der Hitze kühl anfühlte. Frisches Gras spross der Sonne entgegen und überall um mich wuchsen Bäume, unzählige Bäume. Ihre Blätter raschelten leise – ein Geräusch, das mich an die singenden Drähte oben auf den Inseln erinnerte.

Ich machte einen Schritt nach vorn. Vorhin hatte ich nicht darüber nachgedacht, wie dieser erste Schritt sein würde, aber er schien mir dennoch unerwartet. Der Boden wankte nicht, gab nicht unter mir nach – er fühlte sich nicht anders an als der Stein oben auf den Inseln. Und trotzdem war *alles* anders.

Aus dem Augenwinkel sah ich, wie Ren neben mich trat. »Geht es dir gut?«

»Es ist so vollkommen.« Ich sah ihn an und hatte, sehr zu meiner Überraschung, Tränen in den Augen. Mit der Handfläche wischte ich sie weg. »Ich möchte etwas sehen.« Voller

Tatendrang machte ich einen weiteren Schritt in den Wald hinein. »Komm!« Ohne auf eine Antwort zu warten, stürzte ich los. Ich strebte kein Ziel an, hatte nicht einmal einen klaren Gedanken im Kopf. Ich wollte nur laufen, die Endlosigkeit dieses Waldes spüren.

Totes Laub raschelte unter meinen Füßen. Zweige knackten, Dornen rissen an meinen Beinen. Goldenes Blut tropfte aus einem der Kratzer zu Boden, aber ich schenkte ihm keinerlei Beachtung. Vielleicht zum ersten Mal überhaupt war meine Umgebung so viel zauberhafter als mein Blut.

Die Bäume wuchsen immer dichter, ihre Zweige verflochten sich ineinander. Ich musste die Arme heben, um mein Gesicht zu schützen. Trotzdem hielt ich nicht an. Ich lief immer weiter und als mein Atem schwer wurde, lief ich noch weiter. Es war eine Ewigkeit, die ich hier rannte – und doch nur ein einziger, strahlender Augenblick. Ich fühlte das Leben, das durch meine Adern raste und mich mit reinem, leuchtendem Glück erfüllte. In mir toste Freiheit – eine Freiheit, die ich sonst nur hoch oben in der Luft auf einem Drahtseil spürte. Die gleißende Sommersonne strahlte auf uns herab und vor mir glitzerte der tiefblaue Himmel durch die Äste. All diese Schönheit fühlte sich unwirklich an.

Der Wald endete so abrupt, dass es mich völlig unerwartet traf. Stockend blieb ich stehen, taumelte und geriet dann ins Rutschen. Der weiche Boden gab mir doch keinen Halt mehr und ich stürzte, fing mich mit ausgestreckten Händen ab. Meine Handgelenke pochten, als ich mich aufrichtete – auf den Inseln lernten wir Seiltänzer nicht, richtig zu fallen, sondern oben zu bleiben.

Ich hob den Kopf. Nur wenige Handbreit vor mir endete der ebene Boden und ein steiler Hang führte nach unten. Er war nicht hoch, eine Mannslänge tiefer häufte sich weißer Sand. Einige Schritte weiter rollte eine schäumende, türkisblaue Welle auf den Strand.

Ich brauchte einen Moment, um zu begreifen, dass es nicht der

Himmel gewesen war, den ich durch die Bäume hatte glitzern sehen: sondern das Meer.

Ein stetes Brausen klang in meinen Ohren wider, das ich gerade noch für den Wind gehalten hatte. Auf dem Wasser spiegelte sich das Licht und hoch über mir kreiste ein Vogel. Ich atmete tief ein. Die Luft roch salzig und nach einer Spur frischem Gras.

Neben mir trat Ren aus dem Wald. Sein Atem ging genauso schnell wie meiner. Vom Laufen oder vor Bewunderung? Ich wusste es nicht.

Wortlos sprang auf den Sandstrand hinab. Meine Zehen versanken in den winzigen Steinen, bei jeder Bewegung flogen Sandkörner durch die Luft. Mit wenigen Schritten erreichte ich das Ufer. Eine Welle spülte um meine Füße und trug den trockenen Sand davon. Das Wasser fühlte sich so warm und weich wie eine sanfte Berührung an. Ich machte noch einen weiteren Schritt nach vorne und trat dabei auf Muscheln, die unter der Wasseroberfläche so weiß wie der Sand hinter mir schillerten.

Voller Staunen drehte ich mich zu Ren um, der ein Stück neben mir ebenfalls mit den Füßen im Wasser stand. Rens Blick lag jedoch nicht auf dem endlosen Meer, sondern auf mir. Hitze kroch in mein Gesicht.

»Warst du schon einmal hier?«, fragte ich leise.

Ren schüttelte den Kopf. »Ich war mehrmals mit Freunden unten, aber meistens sind wir nicht weit in den Wald hineingegangen.«

Aus irgendeinem Grund freute mich das. Dabei sollte es eigentlich keine Rolle spielen, mit wem Ren bereits hier gewesen war. Aber das tat es.

»Ich wünschte, ich hätte gewusst, dass es diesen Weg nach unten gibt«, flüsterte ich. »Dann hätte ich meiner Mutter folgen können.« Obwohl ich gerade noch vor Glück geglüht hatte, umspülte mich mit der nächsten Welle eine tiefe Traurigkeit.

Ren trat näher an mich heran, um meine Worte im Rauschen des Meeres nicht zu überhören. »Deine Mutter wurde damals von den Inseln verbannt, nicht wahr?«

»Ja.« Ich schluckte. »Weil sie meinen Vater umgebracht hat.«

Ren nickte leicht, das hatte er schon gewusst. »Es tut mir leid.«

»Mir nicht.« Ich strich eine Haarsträhne hinter mein Ohr. »Ehrlich gesagt bin ich dankbar, dass sie es getan hat. Mein Vater war … kein guter Mensch. Er hat uns geschlagen, immer dann, wenn er betrunken war. Und das war er meistens.«

Rens Augen weiteten sich ein wenig. *Diesen* Teil der Geschichte hatte er nicht gekannt – kein Wunder, der Inselkurier berichtete nicht gern schlecht über einen Mann in solch einer hohen Stellung.

»Willst du mir davon erzählen?«, fragte Ren leise.

Ich horchte einen Moment lang in mich herein. Wollte ich das? In der Vergangenheit hatte ich nur mit einem einzigen Menschen darüber gesprochen, und zwar mit Yason. Die Geschichte hatte uns verbunden – schreckliche Väter zu haben war etwas, mit dem wir beide uns gleichermaßen auskannten. Inzwischen sprachen wir nur selten miteinander, doch dieses Geheimnis verband uns nichtsdestotrotz.

Dennoch nickte ich zögerlich. Ich wollte tatsächlich mit Ren darüber sprechen. »Tagsüber kannte man ihn nur als den beliebten Inselmeister, der er war. Aber abends … zeigte er ein anderes Gesicht.« Ich holte tief Luft.

»Du musst mir das nicht sagen«, murmelte Ren. In seinem Blick lag Anteilnahme.

»Ich will aber«, beteuerte ich. Die Tatsache, dass er mich nicht drängte, verstärkte dieses Gefühl nur. »Er hat uns geschlagen«, wiederholte ich, »und er hat getrunken. Mein Vater war es auch, der mich zum Seiltanzen gebracht hat – tagsüber, weil es einem Mädchen der oberen Häuser gut zu Gesicht steht. Nachts, weil es ein ausgezeichneter Weg war, um schnell an Muscheln zu kommen, mit denen er seinen Alkohol besorgen konnte. Ich hatte sieben Sommer gesehen, als ich das erste Mal in der Nachtarena getanzt habe.«

Ren atmete zischend ein, während ich überhaupt nichts fühlte.

Wenn ich an diese Zeit zurückdachte, war da nur eine Leere in mir, endlos wie das Meer.

»Irgendwann hatte er abends keinen Alkohol mehr da«, fuhr ich fort. »Er wollte, dass ich über das Drahtseil zum Nachtmarkt laufe und ihm welchen hole. Aber an diesem Abend war ein Sommersturm aufgezogen, es war unmöglich. Der Wind wehte viel zu stark, als dass ich es bis auf die andere Seite geschafft hätte.«

Die Erinnerung an diese Nacht schien wie durch ein dunkles Tuch verschleiert. Als wäre es nicht meine eigene Geschichte, die ich erzählte – denn das Mädchen von damals war mir fremd. So viel war geschehen. »Er wollte mich zwingen, da ist meine Mutter eingeschritten. Er hat sie geschlagen und mich zum Seil gezerrt.« Ich sah Ren direkt an. »Er hatte ein Messer in der Hand, mit dem er mich bedroht hat. Da hat meine Mutter ihn über den Rand gestoßen.«

Rens Augen waren riesig. Er griff nach meiner Hand und drückte sie. Ich erwiderte den Druck, dankbar für den Halt.

»Danach war ich so erleichtert. Bis der Rat meine Mutter für den Mord verurteilt und die Todesstrafe über sie verhängt hat. Es war König Arrum, der diese Entscheidung im letzten Moment eigenmächtig aufgehoben und sie lebend von den Inseln verbannt hat. Dafür bin ich so, so dankbar … Und deswegen wird meine Treue für immer ihm gelten. Aber ich wünschte trotzdem, ich hätte damals mit meiner Mutter gehen können. Und ich wünschte, ich wüsste wenigstens, ob sie überhaupt noch am Leben ist.«

Ren nahm mich so vorsichtig in den Arm, als sei ich zerbrechlich. Er sprach nicht, umarmte mich nur, und ich war ihm dafür dankbar. Es fühlte sich gut an, gehalten zu werden.

»Meine Eltern waren beide großartig«, flüsterte Ren. »Aber sie sind tot.«

Ich wartete, ob er noch mehr sagen wollte, doch Ren schwieg.

Er hatte mich nicht gedrängt, daher fragte auch ich nicht. Trotzdem bedauerte ich Rens Schweigen – ich hatte ihm so viel von mir erzählt. Warum verbarg er seine Geheimnisse vor mir?

Doch in diesem Moment war das nicht so wichtig. Was zählte, war nur die Tatsache, dass er hier war, und dass er mir mit dieser Umarmung versprach, mich aufzufangen, wenn ich fiel.

Kapitel 9 – Elaia

Obwohl es mir schwerfiel, löste ich mich von Ren. Ich war zum ersten Mal in meinem Leben am *Meer*. Das musste ich ausnutzen. Ich trat von ihm weg und schaufelte mit dem Fuß Wasser in seine Richtung.

»Elaia!« Ren tat es mir nach und warme Wassertropfen flogen bis zu meinem Gesicht.

Ich machte einen Satz und spritzte dabei noch mehr Wasser auf, dann schoss ich zurück. Sofort erwiderte Ren den Angriff mit einer Welle, die mein ganzes Kleid durchnässte. Ich schickte einen weiteren Schwall auf ihn zu und nur wenige Herzschläge später troffen wir beide vor Nässe.

Ich machte einen Sprung ins tiefere Wasser, um der nächsten Welle auszuweichen, und ließ mich einfach nach hinten fallen. Die Wasseroberfläche schlug über mir zusammen und schloss die Welt aus. Ich tauchte in einen Wirbel aus verschwommenem Blau und völliger Stille. Freudig streckte ich mich dem weißen Sandboden entgegen. Wenn ich doch nur besser schwimmen könnte, als ich es in den schmalen Becken oben auf den Inseln gelernt hatte! Ich würde das Ufer so weit hinter mir zurücklassen, bis nichts mehr als die endlose Bläue um mich wäre.

Ich stieß mich vom Boden ab, schoss an die Wasseroberfläche und schnappte nach Luft. Ren tauchte neben mir auf. Er lächelte, als er mich erblickte.

»Was?«, fragte ich.

Er schüttelte leicht den Kopf, antwortete dann aber doch. »Du bist schön.«

Ich strich mir eine tropfende Haarsträhne aus den Augen. »Lügner.«

»Ich meine es ernst.« Ren machte einen Schritt zur Seite, in das tiefere Wasser. Ich folgte ihm. »Ich lüge nur, wenn es sich nicht umgehen lässt. Dich würde ich nicht anlügen«, versprach er.

»Aber die ganze Wahrheit sagst du mir auch nicht«, stellte ich leise fest.

Schuld blitzte in Rens Augen auf. Statt einer Erwiderung spritzte er erneut Wasser in meine Richtung.

Ich ließ mich erneut fallen und schwamm auf die Tiefe zu. Auf meinen Lippen schmeckte ich Salz, so sauber und rein wie ein Sommerregen.

Mehrfach tauchten wir nebeneinander auf, ohne miteinander zu sprechen. Aber obwohl meine letzten Worte einem Vorwurf gleichkamen, war es keine unangenehme Stille. Die Geheimnisse änderten nichts an den Gefühlen, die ich Ren gegenüber hegte. Ihre Offenbarung könnte es, je nachdem, was er verbarg. Aber im Moment war diese Befürchtung so weit entfernt wie die Inseln. In diesem Augenblick waren meine Gefühle unbestreitbar.

Diese Einsicht brachte meine Wangen zum Brennen und ich war froh, erneut in die sanfte Kühle des Wassers eintauchen zu können. Konnte ich meinen Empfindungen trauen, wenn er mir doch so offenkundig etwas verschwieg?

Ja, konnte ich, begriff ich in der Weite des unendlichen Meeres. Denn ich vertraute Ren.

Die Erkenntnis traf mich wie ein Schlag und ich tauchte keuchend auf. Wann hatte ich das letzte Mal jemandem so bedingungslos vertraut? Ich erinnerte mich nicht.

Ren stand einige Mannslängen entfernt im hüfthohen Wasser, das Haar klebte nass an seinem Kopf. Er betrachtete einen winzigen Gegenstand, den er in seinen Händen hielt.

Neugierig näherte ich mich ihm. »Was ist das?«

»Schau dir das an«, sagte Ren und drehte sich zu mir. Mit geschickten Bewegungen löste er etwas aus der weißen Muschel. »Eine Perle.« Er rollte die glitzernde Kugel zwischen seinen Fingern.

Mein Magen kribbelte, als er mich ansah. Es kostete mich meine gesamte Willenskraft, meine Aufmerksamkeit auf die Perle zu richten. Sie leuchtete in unzähligen Farben und war tausendfach schöner als die Perlen, die ich an dem Armband um mein Handgelenk trug.

»Ich schenke sie dir«, flüsterte Ren.

Ich streckte die Hand aus und griff nach ihr, doch er ließ sie nicht los. Meine Finger verharrten auf den seinen und die Berührung sandte Milliarden sanfte Stiche durch meinen ganzen Körper. Unwillkürlich machte ich einen Schritt auf ihn zu.

Wir standen uns so nah, dass ich Rens Atem auf meiner Haut fühlen konnte, warm und unregelmäßig. Er sah auf mich herab, den Mund leicht geöffnet. Behutsam streckte er die freie Hand aus und strich mir eine Haarsträhne aus dem Gesicht.

Ich atmete scharf ein, als sein Daumen meine Wange berührte. Mit in den Nacken gelegtem Kopf stand ich da und sehnte seine Lippen auf meinen herbei. Meine Knie zitterten, als er sich auf mich zu bewegte.

Ganz plötzlich machte Ren einen Schritt nach hinten. Er riss seine Hände von mir weg und ballte seine Linke um die Perle zur Faust.

Völlig überrumpelt stolperte ich nach vorn. Ren hätte mich auffangen können, doch stattdessen machte er einen weiteren Schritt zurück. Ich stürzte, tauchte mit dem Kopf unter Wasser und fing mich mit den Händen am Sandboden ab. Als ich mich wieder aufrichtete und das Wasser aus meinen Augen blinzelte, zitterte Ren am ganzen Körper.

»Ren?«, stieß ich hervor, meine Stimme war unnatürlich hoch. »Was ist los?«

»Tut mir leid, das ist keine gute Idee.« Ren schüttelte leicht den Kopf, dann wirbelte er herum. Ohne ein weiteres Wort watete er durch das Wasser auf den Strand zu.

»Wie bitte?« Fassungslos starrte ich ihm hinterher. Ich folgte Ren sogleich, doch der wurde noch schneller. Als er den Sandstrand erreichte, rannte er beinahe. »Ren!«, rief ich empört. »Was tust du da?«

Der junge Mann drehte sich nicht zu mir um. »Lass uns zurück zu den Inseln gehen. Es ist schon spät.«

Ich holte ihn ein, als er gerade den Abhang hinaufkletterte, und war vor ihm oben. »Was soll das?«, fragte ich, als Ren sich vor mir hinaufhievte.

Er hielt inne. »Das mit uns … ist gar keine gute Idee.«

Tränen schossen mir in die Augen, und ich stieß ihn, ohne darüber nachzudenken, wieder den Abhang hinab. Zitternd wischte ich die Tränen weg, zurück blieb nur Zorn.

»Verdammt, Elaia!«, schrie Ren und sprang auf die Füße. »Lass das!«

»Dann sag du mir, was los ist!«, kreischte ich, während Ren erneut den Hang hinaufkletterte.

Er ging an mir vorbei, ohne mich anzusehen. »Ich kann nicht mit dir zusammensein.«

Mit geballten Fäusten stolperte ich ihm hinterher. »Und das fällt dir jetzt ein?«, rief ich. »Nachdem du mich hierherbringst, mir sagst, wie schön ich wäre und mich dann fast küsst?«

Ren lief schneller und schlug mit der Faust einige Äste beiseite. »Es tut mir leid. Das alles hier war ein riesiger Fehler. Du hast recht, ich hätte das nicht tun dürfen.«

»Du sollst *das hier* jetzt nicht tun!«, fuhr ich ihn an. »Bleib stehen und sag mir, was los ist! Was habe ich falsch gemacht?«

»Du hast nichts falsch gemacht«, antwortete Ren gequält. »Es liegt nicht an dir. Wir hätten nie zusammen sein können.«

Am liebsten hätte ich ihn noch einmal geschlagen, wie letzte Nacht im Schloss. »Dann war ich die ganze Zeit ein Spiel für dich?«, zischte ich. »Ein netter Zeitvertreib?«

Ren atmete scharf ein. »Ich habe nicht nachgedacht«, erklärte er mit gesenkter Stimme. »Ich habe nicht erwartet, dass es so weit kommen würde. Ich weiß, dass du mich nicht verstehen kannst.«

Mir fiel ein, dass ich gerade unter Wasser geglaubt hatte, dass die Offenbarung seiner Geheimnisse gefährlich werden könnte. Anscheinend hatte ich mich geirrt, seine Geheimnisse holten uns doch schneller als erwartet ein. Welch eine Ironie.

»Du bist verabscheuenswürdig und ...« Mir fehlten die Worte. »... niederträchtig. Du verdammter Mistkerl.«

Ren zuckte zusammen. »Ich ...« Er blieb so plötzlich stehen, dass ich direkt in ihn hineinlief. Bedauernswerterweise stolperte er nicht einmal, sondern wirbelte herum. »Still!«, befahl er.

»Ich habe noch nicht einmal angefangen!«, stieß ich aufgebracht hervor. »Du bist ein erbärmlicher –«

Ren drückte seine Hand auf meinen Mund und brachte mich so zum Verstummen. Ich holte mit dem Arm zum Schlag aus, doch er packte mein Handgelenk. »Sei still!«, flüsterte er. »Dort ist jemand.«

Ich erstarrte und lauschte. In nicht allzu weiter Ferne erklangen Rufe und Gelächter. Mit aufgerissenen Augen sah ich Ren an, all meine Wut war mit einem Mal verschwunden. »Ein Stamm?«, hauchte ich und eisige Angst kroch meine Arme hinauf.

Die Stämme hassten uns Inselbewohner. Wir alle kannten die Geschichten der Händler, die einen Angriff der Stammesmenschen nur knapp überlebt hatten – oder gar nicht.

»Ich möchte sie sehen«, flüsterte Ren. Seine Augen waren geweitet.

Ich starrte ihn an. Hatte er jetzt völlig den Verstand verloren?

»Auf keinen Fall –«, begann ich, aber Ren unterbrach mich: »Geh schon einmal zurück zur Insel. Ich komme gleich nach.« Er drehte sich um und schlich geradewegs auf die Rufe zu.

Ich zögerte. Ein Teil von mir wollte ihn mit den Stammesmenschen alleinlassen. Ein anderer Teil sträubte sich dagegen, irgendetwas zu tun, das er mir befahl. Und hinzu kam der Anflug von Neugierde, der mich nun beschlich. Wissensdurst und

Trotz gewannen und ich schlich Ren hinterher. Er huschte von einem Baum zum nächsten, verbarg sich hinter Blättern und breiten Stämmen.

Als Ren sah, dass ich ihm folgte, verharrte er in der Bewegung. Er öffnete den Mund, doch ich schnitt seine Erwiderung mit einem einzigen Blick ab. Nach dem Geschehen gerade eben hatte er jedwedes Recht verloren, mir irgendetwas zu befehlen. Ich würde später noch einmal mit ihm darüber sprechen, jetzt war dafür keine Zeit. Meinen Zorn linderte das jedoch nicht.

Durch die Äste tauchten die Umrisse von Hütten im Wald auf. Mehrere Menschen liefen an ihnen vorbei und mein ganzer Körper spannte sich an. Stammesmenschen. Wir mussten völlig verrückt sein, freiwillig herzukommen.

Ren erreichte einen hellgrünen Haselstrauch vor mir. Er kniete sich auf den Boden und spähte durch das dichte Geäst.

Ich eilte zu ihm, in der erfolglosen Bemühung, kein Geräusch auf dem trockenen Laubboden zu verursachen. Erleichtert sank ich neben Ren auf die Knie und schob einen Zweig beiseite. Durch die Äste konnte ich auf eine weite Lichtung hinaussehen. Winzige Holzhütten standen aneinandergereiht, Kinder liefen lachend auf der Wiese durcheinander. Einige Frauen redeten miteinander, während sie mit den Händen an etwas arbeiteten, das ich nicht sehen konnte. Ein Mann schlenderte über die Wiese, das Plätschern eines Baches klang munter zu mir herüber.

Ich blinzelte. Das alles sah so friedlich aus, so schön. Nirgendwo waren Waffen sichtbar und die Kleider der Menschen waren sauber und ordentlich. Nicht sonderlich anziehend, aber auch nicht zerrissen oder unangemessen. Man hatte uns von unzivilisierten Wilden erzählt. Diese Menschen unterschieden sich – zumindest auf diesen ersten Blick – kaum von uns.

Ich sah Ren von der Seite an. Er starrte gebannt auf die Lichtung. Ich blickte wieder nach vorne. Ein zweiter Mann war in mein Blickfeld getreten und sprach mit dem ersten. Keiner von ihnen sah grausam oder gewalttätig aus, im Gegenteil. Beide Männer hatten ähnlich goldene Haare und als der eine lachte, schallte der Laut hell und klingend bis zu uns herüber.

»Ich gehe zu ihnen«, murmelte Ren mit rauer Stimme.

»Wie bitte?« Ich wirbelte so schnell zu ihm hinüber, dass das Laub unter meinen Füßen raschelte. »Aber wenn –«

»Sieh sie dir doch an.« Rens Blick war unverwandt nach vorn gerichtet. »Diese Menschen sind nicht böse oder grausam. Ich will mit ihnen sprechen.« Er rappelte sich auf.

Unsicher sah ich zur Lichtung. Auf der gegenüberliegenden Seite traten gerade zwei weitere Männer auf die Wiese. Männer, die ich schon einmal gesehen hatte ... »Warte!« Ich sprang auf die Füße, packte Rens Arm und zog ihn wieder in den Schutz des Strauchs. Seine Haut fühlte sich unter meinen Fingern fiebrig heiß an und ich zog meine Hand eilig zurück. »Dort vorn!«, zischte ich und deutete in die Richtung, in der ich gerade die zwei Männer gesehen hatte.

Erneut gingen wir beide in die Knie. Rens Augen waren riesig, als er mich wieder ansah. »Das ist Ratsmitglied Quercus, oder?«

»Ja. Er und einer seiner Vertrauten«, wisperte ich.

Hinter Quercus traten fünf, nein, sechs weitere Männer auf die Lichtung. Im Gegensatz zu den Stammesmenschen war jeder von ihnen bewaffnet. Wo kamen sie so plötzlich her?

Nur Quercus trug keine Waffe. Er hob beide Arme wie zum Willkommensgruß. Doch die Worte, die er aussprach, waren eiskalt und hart. Wie Messer schnitten sie durch die friedlichen Geräusche der Lichtung und drangen klar wie gläserne Splitter über die Wiese. »Stamm der weißen Nebel!«, rief Quercus. »Ihr kennt den Preis, den wir für die Bebauung der Inselgebiete verlangen. Ich fordere die sofortige Herausgabe eures Viehs und Getreides! Weigert ihr euch, werdet ihr den Zorn der sechsundzwanzig Inseln zu spüren bekommen.«

Erstarrt sahen Ren und ich auf die Lichtung. Die Haltung der Inselbewohner war friedlich, doch ihre Waffen enthüllten dieses Bild als eine Lüge.

Auch die Stammesmenschen nahmen das wahr. Mehrere Frauen stolperten übereinander, als sie ängstlich zurückwichen. Die

Kinder, die gerade noch lachend miteinander gespielt hatten, weinten nun leise.

Mein Körper fühlte sich schwer an, und trotz der Sommerhitze zitterte ich. Das war unmöglich. Vielleicht hatte ich etwas übersehen oder ich missverstand das Geschehen.

Die Ratsmitglieder trieben Handel mit den Stämmen. Mit den barbarischen, grausamen, kampflustigen Stämmen. Sie *bedrohten* sie nicht. Oder?

Ich war nicht so blind gewesen, darauf zu vertrauen, dass die Ausführungen des Rates immer ehrlich waren. Aber *so etwas?* Und König Arrum … Wusste er davon? Mein Inneres sträubte sich, das zu glauben. König Arrum war gütig und er war großzügig. Er konnte keine Kenntnis hiervon haben. Doch sicher war ich mir nicht.

Auf der anderen Seite der Lichtung sah ich eine Bewegung zwischen den Bäumen. Weitere Inselbewohner? Aber als ich genauer hinsah, war da nichts.

»Also?«, rief Quercus, als keiner der Stammesleute Anstalten machte, seinen Befehlen Folge zu leisten. »Ihr habt gehört, was ich verlange. Gebt nach oder dieser Boden hier wird brennen.«

Der Mann an Quercus' Seite hob ein Messer an seine Hand und selbst von hier konnte ich den goldenen Blutstropfen sehen, der zu Boden fiel. Eine hüfthohe Stichflamme schoss vom trockenen Gras in die Höhe. Durch den versammelten Stamm ging ein Aufschrei und ich begriff erst verspätet, weshalb. Es war Hochsommer, jeder Ast des Waldes war staubtrocken. Ein ausbrechendes Feuer wäre verheerend.

Doch die Flamme verlosch wieder, ohne sich auszubreiten. Dies war nur eine erste Warnung – eine weitere Drohung.

Eine der Frauen, die am dichtesten bei den Männern standen, schluchzte. »Aber wir benötigen die Tiere und das Getreide. Was können wir sonst essen? Und wie nur sollen wir durch den nächsten Winter kommen? Wir können nirgendwo anders bauen, es gibt nicht genügend Platz für alle Stämme südlich des Gebirges. Und Ihr benötigt diesen Raum doch nicht!« Sie fügte noch etwas hinzu, aber ihre Worte wurden vom Raunen der anderen Stammesmenschen verschluckt.

Quercus bewegte sich keine Handbreit. Sein Blick lag mitleidlos und kalt auf der Stammesfrau, bis sie zurückwich. Ihr ersticktes Schluchzen klang über die ganze Lichtung.

Erneut sah ich die Bewegung hinter den Inselbewohnern im Wald und dieses Mal erkannte ich einen Mann, der auf einen hohen Baum kletterte. Mit einer Eleganz, die an einen Seiltänzer erinnerte, schwang er sich die Äste hinauf und verschwand dabei beinahe im dichten Laub. Als der Mann sich etwa in zwei Mannslängen Höhe befand, hielt er an und zog einen Bogen von seinem Rücken. In einer einzigen, fließenden Bewegung legte er den Pfeil an und zielte.

Unfähig, auch nur einen Laut von mir zu geben, beugte ich mich vor. Ich hätte ohnehin nicht gewusst, was ich hätte tun sollen – Quercus warnen? Ihn sterben lassen?

In diesem Moment warf Quercus einen flüchtigen Blick über seine Schulter. Sein Blick schnellte nach oben, traf den Mann. Instinktiv machte er einen Schritt nach hinten. Gleichzeitig zischte der Pfeil so schnell durch die Luft, dass ich den Flug nicht mit den Augen verfolgen konnte.

Das Geschoss blieb zitternd im Boden stecken, seitlich von der Stelle, wo Quercus gerade noch gestanden hatte. Wäre seine Bewegung einen Wimpernschlag langsamer gewesen, hätte der Pfeil nun in seinem Oberkörper gesteckt.

Eiskalte Stille breitete sich auf der Lichtung aus. Nicht einmal die Kinder wagten es, einen Laut von sich zu geben, auch die schluchzende Frau verstummte. Das Brausen des Baches vermischte sich mit dem Rauschen des Blutes in meinen Ohren. Ich konnte die Hände des Attentäters auf dem Baum sehen. Sie waren zu Fäusten geballt und zitterten so heftig, dass ich es trotz der Entfernung erkannte.

Quercus griff nach dem Messer des Mannes neben sich. Ohne hinzusehen, zog er die Schneide über seine Handfläche. Goldenes Blut blitzte auf und zeitgleich ging der Baum des

Attentäters in Flammen auf. Laub und Zweige knisterten hell.

Niemand bewegte sich, als die Gestalt des Attentäters aus den Ästen fiel. Seine Kleidung brannte, sein Gesicht war vom magischen Feuer innerhalb eines Augenblicks zu einer unkenntlichen Fratze verschmolzen. Er rührte sich nicht, als er auf dem Boden aufschlug und die Flammen ihn weiter unbarmherzig verzehrten.

Eine Frau schrie los und das Geräusch rüttelte auch die übrigen Stammesmenschen auf. Die Frauen und Kinder stürzten in den umliegenden Wald, die Männer auf der Wiese zögerten. Zwei Frauen brachen unweit von uns ins Gestrüpp und entfernten sich in die entgegengesetzte Richtung.

Nur eine einzelne Frau und drei Kinder blieben auf der Lichtung zurück. Die Frau stürzte auf den Attentäter zu, der nun nicht mehr brannte. Sie barg das Gesicht in der Brust des Leichnams, wild von Schluchzern geschüttelt. Zwei der Kinder hingen an ihrem Rock, das andere stand neben der Frau und starrte Quercus an. Es war ein kleiner Junge; selbst von hier konnte ich den Hass in seinen Zügen sehen.

Ich konnte kaum atmen. Mein Herz wurde von einer schrecklichen Hilflosigkeit erschüttert und ich war außerstande, auch nur die Hand zu bewegen.

Auf der Lichtung beeilten die Stammesleute sich, Quercus' Befehlen nachzukommen. Ein Mann trieb mehrere Ziegen auf die Wiese, die übrigen schleppten schwere Leinensäcke aus den Hütten herbei. Die Inselbewohner standen reglos da und sahen zu. Quercus spielte mit dem Messer in seinen Händen.

»Und die Kühe?«, rief einer der Inselbewohner, den Blick auf eine Stelle im Wald gerichtet, die ich nicht sehen konnte. Mit gesenktem Kopf verschwand einer der Männer hinter den Hütten und kehrte mit zwei Kühen zurück, die er an langen Stricken hinter sich herführte.

Die Vorräte stapelten sich inzwischen auf der Wiese; ein stattlicher Haufen des gesamten Besitzes des Stammes. Als die Stammesmenschen fertig waren, zückte auch einer der Männer hinter Quercus eine Klinge.

Blut leuchtete auf, dann bewegte sich von einer der Inseln über uns eine Gondel nach unten. Sie war viel größer als die gewöhnlichen Gondeln, breit und flach. Statt von einem wurde sie von vier Seilen gehalten, die zu einem einzigen, dicken Draht zusammenführten. Dieser reichte bis hinauf zu der Insel, wo er im Stein verschwand.

Die Stammesmänner verluden die Säcke und trieben dann die Ziegen und Kühe in die Gondel. Zum Schluss trat ein Inselbewohner nach dem anderen in die letzte freie Ecke.

Ich konnte das Aufatmen der Stammesmenschen hören, als sich der Lastzug wieder aufwärtsbewegte.

Die Inselbewohner waren schon auf Höhe der Baumwipfel, als Quercus an den Rand der Plattform trat und die Hand hob. Für einen kurzen, verwirrten Moment glaubte ich, er wollte den Stammesmenschen zuwinken. Da tropfte gleißend goldenes Blut aus der Höhe nach unten. Es funkelte in den Sonnenstrahlen so hell wie der Baum, der auf der anderen Seite der Lichtung noch immer brannte.

Als der Blutstropfen auf dem Boden auftraf, ging die Lichtung in Flammen auf.

Kapitel 10 – Elaia

Der Baum, den Quercus vorhin in Brand gesetzt hatte, stand noch immer in Flammen, doch sie hatten sich nicht ausgebreitet. Nun war der brennende Baum unsichtbar. Verschwunden hinter Rauch und Staub und Feuer.

Die ganze Lichtung brannte und mit ihr der umliegende Wald. Schreie vermischten sich mit dem Knacken von Ästen und dem Knistern des Feuers. Ich starrte die Mitte der Lichtung an, wo gerade noch die Männer des Stammes gestanden hatten. Lodernde Flammen versperrten mir die Sicht.

Jetzt begriff ich, warum Quercus auf *sämtliche* Vorräte bestanden hatte: Alles andere wäre Verschwendung gewesen. Er hatte nicht vorgehabt, diesen Stamm am Leben zu lassen.

Verzögert nahm ich wahr, dass Ren losgerannt war; mitten in die Flammen hinein.

Endlich konnte ich meine Glieder wieder bewegen. Keuchend rannte ich Ren hinterher. Sengende Hitze brach von allen Seiten auf mich ein. Das Kleid, immer noch feucht vom Meerwasser, schien an meiner Haut zu kochen. Ich hustete, atmete Rauch ein und hustete erneut. Ich konnte nichts sehen. Was sollte ich tun? Die Schreie der Stammesmenschen fraßen sich in meinen Kopf und hinderten mich daran, einen klaren Gedanken zu fassen.

Wir liefen weiter, doch Flammen versperrten uns den Weg.

Ren stolperte, fing sich dann aber und blieb ruckartig stehen. Ich packte seinen Arm. »Hast du ein Messer?«

»Was … natürlich nicht!« In Rens Gesicht spiegelte sich eine Verzweiflung, die mein Entsetzen klein erscheinen ließ.

Wieder hustend fiel ich auf die Knie. Meine Hände tasteten den Boden ab, fuhren über das niedergetretene und harte Gras. Meine Finger stießen auf einen faustgroßen, flachen Stein und vor Erleichterung schossen mir Tränen in die Augen. Ich packte den Stein und zog die unregelmäßige, gezackte Kante über die dünne Haut meines Unterarms. Sie schürfte an mehreren Stellen auf und mir entfuhr ein Schmerzenslaut. Mit zusammengebissenen Zähnen ballte ich die Hand zur Faust und drehte den Arm so, dass die verwundete Seite nach unten zeigte. Blut tropfte hell wie die Flammen und Funken um mich zu Boden.

Verlösche, flehte ich das Feuer um mich herum an. *Verlösche. Bitte, verlösche.*

Die Flammen um mich wurden augenblicklich kleiner. Ich spannte meinen Körper an und zog die raue Kante abermals über die blutende Wunde. Hautfetzen klebten am Stein, als ich ihn fallen ließ. Ich schüttelte den Arm, um noch mehr Blut auf das dürre Gras zu träufeln.

Nach und nach erstarb der lodernde Brand, die Schreie wichen Rufen oder schmerzvollem Wimmern.

Erst als die letzte Flamme erloschen war, ließ ich mich zu Boden fallen. Die Welt drehte sich um mich und mir war so übel, dass ich mir nicht sicher war, ob ich mich gleich übergeben würde. Mein Körper brannte von der Hitze, mein linker Arm hämmerte vor Schmerzen.

Ren berührte mich an der Schulter. »Geht es dir gut?«, fragte er, in seinen grünen Augen leuchtete Verzweiflung. »Ich wünschte, ich hätte das tun können. Ich wünschte …« Er stockte, weil ich mich zur Seite abstützte und mich direkt vor seine Füße erbrach.

Noch heute Morgen wäre ich vor Scham darüber am liebsten geflohen, doch angesichts dieses Leides erschien mir in diesem Moment nichts unwichtiger als meine eigene Würde. Und immerhin hörten die Inseln allmählich auf, sich über mir wild zu drehen.

»Mir geht es gut«, stieß ich hervor und kam mühsam auf die Füße. »Wir müssen den Stammesleuten helfen, schnell!«

Ren wirkte erleichtert, als er herumwirbelte. Er rannte quer über die Wiese, ich folgte ihm stolpernd.

Die eben noch so malerische Lichtung hatte sich in ein Schlachtfeld verwandelt. Die Hütten waren schwarz, die vorher mit Stroh bedeckten Dächer fehlten vollständig. Der Brand war um ein Vielfaches stärker und heißer gewesen, als es für ein Feuer natürlich war. Mit diesen Flammen hatte Quercus den Stamm vernichten wollen. Und hätte ich nicht zufällig zugesehen, wäre ihm das auch gelungen.

Im Laufen legte ich den Kopf in den Nacken. Hoch über mir verschwand der Lastzug in einer der Inseln. Mein Blick flog wieder nach unten und ich sah die unförmigen schwarzen Gestalten, die in der Mitte der Lichtung verteilt lagen. Dort, wo gerade noch die Stammesmänner gestanden hatten. Erneut musste ich würgen.

Ren erreichte die Körper vor mir, wich dann aber zurück. »Zu spät«, stieß er heiser hervor.

Ich lief an den Leichen vorbei, ohne sie genau anzusehen. Den Toten konnte ich nicht helfen, doch dort am Waldrand waren noch mehr Menschen. Sie sammelten sich auf der Wiese.

Ein kleines Mädchen schrie gellend auf, als es uns erblickte. Die Stammesmenschen wirbelten herum. Ein Mann, der in das schwarze Gras gebettet lag, kam wankend auf die Füße. Die Hälfte seines Gesichts war leuchtend rot, Blut und Fleisch verzerrten die Miene zu einer Fratze. Eine Frau schluchzte haltlos.

»Wir wollen nur helfen!« Ren wurde langsamer und hob beide Hände beschwichtigend in die Höhe. »Wir tun euch nichts!«

Weitere Männer stolperten aus dem Wald. Einer hatte einen armdicken Holzstock gepackt, doch er wirkte in seinen Händen eher wie eine Krücke als wie eine Waffe. »Verschwindet!«, brüllte er.

Ich wurde langsamer. »Ich kann versuchen, euch zu heilen!«, rief ich. »Mein Blut kann euch heilen!«

Ren lief auf eine Stelle zu, wo ein kleiner, hellblonder Junge reglos im Gras lag. Es war der Junge, der neben der Leiche des Attentäters Quercus angestarrt hatte. Die Mutter des Kindes schrie gequält auf. Sie packte den Jungen an der Schulter, bevor Ren ihn erreichte, und schleifte ihn in den Schatten der verkohlten Bäume.

Ich folgte ihnen, Tränen strömten über meine Wangen. »Wir können euch helfen!«, wiederholte ich krächzend.

»Fasst uns nicht an!«, schrie der Mann, der sich auf den Stock stützte. »Uns war schon lange klar, dass wir hier nicht hätten herkommen dürfen … aber die anderen Stämme besetzen die Wälder im Norden.«

Die letzten Worte schienen nicht mehr an uns gerichtet, sondern eher an sich selbst – in dem verzweifelten Versuch, sich ihr Bleiben hier zu erklären. Ihr Bleiben in der Nähe dieser Gefahr. In *unserer* Nähe.

»Aber was können wir für euch tun?«, fragte ich verzagt.

»Nichts.« Die Augen des Mannes schienen so glühend heiß vor Zorn wie das Feuer eben. »Ihr habt schon genug getan.«

Ren stolperte weiter nach vorne, wirre Worte kamen aus seinem Mund. »Bitte! Wenn … Wir können doch … Es tut mir so –«

Ich holte ihn ein und packte seinen Arm. »Wir gehen«, versprach ich den Stammesmenschen, die uns in panischer Angst anstarrten. »Es tut mir unglaublich leid, was hier geschehen ist.«

Ren wehrte sich nicht, als ich ihn zurück über die Wiese zog. Er schien wie betäubt, ließ sich an den Leichen und den von Ruß dunklen Hütten vorbeiziehen. Sein Blick war unverwandt auf die Stammesmenschen gerichtet, die uns voller Misstrauen und Hass hinterherstarrten.

Schweigend traten wir und den Wald ein und steuerten auf

die Stelle zu, wo die Leiter zu *Abendrot* führte. Erst als wir nicht mehr in Hörweite der Stämme waren, ließ ich Ren los und fiel augenblicklich auf die Knie. Jetzt drehte die Welt sich wieder und als ich die Augen schloss, tauchten Bilder vor mir in der Schwärze auf. Der Attentäter, wie er vom Baum stürzte. Die Leichen in der Mitte der Insel. Der blonde Junge, reglos. Ich riss die Augen wieder auf, um den Bildern zu entkommen.

Ren war neben mir auf die Knie gesunken und starrte ins Leere, auf die gleichen Bilder, die auch mich quälten. In seinem Blick lag die Verzweiflung, die ich schon vorhin dort gesehen hatte. »Warum haben wir nichts getan?«, flüsterte Ren. »Als Quercus noch auf der Wiese stand … Wir hätten ihn aufhalten müssen.«

Die Selbstverachtung in seiner Stimme erschrak mich. Erneut schämte ich mich, da meine Gefühle nicht annähernd angemessen war für das, was wir gesehen hatten. Sie waren so viel kleiner als das, was Ren fühlte.

»Wir hätten nichts tun können«, widersprach ich dennoch. »Im Gegenteil. Wer weiß, was Quercus mit uns getan hätte, wenn er uns entdeckt hätte. Und dann wären wir nicht dagewesen, um das Feuer zu löschen. *Wir hätten nichts tun können.*«

»Wir hätten es trotzdem versuchen müssen«, beharrte Ren. »Ich fühle mich unglaublich feige. Wir haben einfach zugesehen, wie *unsere eigenen Leute* sie ausgeraubt haben.«

Seine Schuldgefühle griffen nach mir, doch ich konnte sie beiseiteschieben. Ich verabscheute mich selbst dafür, doch es gab mir die Kraft, mich aufzurichten. »Wir haben alles getan, was in unserer Macht stand«, versuchte ich, uns beide zu überzeugen. »Wir sind nicht schuld an dem, was hier geschehen ist. Quercus ist es. Der Rat.«

Ich dachte an meine Wut auf Carex – bestimmt wusste er von dem Überfall heute. Doch es war Quercus gewesen, der den Stamm letztendlich ausgeraubt hatte, nicht Carex. Dessen Drohungen waren dagegen harmlos und ohne Bedeutung.

Ren nickte langsam, doch ich sah in seinen Augen, dass er mir nicht glaubte.

Stumm saßen wir nebeneinander, jeder mit seiner eigenen Trauer beschäftigt. Stille Tränen rollten über Rens Wangen, mein Inneres hingegen fühlte sich nun völlig kalt an.

Zwischen den Inseln ging allmählich die Sonne unter. Sie tauchte den Wald in ein leuchtendes, blutiges Licht.

Das gleiche Licht bemalte die Wälder am nächsten Morgen. Ich lag auf dem Boden meines Zimmers, hatte die Stirn an das kühle Glas gepresst und starrte in die Tiefe. Je länger ich durch die dicke Glasschicht sah, desto weniger nahm ich sie wahr. Die Leere unter mir schien mich aufzusaugen. Ich fühlte mich losgelöst von der Welt, losgelöst von meinem eigenen Leben.

Obwohl Rens Leiden größer anmutete als meines, hatte er sich gestern zuerst vom Waldboden erhoben.

»Wie sollen wir nach dem hier normal weitermachen?«, hatte ich gefragt und zu ihm aufgesehen.

Rens Blick war von abgrundtiefer Trauer und Hass erfüllt gewesen. »Ich weiß es nicht.«

Diese Nacht hatte ich kaum geschlafen, weil mich jedes Mal, wenn ich die Augen schloss, die Bilder der Lichtung heimsuchten. Doch selbst nach einer ganzen Nacht voller rastloser Gedanken konnte ich diese Frage nicht beantworten.

Und auch Ren konnte mir nun nicht mehr helfen. Erst als wir Dahlyas Haus wieder erreicht hatten, war mir eingefallen, was vor dem Grauen auf der Lichtung geschehen war. Unser Streit. Die Art, wie Ren zurückgetreten war.

Der Angriff auf den Stamm konnte nichts davon ungeschehen machen. Was auch immer da zwischen Ren und mir entstanden war, es war zerbrochen. Und ich war nicht gewillt, die Scherben aufzusammeln.

Ich war mir nicht sicher, ob ich nach all dem noch auf den Inseln bleiben wollte. Doch eine Flucht würde nichts daran ändern, was Quercus den Stämmen antat. Deshalb entschied ich mich gegen einen Fortgang. Ich würde den verfluchten Wettbewerb gewinnen und dann, wenn die Inselbewohner mich wieder unter sich anerkannten, irgendwie verhindern, dass solche Verbrechen erneut geschahen. Doch die nächste Runde würde erst morgen beginnen. Und bis dahin galt es, einen weiteren Tag zu überleben.

Mühsam rappelte ich mich vom Boden auf. Mein Körper fühlte sich versteinert an und meinem Kopf ging es ebenso.

Die Morgensonne schien heiß auf mich herab, als ich auf die Straße trat. Vereinzelt waren Menschen unterwegs, die umherschlenderten oder gemächlich irgendwelchen Beschäftigungen nachgingen. Hier oben, zwischen all den glücklichen und zufriedenen Leuten, schien der gestrige Tag unwirklich und wie ein schlechter Traum.

Ich rieb mir die Augen und hoffte, dass man mir meine innere Unruhe nicht ansah. Mit erhobenem Kinn lief ich durch die Straßen, auf den Stadtrand zu. Dorthin, wo die Brücke zur Insel des Königs führte. Ich musste wissen, ob er Kenntnis über diese Geschehnisse besaß. König Arrum war so freundlich, so gütig … Ich vertraute ihm. Unmöglich konnte er es wissen und gutheißen. Doch das musste ich von ihm selbst hören.

Niemand beachtete mich und das war mir mehr als recht. Ich sah keinen der Menschen an, sondern lief geradewegs auf die Brücke nach *Sonnenleuchten* zu.

Erst als ich aus der Stadt hinaus auf den Randstreifen trat, merkte ich, dass etwas nicht stimmte. Die Stadt hinter mir war voll morgendlicher Ruhe, nur vereinzelt klangen Geräusche und Gespräche zu mir heraus. Doch dieser Frieden war einseitig. Denn vor mir, wo in der Ferne die anderen Inseln lagen, erklangen Rufe. Sie waren zu weit entfernt, um etwas verstehen zu können, und zu wirr durcheinander. Dann ein Schrei.

Ohne langsamer zu werden, drehte ich mich und lief nach rechts, in die Richtung des Aufruhrs. Über die hüfthohe Randmauer hinweg konnte ich die Insel sehen, von der der Lärm stammte. Ich brauchte einen Moment, um mich zu erinnern, welche Insel da lag: Das war *Morgengrauen*.

Heller Rauch stieg von der Stadt auf, setzte graue Nebelschleier in den sonst wolkenlosen Himmel. Rauch? Ich spannte mich an, kniff die Augen zusammen. Nicht nur eine Rauchsäule, sondern gleich mehrere schraubten sich ungleichmäßig in die Luft, bevor sie in der warmen Brise verwehten.

Meine Aufmerksamkeit war so sehr auf die Insel gerichtet, dass ich den Mann, der an der Mauer stand, erst verspätet entdeckte. Ruckartig blieb ich stehen, als ich ihn erkannte. Das war Ren.

Die widerstreitendsten Gefühle wirbelten in meinem Inneren durcheinander. Erst die Überraschung und kurze Freude, dann, als ich mich an den gestrigen Tag erinnerte, Verletztheit und Wut. Ich wollte ihn nicht sehen, verdammt. Ich wollte nie mehr mit ihm sprechen. Wenn mein Herz das nur auch so sehen würde.

Als würde er meinen Blick in seinem Rücken spüren, wandte Ren den Kopf. Seine Miene gab keinerlei Gefühl preis, als er mich erblickte. »Elaia«, begrüßte er mich.

Zögernd trat ich näher. »Was ist da los?«, fragte ich, ohne ihn anzusehen.

»Ich weiß nicht genau.« Ren wandte sich ebenfalls wieder zu der Insel. Aus dem Augenwinkel sah ich, dass seine Hände zu Fäusten geballt waren. »Die Insel brennt.«

Nebeneinander standen wir da und starrten zu *Morgengrauen* hinüber. Menschen liefen am Rand der Stadt umher, aber nur vereinzelt. Die meisten wurden von den Häusern verdeckt.

Links von uns lag die Brücke, die nach *Sonnenleuchten* ging, rechts die nach *Morgengrauen.* Die Drähte und Bretter führten durcheinander und wirkten über der weiten Tiefe unter uns winzig klein. Ihr Singen konnte ich nicht hören.

Ein nächster Schrei scholl zu uns hinüber, lauter als die letzten. Gleichzeitig wogte neuer Rauch in den Himmel, von dunkler, schwarzer Farbe.

Ren und ich zuckten im selben Augenblick zusammen. Dies alles wirkte so sehr wie ein Spiegel dessen, was gestern geschehen war. Nur dass es dieses Mal nicht unten in den fernen Wäldern geschah, sondern direkt neben uns. In unserem Zuhause.

»Ich muss da rüber«, murmelte Ren. Er sah mich nicht an.

Ich dagegen wandte mich ihm zu. »Wie bitte?«

»Ja.« Rens Blick wanderte über die Brücke, die hinüberführte. »Hier auf dieser Seite steht kein Hüter, der ist ebenfalls hinübergegangen. Dort wacht vermutlich schon einer, sonst wäre längst jemand hierhergelaufen. Aber ich denke, dass ich es trotzdem schaffe … Warte hier. Ich erzähle dir alles, wenn ich wieder da bin.«

Ich runzelte die Stirn und wiederholte: »*Wie bitte?*«

Als Ren nun mich doch ansah, blinzelte er. »Ich gehe hinüber. Nach dem, was gestern geschehen ist … Ich muss einfach wissen, dass alles in Ordnung ist.«

»Ja.« Ich schüttelte leicht den Kopf. »Ich meine, wieso glaubst du, dass ich hierbleibe?«

Ren richtete sich auf, über seine Züge huschte Verärgerung. »Elaia, wirklich. Ich bin gleich wieder da.«

Ich schenkte ihm ein liebenswürdiges Lächeln. »*Ich auch.*«

Ren holte zischend Luft und sah mich an. Ich erwiderte seinen Blick und legte all den Zorn hinein, den ich fühlte. Er hatte kein Recht, mir etwas vorzuschreiben.

Ren wirbelte herum und hastete auf die Brücke zu. Ich folgte ihm. Dort angekommen wurden wir langsamer. Tatsächlich stand hier kein Hüter. Die Holzbretter lagen breit und leer vor uns, führten in einem leichten Bogen hinüber zu *Morgengrauen.*

»Bist du dir sicher?« Ren warf einen Blick über die Schulter, wo sich die Grasfläche verlassen hinter uns ausbreitete. »Wer weiß, was da drüben –«

»Ich bin gewandter als du und wir sind zwar beide Blutsmagier, selbst wenn du deine Magie auf eine ungewöhnliche Art nutzt«, unterbrach ich ihn. »Also w*ag es nicht*, mir irgendetwas verbieten oder befehlen zu wollen.«

Erneut lag in seinem Blick Ärger, aber nun sprach er ihn nicht aus. Ohne ein weiteres Wort wandte ich mich um und betrat vor ihm die Brücke. Dieses Mal war es Ren, der mir folgte.

Die ersten Schritte machten wir zögernd. Mein Körper war

angespannt. Ich wartete darauf, dass uns jemand aufhielt. Aber alles blieb still. Die einzigen Schreie, die ertönten, erklangen vor uns.

Wir liefen schneller, rannten jetzt nebeneinander her. Unsere Schritte hallten laut und hohl auf den Holzbrettern wider. Aber je näher wir *Morgengrauen* kamen, desto leiser schienen sie vor dem Lärm. Am Ende der Brücke stand der Hüter – nein, erkannte ich, als ich näherkam. Es waren mehrere. Vier.

Ich lief leiser, bis meine Schritte lautlos waren. Ren versuchte neben mir dasselbe, doch es gelang ihm nur bedingt. Auf meinen Lippen lag ein spöttisches Lächeln und ich war mir sicher, dass er es sah. Seine Miene war verbissen.

Obwohl wir deutlich leiser waren, wurden wir entdeckt, als wir zwei Drittel des Weges zurückgelegt hatten. Der erste Hüter drehte sich um, in seiner Miene lag Überraschung. Sie hatten nicht damit gerechnet, dass jemand versuchen würde, auf die Insel *hinauf*zukommen.

Ren und ich stürmten nebeneinander über das Holz, weitere Hüter wandten sich um, einer machte einen zögernden Schritt in unsere Richtung.

Da hatten wir das Ende der Brücke erreicht. Ich lief ein Stück vor Ren, brach, ohne langsamer zu werden, durch die Reihe der Hüter. Ein Mann griff nach mir, packte mein Handgelenk. Ich wurde zurückgezogen, riss an meinem Arm. Keuchend entwand ich mich ihm. Neben mir warfen sich gleich zwei Hüter auf Ren. Ein wildes Gerangel entstand, die drei fielen zu Boden.

Ich stolperte von den Männern weg. Hinter mir gelang es Ren, die beiden Hüter beiseitezustoßen. Er sprang auf die Füße, trat den ersten seiner Angreifer von sich. Der zweite rappelte sich ebenfalls auf und taumelte auf Ren zu. Ich rannte auf ihn zu und stieß den Mann so heftig in den Rücken, dass er wieder zu Boden ging.

Gleichzeitig stürzten Ren und ich los, fort von den Hütern. Der vierte, der sich bisher nicht eingemischt hatte, lief uns ein paar zögernde Schritte hinterher.

Ohne uns abzusprechen, rannten wir in die erste Straße der Stadt und bogen dann nach links ab. Die Schritte hinter uns verstummten oder vielleicht gingen sie in dem Aufruhr unter.

Es war hier deutlich lauter und aufgewühlter, als ich von *Sternenschimmer* aus vermutet hatte. Die Schreie waren noch immer da, aber einige Straßenzüge weit entfernt. Der Rauch hing dicht über der Insel, wogte bis auf die überfüllte Straße hinab. Unzählige Menschen stürzten durcheinander. Sie rannten an uns vorbei, ohne uns zu bemerken.

»Wasser!«, schrie ein Mann niemanden Bestimmtes an. »Das Haus der 711er brennt!«

»Was ist hier los?« Ren eilte geradewegs auf einen Mann zu, der ein Kleinkind hinter sich her zerrte, entgegen dem Stadtinneren.

Schlitternd kam er zum Stehen und betrachtete uns mit zusammengekniffenen Augen, als wären wir aus dem Nichts erschienen. »Ihr seid von drüben, oder? Was tut ihr hier? Verschwindet lieber, bevor ihr noch zu sehr aus eurer heilen Welt herausgerissen werdet.«

»Was meinst du damit?«, rief Ren, die Arme hilflos erhoben. Ich warf einen Blick über die Schulter, aber von den Hütern der Brücke war nichts zu sehen.

»Dass ich euch verabscheue.« Ohne jegliche weitere Erklärung wirbelte der Mann herum und riss das Kind so energisch mit sich, dass es einen wimmernden Laut von sich gab.

Hilflos drehte Ren sich einmal um sich selbst. »Kann mir bitte jemand sagen, was überhaupt passiert ist?«

Neben uns eilte eine ältere Frau von dem Aufruhr weg, ihr Schritt war leicht humpelnd. Als sie Rens Worte hörte, kam sie zum Stehen. »Ihr seid von drüben!«, wiederholte sie, was schon der Mann gesagt hatte.

»Ja.« Ren beugte sich vor. »Aber wir wollen helfen. Was ist hier geschehen?«

Der Blick der Frau war spöttisch und eiskalt. »Was hier geschehen ist? Ein Aufstand, das ist geschehen.«

Kapitel 11 – Elaia

»Ein *Aufstand*?« Ich schüttelte den Kopf. »Aber warum sollte irgendjemand einen Aufstand anzetteln?«

»Weil es nicht allen so großartig geht wie denjenigen von euch, deren Hauszahl in den unteren fünfhundert liegt«, zischte die Frau. »Aber das könnt ihr nicht wissen, weil wir eingesperrt werden und es keinen kümmert, was hier geschieht.«

Ich holte scharf Luft. *Morgengrauen* war mit Abstand die ärmste Insel, das wussten alle. Aber das hieß nicht, dass sie schlecht behandelt wurden … Vielleicht war das Essen, das ihnen geliefert wurde, nicht mit derselben Sorgfalt hergestellt. Doch es war das gleiche Essen.

Zumindest hatte man uns das immer gesagt. Aber nach dem gestrigen Tag schien mir dieses Unfassbare plötzlich viel weniger unmöglich. Denn wenn der Rat an den Stämmen solche Verbrechen ausübte, wer sagte dann, dass nicht auch auf den Inseln Übel geschahen?

Ich ballte die Hände zu Fäusten. Wenn es hier sogar zu einem *Aufstand* kam, musste König Arrum davon wissen. Aber ich vertraute ihm. Ich hatte es ihm geschworen.

»Und was habt ihr getan?«, fragte Ren neben mir. Seine Miene war hart, aber er wirkte nicht überrascht.

Die Frau verzog das Gesicht zu einer abfälligen Grimasse.

»*Wir* haben nichts getan. Wie immer leiden wir nur unter dem, was andere tun … Aber ich nehme es den Aufständischen nicht übel, sie meinten es nur gut. Sie haben versucht, zu *Dämmerlicht* zu gelangen. Leider wurden sie entdeckt – oder verraten. Wer weiß das schon? Sie haben ein paar Häuser in Brand gesetzt, das des Inselmeisters und die einiger anderer führender Persönlichkeiten. Doch die meisten von ihnen sind Blutsmagier und haben zurückgeschlagen, und nun hat keiner das Feuer mehr im Griff. Es –«

Sie wurde von einem Schrei unterbrochen, der scharf und laut durch die übrigen Rufe schnitt: »Hüter!«

Augenblicklich kam Bewegung in die ohnehin schon aufgewühlte Menge. Die Menschen stürzten durcheinander, fort von der Gefahr, doch keiner wusste eigentlich, wohin.

Ohne uns noch einen Blick zuzuwerfen, rannte die Frau weiter. Sie stürmte auf die gegenüberliegende Straßenseite und verschwand in einem der Häuser, das grau und unscheinbar zwischen den anderen stand.

»Komm«, zischte Ren und ausnahmsweise tat ich, was er sagte.

Unsere Gasse endete vor einer Steinmauer. Wir wirbelten herum und rannten in die Richtung, aus der wir gekommen waren. Der Rauch hatte sich verdichtet und ich musste husten.

Als wir die größere Straße erreichten, konnten wir rechts von uns die Brücke sehen, auf der wir hergekommen waren. Inzwischen standen dort mehr Hüter, mindestens ein Dutzend.

»Da kommen wir jetzt nicht zurück.« Ren warf einen flüchtigen Blick über die Schulter, doch keiner der Hüter schenkte dem Geschehen auf der Straße große Beachtung.

»Dann hier entlang.« Ich wies mit dem Kopf in die entgegengesetzte Richtung, wo zahllose Menschen durcheinanderstürmten.

»Wir müssen etwas tun!«, brüllte ein Mann. »Wir sind doch mehr als sie. Jetzt lasst uns einfach über die verdammte Brücke gehen!« Sein Rufen ging in dem allgemeinen Lärm unter.

Wir schlängelten uns zwischen den Leuten hindurch und

hasteten weiter die Straße hinab.

Es war unmöglich, all die Missstände zu übersehen. Die Hütten waren dreckig und verfallen, kaum Bäume wuchsen hier. Wir kamen an einem alten Springbrunnen vorbei, dessen Vogelfigur der Kopf fehlte. Im brüchigen Becken lag Staub und Schmutz, hier war schon lange kein Wasser mehr geflossen. Ich spähte über die Menschen hinweg in eine Seitengasse hinein. Häuser reihten sich an Häuser. Es gab kein Grün, von einem Park fehlte jegliche Spur.

Es erschien mir so unwirklich, dass dieses Elend neben all dem Prunk der meisten anderen Inseln bestand. Nicht von Grund auf, aber vor allem wegen der Tatsache, dass ich noch nie auch nur ein Wort davon gehört hatte. Diesen Leuten ging es so ungleich schlechter als uns und niemand erwähnte es?

»Was –« Ren konnte seinen Satz nicht beenden, da das Schreien vor uns in diesem Moment zu einem Kreischen anschwoll.

Wir kamen schlitternd zum Stehen, als auch schon die ersten Hüter aus der Gasse vor uns traten. Sie liefen in einer Reihe, trieben die Menschen vor sich her. Keiner dieser Männer hatte eine Waffe. Dafür trug jeder einzelne von ihnen das goldene Band um den Ärmel, das ihn als Blutsmagier auswies.

»Liefert die Aufständischen aus, dann wird euch nichts geschehen!«, rief der erste Hüter. »Sobald wir die Aufständischen haben, gehen wir wieder!«

Aus einem der umliegenden Fenster stürzte ein kopfgroßer Stein auf die Reihen der Hüter hinab. Er prallte an einem unsichtbaren Widerstand ab; eine nicht wahrnehmbare Blase umspannte diese Männer.

Mein Blick flog zu der Hand des hintersten Hüters. Er hatte sie leicht angehoben, leuchtendes Blut fiel in winzigen Tropfen stetig zu Boden.

Obwohl der Stein den Hütern nicht einmal nahegekommen war, wirbelte der zweite in der Reihe herum. Er hatte dunkles, lockiges Haar und dichte Brauen, die in einem arroganten Zug in die Höhe gereckt waren. Ohne seine stolze Miene für einen

Augenblick zu verziehen, hob er ebenfalls eine Messerklinge an seine Hand. Ein winziger Tropfen nur, kaum zu sehen, fiel zu Boden. Kaum verschwand das Gold im grauen Stein, ging das Haus neben ihnen in Flammen auf.

»Geht da rein!«, befahl der vorderste Hüter, ohne dem Feuer oder den Schreien im Inneren des Hauses Beachtung zu schenken. Zwei Hüter lösten sich aus der Gruppe und eilten in das brennende Haus. Die Flammen erstarben unter ihren Schritten.

Ren und ich pressten uns an die Wand eines Hauses. »Und schon wieder gehen Menschen in Flammen auf, ohne dass wir etwas dagegen unternehmen«, wisperte er.

»Was sollen wir denn tun?«, zischte ich. »Außerdem ist das jetzt vollkommen anders. Wer weiß, was diese Leute vorhatten … Vielleicht wollten sie den König töten.«

»Oder vielleicht will der König sie töten«, fügte Ren hinzu.

»Wenn er das will, dann wird er Gründe haben.« Ich starrte das Haus an, aus dem Kampfgeschrei ertönte.

»Und wenn er nichts davon weiß?«

Ich nickte langsam. »Das habe ich auch schon überlegt. Ich weiß nicht … Dann müssen wir ihm davon berichten.«

»Verdammt, Elaia!« Ren fuhr so heftig auf, dass ich zusammenzuckte. »Was macht es denn für einen Unterschied, wer das hier befohlen hat? Die Menschen erheben sich, weil es ihnen nicht gut geht, und werden dafür verbrannt. Was ändert es, wer den Befehl dafür gegeben hat?«

»Es ändert alles.« Ich wich seinem Blick aus. »Ich vertraue König Arrum.«

»Du bist blind.« Ren wandte sich verächtlich wieder zum Haus, wo ein Mann aus der Tür geschleift wurde. Er war bewusstlos, tiefrotes Blut rann seine Schläfe hinab. Sein Gesicht war von der Hitze des Feuers dunkelrot gebrannt.

Die Hüter liefen weiter, zerrten den besinnungslosen Mann hinter sich her, in Richtung der Stadtmitte. Sie ließen ein Gewirr aus Schrecken und Angst zurück, das die Furcht in Stimmengewirr verwandelte.

»Da sind noch welche drinnen!«, schrie eine Frau und erneut gingen Rufe durch die Leute.

»Dann tut doch etwas!«, brüllte jemand. Niemand bewegte sich.

Einen Herzschlag später sprang Ren los. Er schob sich durch die Inselbewohner und rannte, ohne zu zögern, in das Haus hinein. Gelbe Flammen schlugen aus den Fenstern hinaus.

Eilig folgte ich ihm. Jemand riss mich am Arm zurück; ein Mann. »Geh da nicht rein!«, rief er. Dann fiel sein Blick auf das Sommerkleid, das mich offensichtlich als nicht von hier kennzeichnete. Er ließ mich so abrupt los, als gingen die Flammen von mir und nicht vom Haus aus.

Ich erreichte die Tür des Hauses gerade, als Ren heraustrat. Im Arm hielt er einen etwa siebenjährigen Jungen, der sich nicht bewegte. »Ich glaube, sonst ist da keiner drin«, brachte er zwischen mehreren Hustenanfällen hervor.

Trotzdem zog ich meinen noch von gestern geschundenen Arm über die raue Ecke der Hauswand. Goldenes Blut rann den Stein hinab und verschmolz mit dem Grau. Augenblicklich wurden die Flammen weniger und verstarben schließlich ganz.

Keuchend richtete ich mich auf. Ren hustete erneut, wandte sich jedoch zu dem Umstehenden. »Kennt jemand diesen Jungen?«

Eine Frau eilte auf uns zu und riss das Kind so heftig aus Rens Armen, dass er stolperte. Er hob beruhigend beide Hände, machte einen Schritt zurück.

»Du hättest auch warten können, bis ich das Feuer gelöscht habe«, murmelte ich. »Jetzt siehst du wie ein Held aus.«

Rens Augen leuchteten. Ein helles Lachen entfuhr ihm. »Ich *bin* ein Held. Und außerdem hättest du das Feuer ja ein kleines bisschen schneller löschen können.«

»Wollte ich ja.« Ich verzog das Gesicht.

»Und falls es dich beruhigt, niemand sieht mich hier als einen Helden«, fügte Ren mit einem Blick auf die Umstehenden hinzu. Tatsächlich waren deren Mienen eher wütend als dankbar.

»Wir müssen einfach alle loslaufen!«, rief ein Mann hinter uns. Der gleiche Mann, den wir vorhin schon gesehen hatten.

Mehrere Menschen wandten sich zu ihm um. »Dann töten sie uns«, knurrte ein anderer Mann, die Hände zu Fäusten geballt.

»Und dann?«, schrie der erste Mann. Sein Gesicht war dunkelrot vor Wut und Aufregung angelaufen. »Sie können uns nicht alle umbringen!«

»Ja, aber viele.« Der zweite Mann runzelte die Stirn. »Ich für meinen Teil habe einiges zu verlieren. Ein Dach über dem Kopf, ein Bett. Ein Zuhause, das ich meinen zwei Kindern bieten kann. Mag es auch noch so ärmlich sein.«

»Komm«, murmelte Ren. »Da hinten brennen weitere Häuser, vielleicht können wir dort helfen.« Wir schoben uns zwischen den Menschen hindurch, die angespannt die Unterhaltung verfolgten.

Ich sah Ren von der Seite an. »Ich kann nicht glauben, dass es so schlimm ist. Dass einige dieser Menschen tatsächlich meinen, ihr Leben für diesen Aufruhr geben zu sollen.«

»Ich bewundere das.« Ren warf einen Blick über die Schulter, wo die beiden Männer sich gegenseitig anbrüllten. »Das ist es, was wahre Ehre ist: Dass sie mit allem, was sie haben, für ihre Ziele einstehen.«

»Ja, aber das meine ich nicht. Ich meine, dass ich es nicht fassen kann, dass ich nichts von all dem hier wusste. Ich rede mit so vielen Menschen – in der Akademie, auf dem Nachtmarkt. Und keiner verliert ein Wort darüber, dass *Morgengrauen* kurz vor einem Aufstand steht?«

»Und das wundert dich?«

»Dich nicht?«

»Du kommst aus dem Haus 7.« Ren schüttelte grimmig den Kopf und zum ersten Mal sah ich in seinen Augen die gleiche Abscheu, die ich in den Blicken all der Menschen hier las. »Es ist doch offensichtlich, dass die oberen Häuser diese Probleme nicht haben und es nicht wahrhaben wollen, weil genau hierauf euer Reichtum stützt. Wenn diese Menschen einmal aufhören, für euch zu arbeiten, werden einige von euch sehr tief fallen.«

»Ach, und du gehörst nicht dazu?«, zischte ich. »Du wohnst

auf *Sternenschimmer*, der Insel des Adels. Tu nicht so, als würdest du von dem ganzen Reichtum nichts abbekommen.«

»Das ist etwas anderes.« Rens Miene war verschlossen und ich lief zornig schneller.

Wir kamen in eine weitere Gasse, in der ebenfalls ein Haus brannte. Dieses Mal zögerte ich nicht, meinen Arm über den Stein zu ziehen und die lodernden Flammen verlöschen zu lassen.

Ren warf einen Blick durch die Tür hinein, von deren Vorhang nur ein Rest aus schwarzer Asche übriggeblieben war. »Ich schaue schnell, ob noch jemand darin ist.« Er wartete nicht auf meine Antwort, sondern lief einfach los. Obwohl er es nicht mehr sehen konnte, nickte ich. Suchend drehte ich mich um mich selbst. Im Rest der Straße brannte nichts mehr, aber –

Der Schlag traf mich so unerwartet, dass ich nicht einmal versuchen konnte, auszuweichen. Ich stürzte nach vorn, konnte mich erst im letzten Moment mit den Händen am Boden abfangen. Beißender Schmerz breitete sich von meinem Hinterkopf wellenförmig in meinen ganzen Körper aus. Instinktiv rolle ich zur Seite und wich damit dem Tritt aus, der gleich auf den Schlag folgte. Er streifte mich nur, meine Rippen blieben heil.

Ich rollte mich von meinem Angreifer weg, der mir hinterhergehechtet kam. Ich konnte sein Gesicht sehen, zornig verzerrt. Ich kannte diesen Mann nicht, hatte ihn noch nie gesehen. Sein dunkles Haar war kurzgeschnitten. Auf seiner Stirn klaffte ein daumendicker Schnitt, aus dem ein dünnes, rotes Rinnsal bis zu seinem Kinn führte.

Erneut trat er nach mir, dieses Mal konnte ich nur bedingt ausweichen. Neuer Schmerz loderte in mir auf und durchdrang meinen ganzen Körper. Wieder holte der Mann aus und ich krümmte mich zusammen, unfähig, ein weiteres Mal auszuweichen. Mit angehaltenem Atem erwartete ich den Schmerz.

Er kam nicht. Stattdessen ertönte über mir ein dumpfer Schlag und dann einer neben mir, als mein Angreifer zu Boden stürzte.

Schwankend rappelte ich mich auf, schnappte nach Luft. Ren lag auf dem Fremden, die beiden rangen stumm miteinander.

Dem Mann gelang es, sich loszumachen und aufzuspringen. Dieses Mal griff er mich nicht an, sondern spuckte mir nur mit verächtlicher Miene vor die Füße. Ohne einen Augenblick länger zu zögern, wirbelte er herum und verschwand zwischen den Leuten um uns her, die den kurzen Schlagabtausch überhaupt nicht beachteten.

Ren hustete und kam ebenfalls auf die Füße. »Gern geschehen. Habe ich es jetzt verdient, wie ein Held auszusehen?«

»Ich hätte ihn gleich überwältigt. Und: nein.«

Ren lachte leise. Ich zögerte, überwand mich dann aber. »Danke.«

Er nahm es mit einem Nicken an und holte tief Luft. »Wir müssen hier weg.«

Ich schluckte. »Dort hinten brennen noch mehr Häuser. Wir sollten versuchen –«

»Das wird zu gefährlich«, unterbrach Ren mich. »Nicht nur, weil uns die Menschen auf dieser Insel hassen, sondern wegen der Hüter. Wenn sie uns hier finden, haben wir ein großes Problem … Ich glaube nicht, dass sie wollen, dass Bewohner anderer Inseln hiervon erfahren.«

Ich öffnete den Mund, um zu sagen, dass sie es kaum verschweigen konnten – als mir aufging, dass sie es sehr wohl konnten. »Wir können nicht einfach gehen«, widersprach ich.

»Doch, wir können.« Ren schloss kurz die Augen. »Das hier ist nicht wie gestern. Auf dieser Insel haben die Leute das Feuer freiwillig gelegt und sie helfen sich selbst.«

Er hatte recht. Trotzdem zögerte ich, als ich die Rauchschwaden über den Dächern sah.

Schweigend eilten wir durch die Straßen zurück. Mein Körper fühlte sich abgekämpft an. Schmutzstreifen und Blut zierten mein Kleid, mein Arm brannte.

Wir gingen bis zu der Straße, hinter der die Brücke zu *Sternenschimmer* führte. Noch immer standen hier Hüter, allerdings ein Stück von der Brücke entfernt. Sie sammelten sich um ein Haus an der Ecke, aus dem verschiedene Gegenstände flogen und an der unsichtbaren Schutzmauer der Blutsmagier abprallten.

Wir huschten an den Hütern vorbei, schlugen einen Bogen. Hinter dem Stein, in dem das Seil der Gondeln verankert war, verharrten wir. Die Brücke lag nicht weit von uns entfernt und kein einziger Hüter trennte uns von ihr.

Ren warf einen Blick auf die Hüter, die um das Haus standen. Nach einem letzten Atemzug rannte er los. Er lief in eine unsichtbare Mauer hinein, taumelte, stürzte. Hätte er nicht sein Gesicht vor Schmerzen verzogen, hätte es durchaus lustig aussehen können.

»Warte.« Ich schüttelte den Arm, der noch immer von vorhin geschunden war. Goldene Blutstropfen fielen zu Boden, lösten die magische Mauer vor uns auf. Diesmal vorsichtiger gingen Ren und ich auf die Brücke zu. Wir wurden kein weiteres Mal aufgehalten. Die Hüter hatten ihre ganze Aufmerksamkeit auf das Haus gerichtet, ihr unsichtbarer Schutzwall wiegte sie in Sicherheit.

Wir rannten los. Ich wartete darauf, erneut aufgehalten zu werden, doch nichts geschah. *Morgengrauen* entfernte sich von uns. Die Luft wurde frischer, der Lärm ließ nach.

Schwer atmend stürzten wir auf *Sternenschimmer* zu, wo noch immer kein Hüter vor der Brücke stand. Wir eilten weiter, den langen Grasstreifen am Rand der Stadt entlang, bis die Brücke nicht mehr zu sehen war.

Schließlich blieb Ren keuchend stehen. Ich wurde ebenfalls langsamer, wandte mich in die Richtung, in der *Morgengrauen* lag. Die Insel rauchte leicht und die Rufe drangen unverändert zu uns hinüber. Ansonsten gab es keinerlei Hinweise auf den Aufstand, der dort niedergeschlagen wurde. Jedes Mal, wenn ich daran dachte, kroch eine Gänsehaut meine Arme hinauf.

»Was sollen wir jetzt nur tun?«, fragte ich leise. »Wegen *Morgengrauen*, aber auch wegen der Stämme. Nach allem, was wir gesehen haben …«

Gedankenverloren blickte Ren zu *Morgengrauen* hinüber. »Nichts.«

»Wie bitte?« Ich starrte ihn an.

»Zumindest vorerst. Wenn wir etwas sagen, ziehen wir sofort die Aufmerksamkeit des Rats auf uns und vielleicht die des Königs. Das kann ich nicht, ich muss vorher manches erledigen. Und der Wettbewerb wäre für uns beide vorbei.«

Der Wettbewerb. Nie war mir etwas unwichtiger erschienen. »Da sterben Menschen und du meinst, wir sollen … warten?«

»Was willst du denn tun? Den Inseln von den Verbrechen dort erzählen? Glaub mir, die meisten wird das nicht kümmern. Du wirst von allen gemieden und ich bin bedeutungslos. Niemand wird uns zuhören.«

Er hatte recht – falls ich den Wettbewerb gewönne, würde das vielleicht anders sein. Vorher würde mich jedoch kaum jemand ernst nehmen.

»Aber … wir müssen *irgendetwas* tun!«

»Nein.« Rens Stimme war kalt, doch seine leuchtenden Augen verrieten das Gegenteil. Er log, denn er wollte sehr wohl etwas tun. Er verriet mir nur nicht, was.

Insgesamt unterschieden sich seine Worte stark von seinem Verhalten gestern. Da schien er selbst im Feuer mitgebrannt zu haben, heute dagegen sah er eher so aus … als hätte er ein schlechtes Gewissen? Das ergab keinen Sinn.

Aber seine Worte waren darum nicht weniger wahr. Mir würde niemand zuhören, solange ich den Wettbewerb nicht gewann. Doch falls ich ihn *verlor*, würde Carex seine Drohung verwirklichen und mich für hauslos erklären. Dann würde ich erst recht keine Beachtung bekommen.

Und ich hatte noch immer eine Aufgabe. Ich hatte Dahlya schon zu lange aus dem Blick verloren, dabei konnte ich nicht mit Sicherheit ausschließen, dass sie ein Attentat plante.

Und Ren? Langsam hob ich den Kopf. Was war es, das *er* vorhatte? Er war so oft mit Dahlya zusammen, täuschte sogar noch immer ein Verlöbnis mit ihr vor. Wenn sie ein Attentat plante, war er dann in ihr Vorhaben eingebunden?

Immerhin waren beide zur gleichen Zeit im Königsschloss

gewesen. Nun erschien es mir töricht, dass ich die zwei damals hatte gehen lassen. Doch jetzt konnte ich sie nicht mehr verraten, das würde zu viele Fragen aufwerfen – Fragen, warum ich diese Entdeckung zurückgehalten hatte.

Und obwohl die beiden so offensichtlich Geheimnisse hatten, war ich noch nicht überzeugt. Dahlya hatte so ehrlich gewirkt und auch von Ren konnte und wollte ich es nicht glauben. War das wahnwitzig? Nein, das glaubte ich nicht. Ich verließ mich auf mein Gefühl.

Aber ich nahm mir trotzdem vor, ab jetzt ein wenig vorsichtiger zu sein. Ich würde ihn beobachten und das ging deutlich einfacher, wenn er mir vertraute. Deshalb schob ich all die Wut, die ich noch immer empfand, beiseite und schenkte ich ihm ein schwaches Lächeln. »In Ordnung. Du hast recht, es ist besser, dass wir erst einmal nichts sagen.«

Ich hatte Erleichterung in seinen Zügen erwartet, dass er mir meine Vertrauensseligkeit sofort abnahm. Aber Rens Blick blieb gleichbleibend nichtssagend. Auch er wusste gut mit seiner Maske umzugehen. Doch das spielte keine Rolle.

Solange ich meine eigenen Gefühle ausblendete, behielt ich die Oberhand. Als müsste ich mir das selbst beweisen, stellte ich mich auf die Zehenspitzen und umarmte ihn. »Es ist nur so schrecklich.«

»Das ist es«, stimmte Ren mir heiser zu. Er zog mich so dicht an sich, dass sich Hunderte Hitzewellen in meinem Körper ausbreiteten.

Sie waren da, meine Gefühle. Aber ich war stärker als sie. Diesen Tanz beherrschte ich.

Kapitel 12 – Elaia

Dahlya war wie von der Insel verschwunden.

Frustriert ließ ich meinen Blick über den Park schweifen. Sie war nicht da; natürlich nicht. Ich hatte beinahe alle Wiesenflächen auf der Insel abgesucht, außerdem die Häuser der Essensvergabe und alle möglichen engen, verwinkelten Gassen. Inzwischen kannte ich mich in *Sternenschimmer* besser aus als in jeder anderen Stadt.

Ich hatte sogar Dahlyas beiden Freundinnen getroffen, Artemis und die zweite, an deren Namen ich mich nicht einmal erinnerte. Keine von ihnen hatte gewusst, wo Dahlya war.

Seufzend wandte ich mich um und lief zurück. Es hatte keinen Sinn, ich würde Dahlya nicht mehr finden. Vielleicht war sie nicht auf der Insel, aber dann war sie außer meiner Reichweite. Ich konnte unmöglich alle Inseln nach ihr absuchen.

Hoffentlich, *hoffentlich* war sie nur nicht auf der Insel des Königs.

Und wieder konnte ich nichts anderes tun, als abzuwarten. Das war unerträglich.

Ich schlenderte ziellos durch die Straßen, kam an einem Springbrunnen und mehreren hellgrünen Bäumen vorbei, die ich vorhin schon gesehen hatte. Die Untätigkeit selbst war nicht einmal das Schlimmste. Das Schlimmste waren die Bilder, die sie mit sich brachte. Bilder von Flammen in Häusern und auf der Lichtung. Flammen, die alles auffraßen.

Ich schüttelte mich und beschleunigte meine Schritte. Ich würde etwas dagegen unternehmen. Aber zuerst musste ich den verfluchten Wettbewerb gewinnen, und dessen zweite Runde begann morgen.

Völlig von meinen Gedanken abgelenkt hätte ich Ren beinahe übersehen. Er lief am anderen Ende der Straße, bremste sich ein und spazierte in eines der umliegenden Häuser hinein.

Ich blinzelte und hielt unwillkürlich auf das Haus zu. War das tatsächlich Ren gewesen oder hatte ich mich geirrt? Das war nicht Dahlyas Unterkunft und auch nicht das, in dem die Leiter nach unten führte. Es war eine ganz gewöhnliche Hütte, genau wie all die anderen um mich herum.

Ich bemühte mich, meine Schritte lautlos werden zu lassen. Es ging mich nichts an, was Ren da drinnen tat. Aber ich hatte heute Vormittag beschlossen, ihm gegenüber wachsam zu sein, und das würde ich nun tun. Und außerdem brauchte ich dringend eine Beschäftigung – etwas, das die schrecklichen Bilder in meinem Kopf vertrieb.

Ich schlich an das erste Fenster heran und spähte hinein. Das Zimmer darin war eine kleine, saubere Küche. Sie war verlassen. Ein Vorhang verdeckte den Eingang zum Flur und ich blieb davor stehen. Mein Blick ging unbeteiligt in die Leere, mein ganzer Sinn war auf das gerichtet, was hinter diesem Tuch geschah.

Von drinnen erklangen schwere Schritte – Rens? –, die sich vom Vorhang fort und dann eine Treppe hinaufbewegten. Ich wartete, bis ich sie nicht mehr hören konnte, dann schob ich das Tuch einen Spaltbreit beiseite und spähte in den Gang. Ein heller Lichtstreifen fiel durch den Spalt hinein und beleuchtete einen gewöhnlichen Flur mit grauem Steinboden. Am Rand stand ein kniehohes Regal mit ein paar großen, schweren Schuhpaaren. Das waren Männerschuhe. Ich konnte nicht bestimmen, ob sie verschiedenen Personen oder nur einer einzigen gehörten.

Vom Flur führten mehrere Durchgänge zu weiteren Räumen ab. Wie in Dahlyas Haus lag auf der anderen Seite des Gangs die Treppe, die nach oben ging. Nirgends war eine Spur von einem Menschen.

Zögernd trat ich ganz ein. Ich sah mich vorsichtig um, doch ich war allein. Angespannt schlich ich bis auf die Treppe zu. Von oben konnte ich nun Stimmen hören, aber sie waren zu gedämpft, als dass ich sie hätte verstehen können.

Auf Zehenspitzen trat ich auf die erste Stufe und schob mich Stück für Stück weiter hinauf. Als ich das nächste Stockwerk erreichte, spähte ich so vorsichtig wie möglich in den oberen Flur hinein. Auch hier gingen verschiedene Zimmer ab. Links von mir lag eines, in dem ich einen jungen Mann auf einen Stuhl gefläzt sehen konnte, das Gesicht von mir abgewandt.

Trotzdem zuckte ich zurück. Er müsste den Kopf nur drehen, um mich zu erblicken. Das war mir zu gewagt. Aber hier konnte ich nicht bleiben; falls jemand den Flur hier betrat, würde er mich sofort sehen.

Mit flachem Atem schlich ich die Treppe wieder hinunter und huschte durch den Flur, bis ich draußen stand. Die Mittagssonne schien heiß auf die Straßen und die Menschen hinab, die sich auf ihnen bewegten. Vor dem Haus blieb ich einen Moment lang stehen und sah mich um. Es waren nicht viele Leute hier, die Hütte lag recht abgelegen in einer Seitengasse. Nur eine Handvoll schlenderte über das bunte Pflastergestein, keiner von ihnen schenkte mir Beachtung.

Ich drehte mich wieder um und zog mich auf den ersten Fenstersims. Die Wand dieses Hauses war uneben, verschiedene Steine waren aufeinandergeschichtet. Die Spalten zwischen ihnen waren nicht riesig, aber groß genug, dass ich meine Finger dort einhaken konnte. Stein um Stein kletterte ich an der Fassade weiter nach oben.

Etwa auf der Hälfte der Höhe warf ich einen Blick über die Schulter. Nun hatte ich doch die Aufmerksamkeit einiger Leute auf mich gezogen. Ein älteres Ehepaar war einige Schritte von dem Haus entfernt stehengeblieben und sah verwundert zu mir auf. Ich erwiderte ihren Blick scharf, bis sie wegsahen und weitergingen. Eilig kletterte ich das letzte Stück nach oben und bekam den nächsten Fenstersims zu fassen. Ich zog mich hoch und spähte in das Zimmer.

Mein Blick überflog innerhalb eines Herzschlags das zerwühlte Bett, die Haufen der Kleidung auf dem Boden und die Kommode an der Wand, deren Schubladen ein bisschen offenstanden. Ansonsten war das Zimmer leer.

Geschmeidig stützte ich mich auf dem Fenstersims ab und schwang mich in das Zimmer. Erneut warf ich einen kurzen Blick über die Schulter auf die Straße. Das Ehepaar war ein paar Schritte weiter wieder stehengeblieben und sah zu mir auf. Außer ihnen beachtete mich keiner.

Ich wandte mich ab und schlich auf den Flur zu, darauf bedacht, nicht in Sichtweite des Zimmers zu kommen, in dem der junge Mann gesessen hatte. Jetzt konnte ich auch seine Stimme hören, entspannt und herablassend.

»… dich beruhigen. Es wird schon alles gutgehen.« Er zögerte einen Augenblick und schob dann hinterher: »Wobei, *gutgehen* soll es ja eigentlich nicht. Aber unser Plan wird aufgehen.« Er lachte kurz über seinen eigenen Witz, verstummte jedoch, als Ren nicht einstimmte.

Als dieser seine Stimme erhob, war sie scharf und angespannt. »Ich muss wissen, dass ich mich auf euch verlassen kann. Das ist kein Spiel.«

Vorsichtig trat ich näher an den Durchgang heran und lehnte mich dann an die Wand daneben. Auf der anderen Seite des Ganges erwiderte der Fremde: »Dafür hast du aber eine Menge Spaß.«

Für einen Moment war da nur Schweigen. Dann fragte Ren: »Wie meinst du das?«

Der Mann lachte erneut, aber es klang nicht freundlich. »Wir haben dich mit der 7 rumlaufen sehen … Sie ist hübsch, das muss ich zugeben.«

Mein ganzer Körper spannte sich an.

»Beobachtet ihr mich?«, fuhr Ren ihn an.

»Das ist nicht zu übersehen.« Der Fremde gähnte. »Und es haben sicher noch mehr Leute bemerkt. Dabei bist du doch verlobt!«

»Lass mich in Ruhe«, zischte Ren wenig schlagfertig. »Außerdem ist da nichts, sie ist nur ein Zeitvertreib.«

Mein Herz schlug heftig gegen meine Brust und ich musste für einen Moment die Augen schließen. Als ich sie wieder öffnete, verdeckte meine Wut erneut die Verletztheit. Das war besser, immerhin konnte ich so atmen.

»Wenn du das sagst.« Der junge Mann klang gelangweilt, und im folgenden Schweigen hörte ich nur die Stimmen der Menschen draußen auf der Straße.

»Seltsam, seltsam«, sagte eine Frau.

»Das ist es in der Tat«, erwiderte ein Mann. »Vielleicht hat sie ihren Boden aufgewaschen und kann jetzt nicht darüberlaufen.«

»Was?«, fauchte Ren endlich und ich blendete das Gerede von draußen aus.

Der junge Mann seufzte und meinte: »Für viele von uns ist das Geschehen auf *Morgengrauen* mehr als nur ein Zeitvertreib.«

»Das musst gerade du sagen«, murmelte Ren.

Ich hörte das Knarzen des Stuhls, auf dem der junge Mann saß. »Vorsichtig. Wir haben das Gefühl, dass du die Sache nicht ernst genug nimmst.«

»Ach ja?« Die Worte waren nur ein Knurren in Rens Kehle. »*Ich* nehme *die Sache* ziemlich ernst, aber bei dir bin ich mir da unsicher. Dir ist vermutlich … einfach langweilig?«

»Das ist nicht wahr.« Der Fremde sprach sanft und weich, was seinen Worten einen ironischen Beiklang verlieh.

»Ich muss nur wissen, dass alles in Ordnung ist«, erklärte Ren. »Ihr werdet da sein, oder?«

»Natürlich werden wir das.« Wieder war ich mir nicht sicher, ob der Fremde seine Worte ernst meinte.

»Gut.« Ren klang hart und ich sah seinen unbeweglichen Gesichtsausdruck förmlich vor mir. »Dann bis bald.«

»Gut«, wiederholte der Fremde spöttisch und ich hörte Schritte, die sich entfernten.

Sorgsam darauf bedacht, vom Flur aus nicht gesehen zu werden, eilte ich zu dem Fenster und spähte hinaus. Nur wenige Herzschläge später sah ich Ren, der mit gesenktem Kopf unter mir aus dem Haus heraustrat und die Straße hinabeilte.

Ich wartete nicht darauf, dass er außer Sichtweite war, aus Angst, dass der Fremde aufstehen und dieses Zimmer betreten würde. Mit einer einzigen Bewegung sprang ich auf den Fenstersims und ließ mich von da an auf die Straße fallen. Das Ehepaar, das noch immer dastand, sah mich erschrocken an.

Ich lief in die entgegengesetzte Richtung, fort von Ren. Worüber hatten die beiden geredet? Auf jeden Fall über den Aufstand. Aber sie hatten auch ein Ereignis in der Zukunft erwähnt – etwas, das sie planten.

Eine Gänsehaut wanderte meine Arme hinauf und ich schüttelte mich verärgert. Ich glaubte nicht, dass sie über das Attentat an König Arrum gesprochen hatten. Natürlich kannte ich Ren kaum. Ich hatte ihn vor wenigen Tagen das erste Mal getroffen und ich selbst wusste am allerbesten, dass man anderen Menschen eine Menge vorspielen konnte. Aber ich wollte keine voreiligen Schlüsse ziehen; mit dem Gespräch konnte alles Mögliche gemeint sein. Außerdem wäre wohl niemand so dumm gewesen, ein Attentat in einem Haus zu besprechen, wo jeder zuhören konnte.

Über den Dächern der Stadt ging die Sonne unter. Ich lief dem leuchtenden Orange direkt entgegen. Es sah aus, als ob der Himmel brannte, und mit seinen eigenen Flammen all die Feuerzungen in den Wäldern, auf den Inseln und nicht zuletzt in meinem Inneren spiegelte.

Morgen fand die zweite Runde des Wettbewerbs statt.

Zwischenspiel – Ren

Noch drei Nächte bis zum Attentat.

Es erschien mir seltsam unwirklich. Das Attentat zerschnitt mein Leben wie ein Messer in zwei Teile. Den ersten Teil konnte ich planen. Ich hatte ihn unter Kontrolle.

Mit dem Anschlag begann der zweite Part, und in diesem schien es so dunkel wie die Nacht, in der das Attentat stattfinden sollte. Ich hatte nicht die geringste Ahnung, was danach geschehen würde. Ob es überhaupt ein *Danach* gab.

Doch selbst der erste Teil verschwamm zu meinem Verdruss immer weiter. Jedes Mal, wenn ich die Augen schloss, sah ich die Lichtung des Stammes brennen. Deshalb schloss ich sie nicht mehr, sondern blieb wach.

Die Straßen von *Sternenschimmer* waren finster, als ich hindurchwanderte. Ich war nicht der Einzige, der in dieser Nacht unterwegs war, aber ich fühlte mich völlig allein. Eigentlich ging ich in solchen Nächten immer in die Nachtarena, doch heute konnte ich das nicht. Stattdessen schlenderte ich an den Rand der Insel und kletterte über die Mauer. Dahinter trat ich bis an die Kante heran. Das Gras war hier dünn, kaum ein Blutsmagier machte sich die Arbeit, es wachsen zu lassen.

Ich starrte in die Dunkelheit. Um mich herum konnte ich die Lichter der anderen Inseln sehen, die die Finsternis durchbrachen. Dort, wohin das Fackellicht nicht reichte, tauchte der Mond das Land in ein silbriges Licht. Er bemalte die Inseln und die Wälder, die so tief unter mir lagen. Das Meer sah ich nicht, es verschwand in der Nacht.

Es war so widersinnig. Alles war widersinnig: Die Inseln, der Kampf gegen die Stämme und dass ich sterben sollte, obwohl ich doch das Leben liebte.

In dieser Nacht erlaubte ich mir für einen einzigen Augenblick, mir auszumalen, was hätte sein können. Wie mein Leben aussehen könnte, wenn ich das Attentat nicht verübte und mir stattdessen gestattete, meine Empfindungen für Elaia zuzulassen.

Ich schloss die Augen. Helle Flammen loderten in der Schwärze auf. Als ich sie wieder öffnete, verschwanden sie – genau wie das, was ich gerade vor mir gesehen hatte. Es war müßig, mir etwas auszumalen, das niemals eintreten würde.

Ich blickte in die Richtung, in der das Meer lag, und fragte mich, ob ich es jemals wieder besuchen würde. *Danach.*

Kapitel 13 – Elaia

In meinen Träumen schlugen heiße Flammen auf. Sie loderten heller und heller, fraßen Bäume, Wälder und die Inseln. Ich stürzte in das Feuer hinein, mitten hinein in das Orange, bis es allumfassend und das Einzige war, was ich sah.

In den Brand mischte sich hohes Glockengeläut. Es zog an mir, riss mich aus der Tiefe der Träume in die Wachheit. Die Glocken blieben und auch das Orange veränderte sich nicht. Gemalt von hellen Sonnenstrahlen, die durch das Fenster auf mein Gesicht fielen.

Ruckartig setzte ich mich auf und öffnete die Augen. Das waren die Glocken, die die zweite Runde ankündigten.

Ich sprang aus dem Bett und zog mir eilig ein weiteres der Sommerkleider an, die alle verschieden und doch gleich waren.

Die Sonne strahlte heiß auf mich herab, als ich auf die Straße trat. Die Stimmung war aufgeregt, fröhlich und beschwingt. Es schien beinahe unmöglich, dass es anderen Menschen nur wenig entfernt nicht so ging. Vor allem, da niemand darüber sprach – hätte ich die Flammen nicht selbst gesehen, würde nichts hier sie mich erahnen lassen.

Ich rieb mir die Augen und hoffte, dass man mir meine innere Unruhe nicht ansah.

Die Glocken hörten auf zu läuten, die meisten Zuschauer

waren bereits im Park. Mit erhobenem Kinn schloss ich mich den Nachzüglern an, die noch auf dem Weg zur Wiese waren.

Die übrigen acht Teilnehmer der zweiten Runde standen auf dem Podest, als ich schließlich dazustieß. Laurus schenkte mir ein breites Lächeln, Dahlya sah ein wenig zerknirscht aus. Yason bedachte mich mit einem Grinsen, er freute sich sichtlich auf die nächste Herausforderung.

Nur Ren blickte überhaupt nicht in meine Richtung. Ich vermied es ebenfalls, ihn anzusehen. Egal, wie meine Gefühle aussahen und was wir gemeinsam gesehen hatten – mein Stolz verbot es mir, einem Jungen hinterherzulaufen, der mir erst Komplimente machte und mich dann von sich stieß.

Carex' Lächeln über uns war sanft und warmherzig. »Werte Gäste! Es freut mich, dass wir wieder hier versammelt sind. Die erste Runde wurde, wie wir alle erwartet haben, sehr schnell beendet. Verblieben sind neun Jugendliche, die weiter um den möglichen Titel eines Ratsmitglieds kämpfen.«

Er fuhr fort, doch meine Gedanken schweiften ab. Ich sah Quercus an, der neben dem Podest in einer Gruppe von Männern stand. Er wirkte stolz und unnahbar wie immer. Nichts deutete darauf hin, dass er erst vorgestern unzählige Menschen eines Stammes ermordet hätte – nachdem er sie gezwungen hatte, ihm für die Inseln all ihre Nahrung zu geben.

Und mit keinem einzigen Wort wurde der Aufstand auf *Morgengrauen* erwähnt. Von niemandem.

Erst als Carex von der nächsten Runde sprach, zwang ich mich zur Aufmerksamkeit.

»In dieser Runde …«, Carex machte eine spannungsgeladene Pause, »werden unsere *Hüter* zu *Häschern*.«

Er sah mich direkt an und ein Lächeln glitt über seine Züge. Es war kein warmherziges Lächeln, aber auch kein drohendes. Vielleicht hätte dieses Lächeln mich stutzig machen sollen.

»Als Ratsmitglied ist man ständig der Gefahr eines Attentats ausgesetzt«, erklärte Carex.

Ich blinzelte. War es Zufall, dass diese Aufgabe gerade jetzt gestellt wurde, da König Arrum genau dies drohte?

»Daher werden verschiedene Häscher nach unseren Anwärtern hier suchen und sie töten.«

Fassungslos starrte ich das Ratsmitglied an und sah aus dem Augenwinkel, dass die anderen Wettstreiter es mir gleichtaten. Ungläubiges Schweigen lag über dem gesamten Platz, bis Carex es mit einem kleinen Lachen brach.

»Natürlich nicht wirklich«, fuhr er fort. »Die Häscher werden versuchen, den Teilnehmern einen Stock an den Hals zu setzen, keine echte Waffe. Gelingt ihnen das, hat der Jugendliche leider verloren. Diejenigen, die dem entgehen, werden wir morgen Mittag hier verkünden. Sie dürfen an der dritten und letzten Runde teilnehmen, die am darauffolgenden Tag stattfindet.

Daher kann ich auch nicht sagen, wie viele Wettstreiter in dieser dritten Runde geben wird. Vielleicht schafft ihr es alle, den Häschern zu entfliehen, vielleicht kein Einziger. So oder so freue ich mich darauf, die Darbietung eurer Fähigkeiten zu sehen.«

Die Menge applaudierte und ich sah aus dem Augenwinkel, wie die Hüter – *Häscher* – am Rand der Wiese sich in Bewegung setzten.

Ein Mädchen neben mir holte scharf Luft. »Ich schätze, es beginnt.«

Ich warf ihr einen Blick zu. Es war Artemis, diejenige von Dahlyas Freundinnen, die freundlich zu mir gewesen war. Ich hatte nicht einmal mitbekommen, dass sie überhaupt am Wettbewerb teilnahm, geschweige denn, dass sie in die zweite Runde gekommen war.

Artemis war die Erste, die vom Podest sprang, Yason folgte ihr auf den Fuß. Wir anderen taten es ihnen gleich und verteilen uns in verschiedene Richtungen.

Die Häscher stürmten los.

Ich rannte auf dem kürzesten Weg vom Platz. Aus dem Augenwinkel sah ich, wie ein Häscher hinter mir auf die Straße jagte. Ich lief schneller, bog in die nächste Gasse ein. Die

Schritte des Häschers waren schwer und hallten laut in der leeren Gasse wider.

Kurz kam Sorge in mir auf, doch sie war nicht groß. Ich war Seiltänzerin, ich kam an Orte, an die mir niemand folgen konnte.

An der Straßenecke hielt ich an, kletterte auf das Fensterbrett des nächsten Hauses und zog mich auf das Dach hinauf. Leichtfüßig lief ich die schrägen Dachschindeln nach oben und trat auf die abgewandte Dachseite. Unter mir konnte ich den Häscher in die Gasse abbiegen hören, dann ein Schlittern, als er stehenblieb. Für einen Augenblick war es still, nur die Geräusche der Menschenmenge einige Straßen weiter drangen gedämpft zu uns hindurch.

Dann erklang ein neuer Laut. Ich konnte ihn nicht zuordnen, bis der Häscher sich auf der anderen Seite des Daches aufrichtete und suchend umsah.

Seufzend wirbelte ich herum und stürmte los. Der Mann folgte mir.

Ich übersprang den Abstand zum angrenzenden Haus und rannte über dieses Dach weiter, dann über das nächste und übernächste. Am Ende der Häuserreihe sprang ich auf die Straße hinab. Meine Füße schmerzten vom Aufprall, doch ich kümmerte mich nicht darum. Der Häscher war hinter mir zurückgeblieben und ich nutzte den Vorsprung aus. Dennoch hörte ich zwei Gassen weiter, dass er mich langsam einholte.

Noch immer machte ich mir keine großen Sorgen, doch die Verfolgungsjagd wurde allmählich lästig.

Ich merkte erst, wohin ich lief, als ich die Häuserreihen verließ und auf den Grasstreifen trat, der sich am Rand der Insel entlang zog. Vor mir im Gras stand der würfelförmige Felsblock, in dem das Drahtseil der Gondeln verankert war. Ohne nachzudenken, steuerte ich direkt darauf zu. Als der Häscher den Stein erreichte, tanzte ich bereits über die Tiefe.

Rechts vor mir konnte ich *Morgengrauen* in der Ferne aufragen zu sehen. Jeglicher Rauch hatte sich verzogen, alle Schreie waren verstummt. Nichts deutete auf den Aufstand hin.

Ich drehte mich nicht zu dem Häscher um, als ich weiterrannte. Ich hatte dies nicht vorgehabt, aber mein Inneres drängte danach: Ich würde mit König Arrum sprechen. Ich musste erfahren, ob er wusste, was mit den Stämmen da unten und auch auf *Morgengrauen* geschah.

Und was, wenn er es tat?

Ich sperrte mich gegen diese Frage. König Arrum war der einzige Grund, warum ich mein Leben auf den Inseln vor mir selbst rechtfertigen konnte. Ich hatte ihm mein Blut und meine Treue geschworen. Mehr noch; ich vertraute ihm.

Dieses Mal nahm ich den erlaubten Weg durch das Eingangstor. Die Hüter, die mich teilweise von früher kannten, ließen mich schon nach einigen kurzen Fragen eintreten.

Gedämpfte Stimmen und Geräusche klangen von den Dienstboten durch das Schloss. Ich verursachte keinen Laut, als ich durch die Flure lief. Jeder meiner Schritte verschwand im dichten Teppichboden. Ich kam an mehreren wachenden Hütern vorbei, die mich wachsam ansahen, aber nicht ein Mal nach meinem Vorhaben fragten. Es war viel zu einfach, herzukommen.

In der Hoffnung, König Arrum dort zu finden, klopfte ich an die Tür seines Arbeitszimmers. Tatsächlich antwortete der König schon einen Atemzug später: »Herein.«

Ich trat in den Raum und sank vor König Arrum auf die Knie. »Eure Majestät«, begrüßte ich ihn ehrerbietig. »Darf ich einen Augenblick mit Euch sprechen?«

Als ich aufsah, befahl König Arrum mir mit einer kurzen Kopfbewegung, mich zu erheben. »Elaia«, stieß er aus und seufzte.

König Arrum sah noch immer müde aus, doch nun lag zudem ein Anflug von Ärger in seinen Augen. Hatte ich ihn verursacht?

»Leider habe ich nichts über Euren Attentäter herausgefunden«, begann ich. »Ich habe Dahlya beobachtet, konnte jedoch nichts entdecken.«

Ich verschwieg, dass ich sie hier im Schloss gesehen hatte. Warum, konnte ich selbst nicht genau sagen. Es lag an der Verzweiflung, die in ihren Augen geleuchtet hatte. Das schien schon eine Ewigkeit zurückzuliegen, dabei war es erst vorgestern Morgen gewesen.

Ich wartete darauf, dass König Arrum etwas sagte, doch er schwieg.

»Dafür habe ich anderes entdeckt«, fuhr ich ein wenig unsicher fort. »Es geht um Ratsmitglied Quercus, Eure Majestät. Ich … Seid Ihr Euch sicher, dass Ihr ihm vertrauen könnt?«

König Arrum blinzelte. »Zweifelst Du die Treue von Ratsmitglied Quercus an?« Seine Stimme war scharf.

»Ich …« Unsicher, wie ich es ausdrücken sollte, holte ich tief Luft. »Ich habe gesehen –«

»Ja«, unterbrach Arrum mich. »Ich weiß, dass ich dem Rat vertrauen kann. Und, Elaia …« Er zögerte einen Augenblick, aber dann spannte sich sein Kiefer an. »Ich weiß, dass du deinen Ruf um jeden Preis wiederherstellen willst. Doch das ist nicht der richtige Weg.«

»Nein!« Bestürzt blickte ich ihn an. »Darum geht es nicht. Gewiss würde ich –«

»Es tut mir leid, was geschehen ist«, erklärte König Arrum, ohne mir zuzuhören. »Aber du musst dich damit abfinden. Und ich so sehr ich deine Hilfe zu schätzen weiß, denke ich trotzdem, ich benötige sie nicht mehr.«

»Wie meint Ihr das?« Mein Hals war trocken, das Schlucken fiel mir schwer.

»Du musst nicht länger nach einem Attentäter Ausschau halten«, erwiderte König Arrum klar. »Ich nehme dir den Auftrag wieder ab.«

»Aber Eure Majestät!« Meine Hände erzitterten. »Es ist mir eine Ehre! Ich würde gern –«

»Meine Entscheidung ist gefallen«, sagte König Arrum.

Es waren nicht mal seine Worte, die mich am meisten trafen, sondern das Misstrauen in seinen Augen. Warum zweifelte er plötzlich an mir?

»Ratsmitglied Quercus hat gestern einen Stamm beinahe vollständig vernichtet«, berichtete ich ihm mit gepresster Stimme. »Wisst Ihr davon?«

»Es reicht, Elaia.« König Arrums Augen waren dunkel. »Ich erlaube dir, für die Dauer des Wettbewerbs auf *Sternenschimmer* zu bleiben, doch nur, wenn du keinen Ärger machst. Und wage es nicht, Lügen über den Rat zu verbreiten. Das hätte ich nicht von dir erwartet.«

»Es ist wahr!«, brachte ich heraus. »Ich habe es gesehen, und –«

»Ich habe mit Carex gesprochen«, unterbrach König Arrum mich unsanft. »Er hat mir erzählt, wie sehr du dem Rat abgeneigt bist. Aber obgleich ich deine Lage bedauere, für solche Geschichten habe ich weder Zeit noch Verständnis. Ich muss dich bitten, jetzt zu gehen.«

Ich fühlte mich, als hätte König Arrum mir ins Gesicht geschlagen. Er glaubte mir nicht. Mehr noch, er hörte mir nicht einmal zu.

»Ich verstehe«, murmelte ich und ging vor ihm in die Knie. »Verzeiht mir, König.« Ohne ihn anzusehen, verließ ich das Zimmer.

Ich hatte nur wissen wollen, ob König Arrum Kenntnis von den Geschehnissen mit den Stämmen besaß. Diese Frage hatte sich mir nicht beantwortet. Er hatte meine Worte Lügen genannt, doch ich war mir nicht einmal sicher, ob er sie überhaupt verstanden hatte.

Dass König Arrum mir nicht traute, traf mich hart. Seit er meiner Mutter das Leben gerettet hatte, galt meine Treue ihm. Und gerade mir glaubte er nicht. Dabei würde ich ihn niemals anlügen.

Das Geheimnis über Dahlya und Ren im Schloss schob sich in meine Erinnerung und ließ mich an diesem letzten Gedanken zweifeln. Ich hatte ihn nicht angelogen, aber das Schweigen kam dennoch einer Lüge gleich. Ich hätte ihm davon erzählen müssen, doch nun war es zu spät. Verdammt, was hätte ich anders machen sollen? Was hätte ich König Arrum sagen können, damit er mir glaubte?

Gedankenverloren trat ich aus dem Burggelände hinaus in den äußeren Park. Die Sonne schien wie so oft strahlend auf die Inseln herab, doch meine Gedanken waren düster. Wenn ich den Wettbewerb jetzt nicht gewann, hatte ich verloren. König Arrum würde mich nicht vor Carex schützen, das hatte er deutlich gezeigt.

Vor Verzweiflung schenkte ich der Bewegung, die ich aus dem Augenwinkel sah, keine Beachtung. Erst als eine Gestalt auf mich zustürmte, riss ich den Kopf hoch.

Es war ein Hüter. In der Hand hielt er ein silbern glitzerndes Messer.

Ich rannte los. *Nein*, dachte ich. *Kein Hüter. Ein Häscher*. Hier, auf der Insel des Königs? Und warum hatte er ein echtes Messer in der Hand, nicht nur einen Stock?

Mir blieb keine Zeit zum Nachdenken, da mir der Häscher bedenklich dicht auf den Fersen war. Mit angespanntem Körper schwang ich mich auf das Seil der Gondeln, den irritierten Blick des wachenden Hüters nicht beachtend.

Hastig machte ich ein paar Schritte auf dem Drahtseil. Ich atmete auf – da erzitterte das Seil unter meinen Füßen. Mit geballten Fäusten fuhr ich herum. Am Ende des Drahtes schwang sich der Häscher mit einem Grinsen in die Höhe.

»Du bist hier nicht die Einzige, die auf dem Seil tanzen kann«, rief er mir zu. »Also los, zeig mir, was du kannst.« Lässig trat er auf mich zu.

Seufzend drehte ich mich um und rannte los.

Der Häscher wurde allmählich lästig.

Es war inzwischen Abend und er ließ sich einfach nicht abschütteln.

Zurück auf *Sternenschimmer* war ich gleich mehreren anderen Häschern in die Arme gelaufen, aber dieser blieb beharrlich. Seine Bewegungen auf dem Seil waren keineswegs elegant, nichts an seinen Schritten wirkte tänzerisch. Doch seinem Gang auf dem Drahtseil wohnte eine Sicherheit inne, als liefe er über festen Boden. Es war offensichtlich, warum man gerade ihn auf mich angesetzt hatte.

Ich strich ziellos durch die Straßen, hielt mich in unbelebten Seitengassen oder auf Dächern auf. Zu Dahlyas Haus wollte ich nicht, weder ihr noch Ren wäre ich jetzt gern begegnet. Daher war ich erleichtert, als die Sonne so rot und golden wie Blut im Ozean hinter den Inseln versank. Die Dunkelheit rückte näher und das hieß, dass ich in die Nachtarena gehen konnte. Dort hatte ich wenigstens etwas zu tun und außerdem die Gelegenheit, all den wirbelnden Gedanken in meinem Inneren zu entfliehen.

Ich blickte über den Rand des Daches, auf dem ich gerade stand. Die Gasse unter mir war verlassen, nur zwei mir unbekannte Jugendliche schlenderten das Kopfsteinpflaster entlang.

Behände schwang ich mich hinunter, so leise, dass sich keiner der beiden zu mir umdrehte.

Der hartnäckige Häscher war nicht in Sicht. Ich hatte ihn schon seit einer ganzen Weile nicht mehr gesehen. Möglicherweise war es mir doch noch gelungen, ihn abzuhängen.

Eilig huschte ich zwischen den Häusern hindurch, von der Dämmerung wie in einen Mantel gehüllt. Ohne Zwischenfälle gelangte ich zu den unbewachten Gondeln. In den letzten Tagen war ich viel zu oft auf den Seilen gelaufen, während alle zugesehen hatten. Das musste aufhören – die Öffentlichkeit sollte nicht zu häufig bemerken, was wir Seiltänzer eigentlich im Geheimen taten.

Ich kletterte das Seil hinauf und machte zur Aufwärmung einige Sprünge in der Dunkelheit. Als ich die Insel *Abendrot* erreichte, drehte ich mich noch einmal um. Von allen Inseln waren die üblichen nächtlichen Geräusche zu hören und Lichter zu sehen; *Abendrot* leuchtete am stärksten. Häscher waren nicht in Sicht.

Erleichtert sprang ich zu Boden und tauchte in das Nachtleben von *Abendrot* ein. Die Sonne war untergegangen, die ersten Fackeln und kleinen Feuer wurden ringsherum entzündet. Die meisten Menschen strömten in Richtung des Nachtmarktes und der Nachtarena, doch für mich war es noch zu früh, um in Letzterer aufzutauchen. Stattdessen steuerte ich den Nachtmarkt an.

Es waren längst nicht alle Stände aufgebaut, aber es wurden mit jedem Augenblick mehr. Ich besuchte die Stelle, an der meine Tante immer ihren Tisch aufstellte, doch sie war leer. Also schlenderte ich über den Platz, darauf wartend, dass die Nachtarena öffnete.

Ein Tisch ganz am Rand des Marktes zog meine Aufmerksamkeit auf sich. Ich hatte ihn noch nie hier gesehen, aber das hieß nichts. Ein Mann stand dahinter. Seine Kleidung war vollkommen schwarz, das Gesicht hatte er hinter einer Vogelmaske verborgen. Sie ähnelte derjenigen, die ich in der Nachtarena trug.

Verwundert hielt ich inne. Da erkannte ich den Grund für seine Verkleidung: Zwischen handflächengroßen Muscheln und geschnitzten Holzfiguren lagen mehrere Messer auf dem Tisch. *Waffen.* Fasziniert trat ich näher. Die Klingen glitzerten im Schein der unzähligen Flammen rings umher. Sie waren von einem so hellen Silber, dass es weißlich schien. Das kleinste Messer war kaum länger als mein Finger, das größte glich eher einem Schwert.

Es war eine Sache, geschmuggelte Artefakte vom Erdboden hier zu verkaufen; darüber sah König Arrum großzügig hinweg. Wenn er aber wüsste, dass hier jemand Waffen verteilte, wäre er nicht so gnädig.

Ich streckte die Hand nach einem Dolch aus, der so lang wie mein Unterarm war. Die Klinge war in ein lockeres Ledertuch gehüllt. Ich schlug das Leder beiseite und berührte sie mit dem Daumen. Heller Schmerz fuhr durch meinen Finger und ich zuckte zusammen. Ich hatte die Schneide kaum gestriffen und trotzdem tropfte goldenes Blut aus einem schmalen Schnitt. Es fiel glitzernd auf den steinernen Boden und löste sich im Grau auf.

»Eine gute Wahl«, sagte der Mann mit der Vogelmaske und ich sah auf. Vorsichtig drehte ich das Messer in meinen Händen. »Es ist verboten, Waffen zu verteilen.«

»Und trotzdem möchtest du sie haben«, stellte der Maskenmann fest.

Wollte ich das? Ich blickte auf die Klinge. Ich brauchte kein Messer und ich hatte noch nie eines benötigt. Aber sie zu halten verlieh mir ein Gefühl von Sicherheit, das sich beruhigend wie ein Mantel um meine Schultern legte.

»Wie viel kostet es?«, fragte ich und dachte an das Säckchen mit Muscheln, das auf der anderen Seite des Marktplatzes gut in meiner Kiste in der Umkleide der Nachtarena verstaut war.

»Dreihundert«, antwortete der Mann, und seine Augen sahen in den Schlitzen der Maske vollkommen schwarz aus. »Und ein Fläschchen deines Blutes.«

»*Meines Blutes*?«, wiederholte ich ungläubig.

Der Maskenmann erwiderte nichts, sondern blickte mich nur mit seinen dunklen Augen an.

Angewidert legte ich das Messer zurück auf den Tisch. »Das werde ich gewiss nicht …«

Ich wurde davon unterbrochen, dass jemand an meinem Ärmel zupfte. Als ich herumfuhr, erblickte ich ein Mädchen. Es war winzig, keine sechs Sommer alt, und hatte riesige, weit aufgerissene Augen.

»Bist du Elaia?«, flüsterte es. »Da hinten fragt jemand nach dir.«

Ich sah in die Richtung, in die das Kind deutete. Ein Gewirr aus dunklen Gassen erstreckte sich dort, nur noch von wenigen Fackeln beleuchtet.

Misstrauisch sah ich das Mädchen an. »*Wer* fragt nach mir?«

»Ein Junge.« Das Mädchen sah mich an, ohne zu blinzeln. »Er sagt, er heißt Yason.«

»Und warum kommt er nicht her?«

»Das hat er nicht gesagt.«

»In Ordnung.« Ich nickte dem Maskenmann knapp zu, der sich schulterzuckend abwandte.

Zögernd folgte ich der Kleinen in die Dunkelheit. Sie führte mich in schnellen Schritten vom Nachtmarkt fort, hinein in die nächtliche Stille. Das Mädchen durchquerte eine Gasse, dann eine weitere. Immer vereinzelter steckten Fackeln in Halterungen, sie beleuchteten kaum noch die ganze Straße.

Für gewöhnlich liebte ich die Dunkelheit mit ihren zahllosen schützenden Schatten. Jetzt hatte sie etwas Beklemmendes an sich. Als wäre ich nicht mehr die Jägerin, sondern das Opfer.

Ich blieb stehen. »Tut mir leid«, sagte ich. »Ich komme nicht länger mit.«

Das kleine Mädchen drehte sich zu mir um. »Aber wir sind doch schon da«, erklärte es. Die helle Kinderstimme drang klingend durch die nächtliche Ruhe.

Ich blickte an dem Kind vorbei die Gasse entlang, die bis auf ihre tiefen Schatten leer war. Oder stand dort jemand?

Angestrengt starrte ich in die Dunkelheit. Nein, das war kein Mensch, sondern eine Wand. Eine Mauer. Schlagartig kroch eine Gänsehaut meine Arme hinauf. *Ich stand in einer Sackgasse.*

Das Mädchen blickte mich nicht mehr unverwandt an. Stattdessen sah es an mir vorbei, die Gasse entlang. Ich wirbelte herum.

Eine Gestalt trat hinter mir auf die Straße. Ich erkannte den gemächlichen, sicheren Gang, noch bevor ich in der Düsternis das Gesicht ausmachen konnte.

»Hallo, Elaia«, sagte der Häscher.

Das Mädchen trippelte an mir vorüber zu dem Mann. Er warf der Kleinen zwei Muscheln zu, woraufhin sie an ihm vorbei in die Dunkelheit verschwand.

Erstarrt stand ich da. Ich hätte es wissen müssen! Warum sollte Yason nach mir fragen? Gerade Yason … Der Häscher musste wegen des Zeitungsartikels letztens glauben, dass wir ein Paar waren. Und obwohl das nicht stimmte, war ich auf diese List hineingefallen.

Er setzte an, etwas zu sagen, doch ich wartete nicht auf seine Worte. Ohne zu zögern, wirbelte ich herum und rannte die Gasse entlang, auf die Mauer zu. Beim vorletzten Haus sprang ich in die Höhe und packte die untersten Dachschindeln mit den Händen. Die Laufschritte des Häschers kamen näher und ich zog mich eilig mit ganzer Kraft nach oben. Keuchend setzte ich einen Fuß auf das schräge Dach, als der Häscher in die Höhe schnellte und mein anderes Bein packte.

Ich stürzte nach hinten, den Mund zu einem Schrei aufgerissen, doch kein Laut kam mir über die Lippen. Mit dem Rücken voran fiel ich direkt auf den Häscher und riss ihn mit mir zu Boden. Mein Hinterkopf knallte auf den Steinboden, helle Lichter blitzen vor meinen Augen auf.

Ich sprang auf die Füße, noch bevor die Blitze verschwanden. Taumelnd rannte ich los, doch wieder packte der Häscher mein Fußgelenk. Diesmal fiel ich nach vorn und schaffte es, mich mit den Händen abzufangen. Blindlings trat ich zurück, mein Fuß traf den Körper des Häschers. Lautlos stürzte er sich von hinten auf mich und warf mich zu Boden.

Es gelang mir, mich umzudrehen, obwohl mein Angreifer zur Hälfte auf mir lag. Seine Gestalt zeichnete sich dunkel über mir ab. Noch während ich nach Luft schnappend zu ihm aufsah, hob er den Arm. Helles Silber blitzte in der Schwärze auf. Es hatte genau die gleiche Farbe wie das Messer, das ich eben erst angeschaut hatte. Wie gern ich es jetzt bei mir gehabt hätte!

Ein Messer, kein harmloser Holzstock. Und das hier war auch kein harmloser Häscher.

Mit all meiner Kraft stemmte ich mich nach oben und schubste den Häscher von mir. Das Messer in seiner Hand fuhr vorwärts. Schmerz durchzuckte mich, gleichzeitig rann goldenes Blut leuchtend meinen Arm hinab.

Einen Augenblick konnte ich im Licht des Blutes das Gesicht des Häschers erkennen. Seine Miene war vor Anstrengung verzerrt, doch für einen Moment richtete er die Augen gefesselt auf das glänzende Gold auf meinem Arm.

Ich nutzte seine Ablenkung und besann mich ebenfalls auf das Blut. In Gedanken stieß ich ihn fort und sofort wurde er von mir und gegen die steinerne Wand hinter ihm geschleudert.

Ohne seinen Aufprall abzuwarten, sprintete ich los. Als die Schritte des Häschers meine Verfolgung verkündeten, ließ ich die Gasse hinter mir. Ich rannte weiter, wurde nicht langsamer. Nur Augenblicke später tauchte ich in das Gewimmel auf dem Nachtmarkt ein und wurde von der Menschenmenge gebremst.

Ich schnappte nach Luft, mein Herz raste.

Der Häscher hatte mich verletzt. Er hatte mit dem Messer zugestoßen, und wenn ich ein bisschen langsamer gewesen wäre, hätte er nicht nur meinen Arm getroffen. Dies hier war nicht mehr Teil des Wettbewerbs um einen Platz als Ratsmitglied – der Häscher versuchte, mich zu ermorden. Das war Carex' Werk.

Mein Arm brannte, doch ich schob mich weiter über den Markt. Hastig warf ich einen Blick über die Schulter; von dem Häscher war nichts zu sehen.

Das Schlimme war, dass ich keine Hilfe erwarten konnte. König Arrum war vorhin zornig geworden, als ich meine Zweifel an Quercus geäußert hatte, und außer ihm würde sich niemand gegen ein Ratsmitglied stellen. Meine geballten Fäuste zitterten vor blindem Zorn.

Ich lief so lange durch das Gedränge des Nachtmarktes, bis ich mir sicher war, ihn abgeschüttelt zu haben. Auf der nördlichen Seite verließ ich ihn, um über ein paar Umwege durch leere Gassen schließlich zu diesem Platz und der Arena an seinem Rand zurückzukehren.

Als ich mich im Umkleideraum auf eine Bank fallen ließ, zitterte mein ganzer Körper vor Anspannung. Mira warf mir einen besorgten Blick zu. »Ist alles in Ordnung?«, fragte sie.

»Ja«, sagte ich und zwang mich, mein Zittern unter Kontrolle zu bringen. Mira konnte mir nicht helfen, es hatte keinen Sinn, ihr von Carex und dem Häscher zu erzählen.

Ich erhob mich und meldete meinen Auftritt beim Arenameister an. Bis ich einige Zeit später auf das Seil durfte, hatte sich meine Atmung wieder normalisiert.

Die Maske verbarg mein Gesicht wie immer vor dem Publikum und ich genoss das Gefühl. Keiner von ihnen erkannte mich oder wusste von meiner Geschichte, doch das kümmerte sie nicht. Sie alle ließen sich von meinen Bewegungen fesseln, von meinem Tanz zwischen Fallen und Fliegen. Und so wie dieser Tanz fühlte sich mein ganzes Leben im Moment an, wie ein einziges Schweben.

Ich machte auf dem dünnen Seil ein Rad und drehte ich mich, wieder auf den Füßen, um meine eigene Achse. Schneller, schneller, immer schneller. Die Gesichter um mich verschwammen und ich konzentrierte meinen Blick auf den Ausgang zu den Umkleiden, um nicht das Gleichgewicht zu verlieren. Eine Umdrehung, eine weitere.

Ein Mann schob sich zwischen den Stoffbahnen hindurch und stand einen Moment lang da, am Ende des Seils, unsichtbar für die Zuschauer.

Alles in mir verkrampfte sich. *Der Häscher.*

Eine weitere Drehung. Der Häscher bückte sich und ich kam wankend zum Stehen. Im Publikum brandete Gewisper auf, Verwirrung. Ich nahm es nur aus sehr großer Entfernung wahr. Ein Ruck ging durch das Seil, als der Mann es an seinem Ende anhob. Er riss es vom Haken hinunter, ohne einen einzigen Atemzug zu zögern. Da war kein Mitleid in seinen Augen. Kein Bedauern.

Nicht ein Laut kam über meine Lippen, als mein Tanz vom Flug in den Fall überging und ich unaufhaltsam in die schwarze Tiefe stürzte.

Kapitel 14 – Elaia

Mehr durch Glück als durch tatsächliche Reflexe gelang es mir, das fallende Seil zu packen. Es rutschte durch meine Hände, brannte sich mit glühendem Schmerz in meine Handflächen. Goldenes Blut blitzte am Draht auf, die Lichter der Fackeln über mir drehten sich und fielen von mir fort.

Endlich glitt das Drahtseil nicht mehr durch meine Hände. Ich konnte nicht denken, fühlte nicht einmal mehr den Schmerz in meinen Handflächen. Alles, was ich wahrnahm, war das wild schaukelnde Seil und die Tiefe, die sich so schnell drehte wie ich eben auf dem Seil.

Atmete ich überhaupt noch? Ich konnte es nicht sagen, konnte mich nicht bewegen, konnte nicht einmal einen klaren Gedanken fassen.

Erst als ein weiterer Ruck durch das Seil ging, kam ich wieder zu mir. Das war es also. Jetzt hatte der Häscher mich endgültig erledigt. Zitternd atmete ich aus.

Doch der Sturz, den ich erwartete, kam nicht. Stattdessen wurde das Seil wieder Stück für Stück in die Höhe gezogen. Mein Atem ging flach und ich wagte es nicht, zu hoffen. Irrte ich mich, stürzte ich bereits ins Nichts?

Die flammenden Lichter kamen näher und plötzlich konnte ich die Schreie der Menschen über mir erneut hören. Waren sie eben auch schon so laut gewesen?

Es dauerte mehrere Ewigkeiten, bis ich auf eine Höhe mit den untersten Zuschauerbänken gezogen wurde. Eine Barrikade aus Holzlatten trennte mich vom rettenden Steinboden.

Gesichter blicken mir von oben entgegen. Mira war da und einige Männer, die ich nicht kannte. Und Ren. Er stand ganz vorn und hielt das Seil mit beiden Händen gepackt, übergab es dann jedoch an seinen Nebenmann. Rens Lippen bewegten sich – sprach er mit mir?

Ich brauchte einen Moment, um die Worte zu verstehen. »Nimm meine Hand«, rief Ren mir eindringlich zu.

Ich starrte die Hand an, die er mir entgegenstreckte. Wie sollte ich vom Seil ablassen? Ich konnte doch nicht einmal mehr blinzeln.

In äußerster Anstrengung ließ ich das Seil mit einer Hand los. Sofort war Ren da, packte mein Handgelenk und zog mich mit festem, sicherem Griff nach oben. Ich schnappte nach Luft, als meine Füße den Boden berührten. Ohne Rens Hände, die meine Oberarme packten, hätte ich mich nicht auf den Beinen halten können.

Wie durch einen Nebel nahm ich wahr, dass die Menschen um mich laut durcheinanderredeten.

»Komm mit.« Rens Stimme drang aus dem Sprachgemisch zu mir hindurch.

Betäubt ließ ich mich durch das Zelt zum Ausgang ziehen. Ein kühler Windzug strich draußen durch meine losen Haarsträhnen und vertrieb die Taubheit ein wenig aus meinem Körper. Zitternd schlang ich die Arme um mich selbst. »Wo ist er?«

»Der Mann?« Ren hielt mich noch immer am Oberarm, sein Griff wurde schmerzhaft fest. »Er ist weggerannt. Wer ist er?«

»Ich habe nicht die geringste Ahnung«, murmelte ich und machte ein paar unsichere Schritte vom Lärm der Nachtarena und dem hellen Nachtmarkt fort in eine angrenzende Gasse hinein. Dort sank ich mit dem Rücken zur Wand auf den Boden.

»Aber er wollte dich umbringen.« Ren ließ mich los und ballte die Hände sofort zu Fäusten.

»Ich weiß.« Ein Zittern durchzuckte meinen Körper.

Ren sah auf mich herab, in seiner Miene spiegelte sich eine Mischung aus Zorn und Hilflosigkeit. »Was kann ich tun?«

»Nichts.« Schwankend stand ich auf. »Lass uns nach Hause gehen.«

Nach Hause. Dahlyas Haus fühlte sich nicht wie ein Zuhause an, doch das tat die Akademie auch nicht. Und der Ort, an dem ich aufgewachsen war … Nichts zog mich dahin zurück.

»In Ordnung.« Ren zog mich sanft auf die Füße. »Willst du noch auf den Nachtmarkt, um dir eine Perle zu kaufen?«

Erschöpft schüttelte ich den Kopf. »Ich will nicht, dass meine Tante von heute Nacht erfährt.« Dann fiel mir etwas ein. »Oder doch«, sagte ich. »Bitte bleib einen Moment hier.«

Ren sah mich zweifelnd an, während ich auf die Menschenmenge zutrat, als wäre er nicht sicher, ob ich wirklich aufrecht gehen konnte. Zu Recht.

Ich sah mich in alle Richtungen um, als ich zurück in die Umkleide der Seiltänzer trat und den kleinen Beutel aus der Kiste mit meinen Sachen kramte.

Der Stand des Maskenmannes lag auf der anderen Seite des Nachtmarktes. Um ihn bildete sich eine freie Fläche. Die Menschen mieden ihn. Der Blick des Mannes war zweifelnd, als ich ihm den Beutel mit Muscheln auf den Tisch warf und nach dem Messer griff, das ich vorhin betrachtet hatte.

»Es sind bestimmt 400 Muscheln«, erklärte ich. »Aber ich zahle kein Blut.«

Er zögerte. Die Maske verbarg jegliche Regung seines Gesichts. Langsam streckte er die Hand aus und hob das Säckchen auf. »In Ordnung. Aber nur weil du aussiehst, als hättest du heute schon genug geblutet.« Er sah meine geschundenen Hände an, mit denen ich vorsichtig das Messer umfasste.

Ich warf einen Blick über die Schulter, dorthin, wo Ren irgendwo stehen musste, doch er war nicht in Sicht. Während der Maskenmann in den Beutel spähte und die Muscheln ansah, schob ich das Messer in den Bund meiner Hose, wo es verschwand. Vielleicht war es trotz allem besser, wenn Ren es nicht sah. Es würde Fragen aufwerfen – und Misstrauen erzeugen.

»Danke«, sagte ich. Der Maskenmann nickte mir zu und ich wankte davon.

Ren stand noch immer in der Seitengasse direkt neben der Nachtarena. Er sah mir besorgt entgegen. »Elaia?«

Ich atmete tief durch. »Ja. Wir können los.«

Ich machte einen Schritt nach vorn, aber Ren hielt meinen Arm fest. »Elaia. Warte.«

Er hob seine Hand zu meinem Gesicht, und alles in mir versteifte sich. Für einen Moment hatte ich vergessen, was zwischen mir und Ren geschehen war – und wie er mich von sich gestoßen hatte. Ich sollte ihn daran hindern, mein Gesicht zu berühren. Das sollte ich wirklich.

Doch ich konnte es nicht. Ich hatte keine Kraft, mich auch nur einen Schritt von ihm zu entfernen – da ich Rens Berührung so sehr herbeisehnte. Ich spürte seine Hand so sanft wie eine fallende Feder in meinem Haar. Mein Atem stockte, diesmal nicht vor Angst.

Als Ren einen dunklen Gegenstand von meinem Gesicht löste, blinzelte ich. *Die Vogelmaske*. Ich hatte sie völlig vergessen. Das erklärte den zweifelnden Blick des Maskenmannes.

Ren ließ die Maske sinken, seine Augen blieb jedoch unverwandt auf mich gerichtet. Er sah mich auf eine Weise an, dass ich sofort alles vergaß, was gerade geschehen war. Es war Ren, der den Blick schließlich abwandte. »Gehen wir.«

Ich versuchte, mir meine Verletztheit nicht anmerken zu lassen. Ren hatte sehr deutlich gesagt, dass er nichts von mir wollte. Warum fühlte es sich dann nur nicht so an?

Trotzdem kam ich mir sicher vor, als wir durch die nächtlichen Straßen liefen. Ren warf alle paar Schritte einen Blick zurück, aber der Häscher tauchte nicht noch einmal auf.

Er bestach den Hüter an den Brücken, uns vorbeizulassen. Ich ging stumm neben ihm her und kämpfte gegen die unangenehm wiederkehrende Taubheit an. Doch das Einzige, was sie wirklich zurückhielt, war Ren an meiner Seite. Jedes Mal, wenn er mich beim Gehen berührte, schoss ein Brennen durch die Kälte in meinem Körper. Ich verabscheute es, wie sehr ich dieses Gefühl genoss, doch ich wehrte mich nicht dagegen. Der Schock wirkte noch immer nach und für diesen Moment brauchte ich das.

Vor Dahlyas Haus blieb Ren nicht stehen, sondern schob den Vorhang am Eingang beiseite und ließ mich eintreten. Mein Magen krampfte sich zusammen, als ich in den dunklen Flur kam. Es fühlte sich so an, als könnte der Häscher in jedem der Schatten lauern, nur darauf wartend, dass Ren ging und mich alleine zurückließ. Ein Frösteln erfasste mich. Was immer auch geschehen mochte – heute war ich nicht imstande, gegen irgendetwas oder irgendjemanden anzukämpfen.

»Komm mit zu mir nach oben«, sagte Ren leise und brach damit das Schweigen.

Ich wandte mich zu seiner Gestalt um, die in der Dunkelheit kaum auszumachen war.

»Es tut mir leid«, flüsterte Ren. »Aber ganz gleich, was zwischen uns geschehen ist: Ich werde dich nicht alleinlassen, wenn hier jemand herumläuft, der dich ermorden will.«

Einen Augenblick lang überlegte ich, ob es eine andere Möglichkeit gab. Dann wurde die Sicherheit, die er mir versprach, zu verlockend.

Schweigend ging ich durch den dunklen Flur und auf die Treppe zu, die hinauf zu Rens Teil der Wohnung führte. Als er hinter mir die Stufen hinaufstieg, berührte er mich nicht. Trotzdem konnte ich seine Anwesenheit so deutlich spüren, als ruhe meine Hand in der seinen. Es war das Einzige, was mich den langen Weg in das Obergeschoss bewältigen ließ.

Oben an der Treppe blieb ich stehen und Ren schob sich an mir vorbei. Ganz kurz streifte sein Körper meinen und löste ein Zittern in mir aus. Ich ballte die Fäuste. Das musste aufhören, wirklich.

In der Schwärze vor mir flammte ein Zündholz auf und der Flur wurde in schummriges Licht getaucht. Er entzündete eine Laterne und hielt sie in die Höhe. »Mein Schlafzimmer ist da hinten. Ich schlafe auf dem Boden«, murmelte Ren. Sanft legte er mir eine Hand an den Rücken und schob mich in die richtige Richtung.

Mit dem Knie stieß ich gegen die Bettkante und stürzte nach vorn. Instinktiv fing ich mich am Bettpfosten ab und keuchte auf. Die Angst hatte den Schmerz in meinen Händen auf dem Weg hierher überdeckt. Tränen traten in meine Augen und ich hoffte nur, dass Ren sie im schwachen Kerzenschein nicht sehen konnte.

»Elaia?« Ohne den Blick von mir zu nehmen, stellte Ren die Laterne neben uns auf eine Kommode.

»Ja.«

Ich sah ihn nicht an, doch Ren griff nach meinem Handgelenk. Er atmete scharf ein, als er die vom Drahtseil verbrannten Handflächen sah. »Verdammt.«

»Es geht schon«, log ich – nicht, um stark zu wirken, sondern um den letzten Rest meiner Selbstbeherrschung bewahren zu können.

»Sollen wir einen Heiler –«

»Nein«, unterbrach ich ihn. Selbst wenn die Schmerzen mit jedem Wimpernschlag schlimmer wurden, konnte ich heute überhaupt nichts mehr tun.

»Gut.« Ren zögerte. »Ich habe da drüben noch frische Decken … Ich kann auch im Flur schlafen, falls du das willst. Vor der Treppe.«

»Nein«, sagte ich wieder, meine Stimme zitterte leicht. »Lass mich nicht allein.«

Rens Blick wog schwer auf mir, er schien sich geradezu gewaltsam loszureißen. Eine Zeitlang räumte er Decken aus der Kommode aufs Bett und vom Bett auf den Boden. Schließlich räusperte er sich.

Ich sank zwischen die weichen Stofflagen, Ren legte sich auf sein Deckenlager. Als er die Kerzenflamme löschte, zog ich das Messer aus meinem Hosenbund und schob es geräuschlos unter mein Kopfkissen.

Im Zimmer breitete sich Stille aus und ich konnte meinen und Rens Atemzüge hören – leicht versetzt, seine ein wenig langsamer und ruhiger als meine eigenen. Ganz allmählich glichen sie sich aneinander an, ohne dass es bewusst geschah, bis die Geräusche schließlich im völligen Gleichklang ertönten.

»Danke«, flüsterte ich in die Stille hinein und erneut erklangen unsere Atemzüge versetzt. »Du hast mir wieder das Leben gerettet.«

Die Stille im Raum schien sich auszudehnen. Sie umfasste mich, trug mich aus dem Haus fort und hoch hinauf in den Himmel. Ich war so weit von dem kleinen Zimmer entfernt, dass ich es kaum hörte, als Ren flüsterte: »Immer.«

Ich erwachte von Schritten, die sich die Treppe hinabbewegten. Mit einem Ruck setzte ich mich auf. Das Zimmer war leer, die Decken auf dem Boden gefaltet und ordentlich in eine Ecke gestapelt. Ren war fort.

Taumelnd erhob ich mich und strich mir meine zerzausten Haarsträhnen aus dem Gesicht. Die Sonne schien hell glitzernd durch die hohen Glasfenster. Sie tauchte das Zimmer in warmes Licht und beleuchtete das Bett und die Kommode, die einzigen Möbel im ganzen Raum. Die Wände waren leer, ohne Bilder oder Zeichnungen. Es gab keine Unordnung, keine herumliegenden Sachen. Dieses Haus war ebenso wenig Rens Zuhause wie meines.

Auf Zehenspitzen schlich ich zur Treppe, wo ich gerade noch die Schritte gehört hatte. Ich erhaschte einen kurzen Blick auf Ren, bevor er aus der Tür nach draußen auf die Straße trat.

Mit wenigen Sätzen sprang ich die Treppe hinab. Da fiel mir das Messer unter Rens Kopfkissen ein und ich stürmte wieder nach oben, dann erneut hinunter und in mein Zimmer. Ich schob es in meine Kommode, hinein in einen Kleiderstapel.

So schnell wie noch nie in meinem Leben schlüpfte ich in ein frisches Kleid und steckte meine Haare locker hoch, ohne sie vorher durchzukämmen. Dennoch war Ren verschwunden, als ich hinaus auf die Straße trat.

Verdammt. Ich sah in beide Richtungen, ließ meinen Blick über die Menschen schweifen, die hier entlangschlenderten. Von der Seite kam ein Mann näher und ich zuckte zusammen. Doch es war ein Fremder. Er schlenderte an mir vorbei, ohne mich anzusehen. Er war nicht der Häscher.

Zögerlich wandte ich mich nach links. Rechts ging es weiter in die Stadt hinein. Zu meiner Linken lag dagegen der Randbezirk, in dem ich gestern Ren und den Fremden belauscht hatte.

Ich machte große Schritte, versuchte, schnell zu laufen, ohne sonderlich aufzufallen. Mit jedem Atemzug fühlte mich ein wenig sicherer. Der Häscher war weit und breit nicht zu sehen.

Als ich um die nächste Ecke bog, erkannte ich Ren.

Obwohl ich das gewollt hatte, überraschte es mich ein wenig. Jetzt erst dachte ich darüber nach, was ich hier überhaupt tat – ich spionierte Ren hinterher, schon wieder. Warum? Dieses Mal entsprang es nicht einmal einer bewussten Entscheidung, sondern einem Reflex.

Kurz überkam mich Scham und ich überlegte, umzukehren. Dann fiel mir jedoch sein Gespräch mit dem Fremden ein und ich ging weiter, hielt mich immer ein Stück entfernt, sodass ich er mich nicht sah, falls er sich umdrehte. Aber das tat er nicht.

Ohne anzuhalten, durchquerte er die Stadt und verließ sie schließlich am Rand. Ich blieb neben dem letzten Haus stehen, um mich jederzeit hinter seiner Ecke verbergen zu können.

Ren schlenderte auf die Brücke zu, die zu *Morgengrauen* führte. Vor dem wachenden Hüter blieb er stehen und kramte in seiner Hosentasche. Er streckte dem Mann etwas entgegen, dieser ergriff es und machte einen Schritt beiseite. Er warf einen besorgten Blick in die Richtung der Stadt und ich huschte um die Ecke. Ren dagegen sah sich nicht um, sondern trat mit erhobenem Kopf über die Brücke, direkt auf *Morgengrauen* zu.

Offensichtlich kümmerte der Aufstand ihn mehr, als er vorgestern zugegeben hatte. Ein klein wenig erleichterte mich das.

Ren verschwand aus meinem Blickfeld, doch dieses Mal konnte ich ihm nicht direkt folgen, sondern musste warten, bis er tatsächlich auf *Morgengrauen* angelangt war. Sobald ich auf das Seil kletterte, würde man mich von der ganzen Brücke aus sehen können.

Daher lehnte ich mich an die Hauswand und wartete lange Atemzüge. Ich tat so, als würde ich meine Fingernägel betrachten, um zwischen den wenigen Menschen hier nicht allzu deutlich durch meine Ungeduld herauszustechen.

Erst nach mehreren Augenblicken fiel mir etwas auf und ich blinzelte. Starrte nun tatsächlich meine Hände an.

Etwas fehlte. Meine Handflächen, mit welchen ich gestern das Seil schmerzhaft hinuntergerutscht war, waren geglättet. Die blutig aufgerissenen Wunden waren verschwunden, aber nicht nur das: Auch all die Schnitte, die sich dort jahrelang zusammengetragen hatten, waren fort. Die Blutsmagie ließ meine Verletzungen schneller heilen – aber nie *so* schnell und nie so makellos.

Ich fuhr mit den Fingern über die Haut, die glatt und nur durch gewöhnliche Fältchen gezeichnet war.

Das war nicht möglich.

Nach einem tiefen Atemzug riss ich mich von dem Anblick los. Damit würde ich mich später befassen. Ein anderes Mal.

Ich lief auf die Gondeln zu, versuchte, Rens Sicherheit nachzuahmen. Der Hüter sah zu mir hinüber und ich winkte ihm zu. Ohne anzuhalten, kletterte ich auf die erste Gondel und zog mich auf das Drahtseil.

Der Hüter an der Brücke rief etwas, doch ich konnte die Worte nicht verstehen. Mit schnellen Schritten rannte ich los, trat in die Freiheit. Selten erst war ich bei Tageslicht über das Drahtseil von einer Insel zur anderen gelaufen. Es war ein seltsames Gefühl, nicht mehr die Schwärze unter mir zu haben, sondern die Tiefe tatsächlich sehen zu können. All die sanften

Schattierungen des Grüns, die mich so unbarmherzig empfangen würden, falls ich einmal wirklich stürzte.

Aber ich fiel nicht. Stattdessen rückte *Morgengrauen* immer näher, bis ich seine Ausläufer und festgeketteten Gondeln erreichte. Ich sprang zu Boden. Der Hüter, der auf dieser Seite die Brücke ein Stück weiter links bewachte, sah mich seltsam an.

Ohne ihn zu beachten, steuerte ich auf die Stadt zu. Ren war fort, wie ich es befürchtet hatte.

Auf den Straßen erinnerte nichts an den Aufstand, den ich hier selbst erlebt hatte. Es war kaum etwas los, hier waren viel weniger Menschen als auf *Sternenschimmer* unterwegs.

Schlechtes Gewissen kam in mir auf, als ich das sah. Es war so unbelebt, weil *Morgengrauen* von den niederen Häusern bewohnt wurde. Von denen, die deutlich mehr arbeiteten als die höhergestellten. Und obwohl ich keinen guten Ruf genoss, teilte ich dennoch einen Großteil ihrer Annehmlichkeiten.

Als ich in die Stadt hineineilte, zog ich einige verwunderte Blicke auf mich. Man sah deutlich, dass ich nicht von hier war – die meisten Menschen, Männer wie Frauen, trugen robuste, abgetragene Hosen und karierte Hemden. Mein hübsches Kleid dagegen hatte ich heute zum allerersten Mal angezogen.

Ich wich den bohrenden Blicken aus und lief tiefer in die Stadt hinein. An mehreren Stellen waren Menschen damit beschäftigt, die Straße zu säubern. Zwei Männer deckten ein Dach neu ein, davor fegte eine Frau Asche in einen Eimer.

Je weiter ich kam, desto mehr bezweifelte ich, dass ich Ren auf dieser Insel entdecken würde. *Morgengrauen* war sogar noch größer als *Sternenschimmer*, und hier kannte ich mich nicht im Geringsten aus.

Seufzend blieb ich stehen. Es war zwecklos, ich würde ihn nicht finden. Und wozu folgte ich ihm auch? Ich sollte lieber umkehren und Dahlya suchen. Das war es schließlich, wofür ich überhaupt nach *Sternenschimmer* geschickt wurde.

Ich drehte mich wieder um und machte einen Schritt zurück, als drei Männer vor mir aus einem der Häuser traten.

Ich erstarrte, die Augen weit aufgerissen. Carex erwiderte meinen Blick. Die zwei Hüter hinter ihm sahen zwischen mir und ihm hin und her. Ihr Anblick erinnerte mich wieder schmerzhaft an den Häscher.

»Elaia«, sagte Carex und legte den Kopf schräg. »Was tust du hier?«

Mein Kopf schien vernebelt, als hätte sich ein wenig des Rauches der letzten Tage darin festgesetzt und hinderte mich nun am Denken. »Ich …«, brachte ich heraus und verstummte dann.

»Ja?« Carex' Miene war reglos.

»Ich wollte eine Freundin von mir besuchen«, sagte ich.

Es war das Einzige, was mir in den Sinn kam. Gleich darauf schoss mir die Hitze ins Gesicht – nun musste ich auch noch erklären, wieso ich hier eine Freundin hatte. Ich senkte den Kopf, um jegliche Röte zu verbergen.

»Eine Freundin.« Carex klang spöttisch. »Wie passend.«

Die Hitze in meinem Gesicht wurde noch glühender, doch ich schwieg. Wieso nur war ich Ren gefolgt? Und warum musste ich gerade jetzt in diesem Augenblick hier entlanggelaufen sein?

»Das ist spannend«, erklärte Carex. »Weil mir eben berichtet wurde, dass du schon vorgestern auf dieser Insel warst – von einer Freundin allerdings erzählte der Hüter mir nichts. Er sprach von einem Jungen, der dich begleitete, dessen Namen er aber nicht kennt. Wer ist er?«

Mein Blick flog nach oben. Verflucht, man hatte mich erkannt. Damit hätte ich rechnen müssen. Doch das hatte ich nicht und deshalb stand ich hier, ohne ihm die geringste Erklärung bieten zu können. Die beiden Hüter sahen mich an, als wüssten sie das genau.

»Das stimmt nicht«, murmelte ich schließlich und ahnte, dass es zwecklos war.

»Ach nein?« Carex lachte leicht auf. »Erwartest du ernsthaft, dass ich deinen Worten glaube?«

Nein, das erwartete ich nicht. Ich schwieg.

»Du weißt von dem Aufstand«, stellte Carex fest.

Ich biss mir auf die Unterlippe und entschied mich für einen neuen Weg. »Ja«, gab ich zu. »Ich fand es erschreckend. Warum haben diese Menschen das getan?«

An der Verachtung in Carex' Augen sah ich, dass er mir auch diese Heuchelei nicht abnahm.

»Es tut mir leid«, sagte ich ein wenig heiser. »Ich … ich werde niemandem davon erzählen.«

»Daran zweifle ich nicht.« Carex klang eiskalt. »Und nun geh wieder nach *Sternenschimmer*. Du willst doch die dritte Runde nicht verpassen, oder?«

Ich sah ihn an und hatte auf einen Schlag mehr Angst, als bei all seinen Worten zuvor. Vermutlich war es tatsächlich Carex, der den Häscher auf mich gehetzt hatte – aber ob das stimmte oder nicht, auf jeden Fall hasste er mich. Nun hatte ich ihm einen Grund geschenkt, mich von den Spielen auszuschließen. Dass er es nicht tat, konnte nur eines bedeuten: Er hatte etwas anderes im Sinn.

Als könnte er meine Gedanken lesen, lächelte Carex und trat vor. Im Vorbeigehen tätschelte er mit einer Hand meine Schulter.

Ich sah ihm wortlos nach, während er die Straße hinunterlief. Die Hüter folgten ihm. Ein Zittern erfasste meinen ganzen Körper, ohne dass ich es aufhalten konnte. Als es mir endlich gelang, lief ich los. In die entgegengesetzte Richtung, fort von Carex und seinen Leibwächtern. Ich eilte durch die Straßen, zurück zu der Brücke, die nach *Sternenschimmer* führte.

»Was tust du hier?« Die Stimme kam von der Seite und ich keuchte auf, wirbelte herum. Es war Ren – wie hatte ich ihn nicht sehen können?

»Ren!« Ich warf einen Blick über die Schulter. »Carex ist hier. Die Hüter haben mich vorgestern erkannt und sie haben ihm von einem Jungen erzählt, der bei mir war. Wenn Carex dich sieht, wird er wissen, dass du das warst.«

Ren versteifte sich und folgte meinem Blick. »Kommt er in diese Richtung?«

Ich schüttelte den Kopf. »Nein.«

Nur allmählich wurde ich ruhiger.

»Ich wollte ohnehin gerade gehen.« Ren wandte sich wieder mir zu. »*Was tust du hier?* Verfolgst du mich?«

»Nein!« Ich wirbelte zu ihm herum und runzelte ich die Stirn. »Aber ein wenig seltsam ist es schon. Warum bist du hier?«

Erneut war meine Lüge viel zu schlecht, viel zu unglaubwürdig. Rens Blick verdüsterte sich. »Hör mir zu, Elaia. Dies hier ist mein Leben. Es geht dich nichts an, was ich mache und wo ich bin.«

Ich blinzelte, versuchte, den plötzlichen Umschwung seiner Stimmung zu verstehen. »Warum bist du jetzt so wütend?« Ich runzelte die Stirn.

»Ich bin nicht wütend.« Rens Miene war unbeweglich.

»Ach nein? Im Gegensatz zu letzter Nacht –«

»Das mit letzter Nacht … Ich habe dir gern geholfen, mehr aber nicht«, unterbrach er mich. »Ich kenne dich kaum, und ich will dich auch nicht besser kennenlernen.«

»Gut.« Ich trat einen Schritt zurück. »Wenn das so ist …«

»Ja, so ist es.« Ren wartete nicht auf eine Antwort, sondern drehte sich um und ging. Fort von mir.

Völlig verdutzt sah ich ihm hinterher. Sein Gang war schnell, er floh beinahe vor mir. Mit jedem Schritt, den er sich entfernte, wuchs meine Wut. Schon wieder hatte er mich von sich gestoßen – nach wenigen Worten, die wir gewechselt hatten. Warum nur? Ich war nicht einmal unfreundlich gewesen.

»Mistkerl«, zischte ich, auch wenn er es nicht mehr hören konnte.

Ich brauchte ihn nicht. Ihn und seine verfluchten Stimmungsschwankungen. Aber warum tat es dann so weh?

Kapitel 15 – Elaia

Als ich den Platz zur Verkündung der Sieger der zweiten Runde betrat, gehörte ich wieder einmal zu den Letzten. Eilig schob ich mich zwischen den Wartenden hindurch zum Podest. Darauf standen nur noch fünf weitere Wettstreiter: Yason, Laurus, Ren, Dahlya und ihre hellblonde Freundin – Artemis.

Yasons Blick wanderte über mich, als ich zu ihnen hinaufkletterte. »Früher warst du immer pünktlich.«

»Scheint, als hätte ich mich verändert«, murmelte ich und sah Ren an. Er hatte sich von mir abgewandt und redete leise mit Dahlya.

Ich drehte mich wieder von ihm weg und sah stattdessen zu Carex auf, der eine Stufe über uns stand. Sein Blick traf meinen, er war eiskalt. Ich erwiderte ihn, ohne zu blinzeln. Er sollte nicht sehen, wie sehr die Angriffe des Häschers und meine morgendliche Begegnung mit ihm mich erschüttert hatten.

»Verehrte Damen und Herren!«, begann Carex und sah endlich weg. Kaum wandte er sich an die Menge, setzte er auch schon sein freundlichstes und vertrauenerweckendstes Lächeln auf. »Es ist mir eine Ehre, die sechs Kandidaten der dritten und letzten Runde vorstellen zu dürfen!«

Nacheinander nannte er unsere Namen und Häuser. Die Menschenmenge auf der Wiese jubelte, bei Yasons Namen ein wenig lauter als beim Rest von uns. Er strahlte und winkte den Leuten zu, was die Rufe noch steigerte.

Carex wartete, bis die Schreie verstummten und eine gespannte Stille an ihre Stelle trat, nur vom Wispern des Windes und den fernen Geräuschen der Stadt gestört. »In der dritten Runde wird es besonders spannend«, erklärte Carex und seine durch Blutsmagie verstärkte Stimme scholl laut über unsere Köpfe hinweg. »Sie wird morgen Mittag stattfinden, wenn die Sonne am höchsten steht. Worum es geht, darf ich leider noch nicht verraten.«

Gespanntes Gemurmel ging wie eine Welle durch die Versammlung. Geduldig wartete Carex, bis wieder Ruhe eingekehrt war. »Für heute – lasst uns feiern!«, rief er dann. »Und zu diesem Anlass freue ich mich, erzählen zu dürfen, dass König Arrum selbst schon in Kürze zu diesem Fest eintreffen wird!«

Wieder jubelten die Menschen, obwohl König Arrum sie überhaupt nicht hören konnte.

In mir zog sich alles zusammen. Kaum eine Gelegenheit wäre für ein Attentat günstiger als ein Volksfest.

Arrum hatte mir die Aufgabe, nach seinem Attentäter zu suchen, abgenommen. Das bedeutete jedoch nicht, dass ich damit aufhören würde. Der König misstraute mir mit einem Mal, doch das änderte nicht das Geringste an meiner Treue. Aber wenn nicht Dahlya und Ren die Attentäter waren – und das glaubte ich nicht – besaß ich nicht den kleinsten Anhaltspunkt.

Ich sah Dahlya an. Sie stand noch immer neben Ren, hatte den Blick aber auf Laurus gerichtet, der ebenfalls der Menge zuwinkte.

»So lasst uns das Fest beginnen!«, beendete Carex seine Rede und stieg unter lautem Jubel vom Podest. Wir fünf folgten ihm eilig.

Kaum berührten meine Füße das sonnenverbrannte, plattgetretene Gras, ertönte ein Fanfarenstoß. Gleichzeitig wandten sich die auf der Wiese versammelten Menschen in die Richtung, aus der das Geräusch erklang. Wir alle erkannten die Melodie;

es waren die Anfangstöne der Inselhymne. Die Töne, die den König ankündigten.

Ich stellte mich auf die Zehenspitzen, um mehr sehen zu können. Auf der gegenüberliegenden Seite der Wiese fielen die ersten Menschen auf die Knie, als sie König Arrum entdeckten.

Ich brauchte einen Moment länger. Zuerst sah ich die Hüter, die ihn umringten. Vier Männer, alle in schwarze, lange Kleidung gehüllt, die in der Hitze fürchterlich heiß sein musste. In ihrer Mitte schritt König Arrum, den Kopf stolz erhoben. Seine goldene Krone glitzerte im Sonnenlicht, seine Lippen umspielte ein Lächeln. Er wirkte nicht mehr müde oder überarbeitet, doch das konnte auch an der Entfernung liegen.

Der Klumpen in meinem Magen fühlte sich schwer an. Immerhin hatte er überhaupt Leibwächter mitgebracht – aber nur vier?

Die Hüter reihten sich eng um König Arrum auf. Er machte eine unwirsche Handbewegung und trat an den beiden vor ihm vorbei, bis er völlig ungeschützt stand. Die Menschen jubelten, er lächelte.

Ich ballte die Fäuste. Mit einem tiefen Atemzug zwang ich mich zur Ruhe. Vielleicht war überhaupt kein Attentat geplant. Solche Gerüchte waren oft unbegründet.

Gleichzeitig mit den anderen um mich herum fiel ich auf die Knie. Ich konnte König Arrum nicht mehr sehen, doch anscheinend bedeutete er uns, aufzustehen, denn das taten die Leute vor mir nach und nach. Kaum standen die Menschen auf den Beinen, schwand die ehrerbietige Stille. König Arrum verlangte Respekt von uns, aber keine uneingeschränkte Ehrfurcht. Eine Tatsache, die ich stets bewundert hatte. Heute hätte ich es gerne gehabt, dass das Volk König Arrums Nähe voller Furcht mied.

Stattdessen drängten sie von allen Seiten auf ihn zu, jubelten, riefen ihm die verschiedensten Dinge zu und schufen ein Durcheinander, in dem König Arrum und die vier Hüter hinter ihm bald völlig verschwanden. Wie leicht, viel zu leicht es doch wäre, ihm in diesem Gemenge ein Messer zwischen die Rippen zu stoßen! Ein Messer, das auf dem Nachtmarkt beispielsweise mühelos zu erwerben war.

Jetzt erst bemerkte ich, dass Laurus direkt vor mir stand. Seine Haltung war entspannt, er schien sich keinerlei Sorgen um seinen Vater zu machen. Ich biss mir auf die Unterlippe und spähte an ihm vorbei.

»Ist alles in Ordnung?«

Nur verzögert drangen Yasons Worte zu mir hindurch. Ich schüttelte mich leicht und wandte meinen Blick von der Stelle ab, an der König Arrum verschwunden war. »Ja«, antwortete ich mehr oder minder wahrheitsgemäß.

Aus dem Augenwinkel sah ich, wie Ren zu uns herüberblickte. Seine Miene war düster. Missfiel es ihm, dass ich mit Yason redete? Wut stieg in mir auf. Dazu hatte er kein Recht. Er selbst hatte mir vor wenigen Augenblicken keinerlei Beachtung geschenkt. Er war es, der mich immer und immer wieder von sich stieß.

Ich drehte mich von Ren weg und gänzlich zu Yason hin. Doch statt Genugtuung fühlte ich nur leere Enttäuschung in meinem Inneren. »Ich vermisse deine Sticheleien in letzter Zeit«, warf ich ihm vor und lachte leise. Es war kein echtes Lachen, und Yasons Blick nach zu urteilen, durchschaute er es.

Trotzdem stimmte er mit ein. »Vielleicht bist du einfach nicht mehr interessant genug für mich.«

»Ich glaube eher, dass dir die Ideen ausgegangen sind«, konterte ich.

Aber anstatt dies schlagfertig zurückzuweisen, lachte Yason nur auf. Etwas hatte sich verändert, begriff ich, als ich ihn ansah. Sein stetiger, dauerhaft brodelnder Zorn gegen mich war verschwunden. Möglicherweise waren seine Worte eben gar kein Scherz gewesen und ich war tatsächlich nicht mehr so interessant für ihn. Ich war mir nicht sicher, was ich davon halten sollte.

Stumm warteten wir nebeneinander, während König Arrum sich seinen Weg durch das Volk bahnte. Ich versuchte, ihn im Blick zu behalten, doch es gelang mir nicht.

Nur ein kleines Stück vor mir stand Carex, den Blick ebenfalls nach vorn gerichtet. Seine Haltung war aufrecht und reglos.

Bei *ihm* würde es mir nichts ausmachen, wenn es jemand auf ihn abgesehen hätte, genauso wenig wie bei Quercus, den ich ein bisschen weiter am Rand der Versammlung entdeckt hatte und der mit stechend blauen Augen in die Menge sah.

Sofort schämte ich mich für den Gedanken. Die beiden waren Ratsmitglieder. Auch wenn ich sie nicht ausstehen konnte und sie mich verachteten, wurden sie gebraucht. Der Rat war König Arrum eine große Stütze und deshalb akzeptierte ich diese Männer.

Endlich erreichte König Arrum uns. Unverletzt. Er lächelte seinem Sohn zu und wandte sich an Carex.

»Eure Majestät.« Erneut neigte Carex den Kopf und wir anderen taten es ihm eilig nach.

»Carex, alter Freund!« König Arrum strahlte. »Nicht so förmlich! Und Yason, es ist mir eine große Freude, dich wiederzusehen.«

»Die Freude ist völlig auf meiner Seite«, entgegnete Yason mit seinem schönsten und hellsten Lächeln. »Ihr seht gut aus, Majestät.«

Und das sah er tatsächlich. Ich hatte mich nicht getäuscht, von seiner Müdigkeit war keine Spur mehr zu entdecken.

»Nicht doch, nicht doch.« König Arrum lachte und sein Blick fiel auf mich. Das Lachen erstarb, und obwohl der König noch immer lächelte, wirkte es nicht ganz echt. »Elaia. Ich freue mich, dass du es in die nächste Runde geschafft hast.«

»Ihr seid zu gütig, Eure Majestät«, presste ich hervor. Am liebsten hätte ich geschrien.

König Arrums Blick wurde weicher, ein Hauch von Mitleid schlich sich in seine Züge. Sah man mir meine Verletztheit so deutlich an?

Für einen Augenblick glaubte ich, der König wollte noch etwas sagen. Ich blickte ihn an, flehte stumm um Vergebung. Doch er wandte sich ab, ohne ein weiteres Wort zu sprechen.

Laurus beobachtete mich währenddessen, sein Blick zeugte von Verwirrung.

König Arrum trat auf Dahlya zu, noch immer wirkte sein Lächeln ein wenig verkrampft. Nicht sichtbar für jemanden, der Masken nicht ausgezeichnet kannte wie ich.

»Dahlya, nicht wahr?«, fragte er und Dahlya nickte angespannt. Ihre Augen waren weit aufgerissen, eine mir völlig unbegreifliche Angst leuchtete aus ihnen heraus. Zum ersten Mal, seit ich Dahlya kannte, erlebte ich sie gänzlich sprachlos. Ich blinzelte ungläubig. Was war mit ihr los?

König Arrum lächelte noch immer gezwungen, als er sich Ren zuwandte. Keinen Herzschlag später schnellte sein Blick jedoch wieder herum.

»Einen Augenblick, Dahlya«, brachte er heraus, seine Stimme glich einem wütenden Zischen. Jedes Lächeln, ob gespielt oder echt, war aus seinen Zügen gewichen. »Woher hast du diese Kette?«

Noch nie, *niemals* in meinem Leben hatte ich gehört, dass König Arrum in solch einem Tonfall sprach. Die Gespräche der Menschenmenge wogten über uns hinweg. König Arrum redete so leise, dass ich ihn nur verstand, weil er sich direkt neben mir befand.

»Eure … Eure Majestät?«, stammelte Dahlya. Ihre Stimme war unnatürlich hoch. Nichts mehr war von der stolzen Dreistigkeit zurückgeblieben, die ihr sonst innewohnte.

Gleich den Blicken aller Umstehenden flog auch meiner zu Dahlyas Hals, um den ihre zarte, schlichte Silberkette mit dem schmalen Vogelanhänger hing.

Dahlyas Finger stießen gegen ihn, als sie wie unbewusst nach dem Schmuckstück tastete. »Ich …«, begann sie und verstummte.

»Hast du sie gestohlen?« König Arrums Stimme war leise, glich jedoch einem weit entfernten Donnergrollen. »Diese Kette hat meiner Frau gehört.«

Dahlya war völlig erstarrt. Ihre einzige Bewegung war das

stetige Zittern ihrer Hände. Sie schwieg, doch Dahlyas Augen schrien ihre hilflose Furcht heraus.

Dahlya und ich kannten uns erst wenige Tage. In der Zeit war sie nie besonders freundlich zu mir gewesen, sondern mir in der ersten Runde sogar in den Rücken gefallen und hatte mich bestohlen. Doch in diesem Moment spielte das keine Rolle mehr. Ich kannte das Gefühl, König Arrums Zorn auf sich zu ziehen. Aber Dahlya schien davon tausendfach stärker getroffen als ich es jemals war.

»Wo hast du sie her?«, knurrte König Arrum und sie zuckte zusammen. »Hast du sie gestohlen? Oder … hat sie dir jemand gegeben?«

König Arrum ballte die Hände zu Fäusten und endlich begriff ich. Ich begriff, was die ganze Zeit Dahlyas Geheimnis war. Ich begriff *alles*. Ich war so blind gewesen.

Dahlyas Augen waren riesig und mit einem Mal überwog mein Mitleid.

»Ich war es«, platzte ich heraus, ohne nachzudenken. »Ich habe ihr die Kette geschenkt.«

König Arrum fuhr zu mir herum, seine Miene war zu Fassungslosigkeit verzogen.

Jeder Inselbewohner wusste: Niemand durfte König Arrums verstorbene Frau erwähnen, wenn er es hören konnte. Sie mochte schon seit vielen Sommern nicht mehr leben, doch sie und alles, was ihr einst zu eigen gewesen war, waren ihm heilig.

»Du?« König Arrums Stimme klang so gepresst, dass ich sie kaum wiedererkannte. Es war ihm völlig gleichgültig, dass hunderte Menschen in Hör- und Sichtweite standen. All seine Aufmerksamkeit war auf mich gerichtet. »Woher hast du diese Kette?«

»Laurus hat sie mir gegeben«, erklärte ich, ohne seinem Blick auszuweichen. »Dahlya steht sie besser, daher habe ich sie ihr geschenkt.« Das war das erste Mal, dass ich König Arrum bewusst und mit voller Absicht anlog. Ich wusste nicht genau, warum ich das tat. Ich dachte nicht darüber nach.

»Laurus!«, bellte König Arrum und drehte sich zu seinem Sohn um, der mir zugewandt stand und das ganze Geschehen mit einer Miene betrachtete, die ich nicht deuten konnte. »Vater?«

»Ist das wahr? Hast du Elaia die Kette deiner Mutter geschenkt?«

Laurus musterte mich einen Augenblick. »Ja, Vater. Es tut mir leid.«

Durch König Arrums Körper fuhr ein Zittern, seine geballten Fäuste lockerten sich nicht. »Du beschmutzt das Andenken deiner Mutter, Laurus. Ich fasse es nicht, dass du ihre Kette an die Tochter eines Verbrechers verschenkst, an ein …«

Er vollendete seinen Satz nicht, aber einer der umstehenden Menschen tat es, die das Geschehen mit wachsender Aufmerksamkeit beobachteten: »… *ein Flittchen.*«

Glühende Hitze schoss in mein Gesicht, als hätte mich jemand geschlagen. Schuld waren die Gerüchte, die noch immer über Yason und mich im Umlauf waren. Vielleicht hatten manche mich auch schon einmal mit Ren oder Laurus gesehen. Aber ich war kein Flittchen. Ich konnte nichts für diese Redereien.

König Arrums Blick lastete so schwer wie ein Felsen auf mir. »Ich bin enttäuscht, Elaia. Nach allem, was ich für dich getan habe … Ich bin zutiefst von dir enttäuscht.«

»Danke«, murmelte Dahlya. Ihr Blick war zerknirscht, aber offen und klar auf mich gerichtet. »Das habe ich nicht verdient.«

»Das hast du tatsächlich nicht«, mischte Ren sich ein. Dahlya biss sich auf die Unterlippe und nickte. Laurus schwieg.

Wir standen etwas abseits von den restlichen Menschen auf dem Platz, der sich allmählich leerte. Jedes Mal, wenn ich aufsah, starrten neue Menschen zornig zu mir hinüber. Die Worte des Königs verbreiteten sich um einiges schneller, als es mir lieb war. Es missfiel ihnen, dass Prinz Laurus dennoch bei mir und Dahlya stand. Noch vor wenigen Augenblicken hätte mich das ebenfalls gewundert – jetzt allerdings verstand ich.

»Denk in der nächsten Runde des Wettbewerbs daran«, bat

ich, legte jedoch keinen Vorwurf in meine Stimme. Dahlya hatte sich abscheulich verhalten, doch ich begriff es nun. Auch wenn das ihre Taten keineswegs entschuldigte.

»Ja.« Dahlya klang bedrückt. »Inzwischen schulde ich dir viel zu viel, um so etwas noch einmal zu tun.«

Ren nickte zornig, Laurus schwieg weiterhin.

Das hatte ich in der ersten Runde ebenfalls geglaubt, doch ich blieb stumm. Es würde nichts ändern. Ich vertraute Dahlyas Taten keineswegs, nicht nach all den Dingen, die sie getan hatte. Aber ich war auch nicht länger wütend.

Die Sonne stand hoch am Himmel, heiße Luft flimmerte über dem staubtrockenen Boden. Ich sah mich um. Zornige Blicke lagen so stechend wie Nadelstiche von allen Seiten auf mir. Erst als ich die Blicke herausfordernd erwiderte, sahen die Leute nach und nach weg. *Flittchen*, formten die Lippen einer Frau. Ich runzelte die Stirn und strich mein knielanges Kleid glatt.

Wieder spürte ich einen Blick auf mir und meine Augen flammten nach oben. Es war Ren, der mich mit düsterer Miene ansah. Ich verengte die Augen zu schmalen Schlitzen. *Es geht dich nichts an*, warf ich ihm stumm vor. *Ich gehe dich nichts an, das hast du mehr als deutlich gemacht.* Warum stand er dann noch hier?

»Danke«, wiederholte Dahlya leise.

Ich nickte.

Dahlya zögerte einen Moment, dann wandte sie sich um und lief wortlos von uns weg, in den Schatten der wenigen Bäume am Rand der Wiese.

Laurus setzte an, ihr zu folgen, drehte sich jedoch noch einmal um. »Es tut mir leid«, murmelte er und ballte die Hände zu Fäusten.

»Was denn?« Ich sah ihn an. Nichts war von Laurus' sonst gegenwärtiger leichten Fröhlichkeit übriggeblieben. Ein Schatten lag über seinen Zügen, wie Wolken, die vor die Sonne gezogen waren. »Was tut dir leid?«, fragte ich, aber Laurus antwortete nicht. Ohne ein weiteres Geräusch wirbelte er herum und folgte Dahlya. Ich blieb mit Ren allein zurück.

»Warum hast du das getan?«, wollte er wissen und kniff die Augen zusammen. »Du bist ihr nichts schuldig, im Gegenteil. Und jetzt … jetzt ist König Arrum zornig. Und die Leute hassen dich.«

»Ich weiß.« Unwillig runzelte ich die Stirn. »Aber du bist nicht mein Aufpasser, Ren. Hast du vergessen, was du heute Morgen zu mir gesagt hast? Warum hältst du dich nicht selbst an deine Worte?«

»Können wir nicht einfach Freunde sein?«, fragte er und sah mich beinahe wütend an.

Mein Herz krampfte sich schmerzhaft zusammen. Ich wusste, wie wir beide zueinander standen – doch warum zog es mich dann so sehr zu ihm hin? Der ganze Platz war voller Menschen, aber es fühlte sich an, als wären wir zwei allein. Es gab nur uns und diese seltsame, knisternde Energie zwischen uns. Der Rest verblasste.

Nur dass Ren nicht dasselbe empfand wie ich. Er spürte dieses Band nicht. Es kostete mich große Mühe, gegen den Druck in meiner Brust anzukämpfen und ruhig weiterzuatmen.

»Nein«, sagte ich leise, aber deutlich. »Ich will nichts mehr mit dir zu tun haben. Also hör auf, dich um meine Angelegenheiten zu kümmern.«

Rens Miene verdunkelte sich weiter und er wich einen Schritt zurück. »Wenn das so ist … Dann tut es mir leid.«

Zorn wallte so heiß wie die Sonne in mir auf und kroch als brennende Hitze in mein Gesicht. Warum war er verletzt, nachdem *er* mich wieder einmal fortgestoßen hatte?

»Ich will, dass du weißt, dass ich trotzdem für dich da bin«, erklärte Ren leise. »Falls du Hilfe benötigst, falls der Häscher wiederkommt …«

»Hör auf«, knurrte ich. Lieber hätte ich ihn geschlagen oder geküsst, aber ich beherrschte mich. »Hör auf, aus *Mitleid* freundlich zu mir zu sein, *das* benötige ich nicht. Ich benötige *dich* nicht, also lass mich einfach in Ruhe.«

»Gut.« Ich konnte Rens Gesichtsausdruck nicht deuten,

er verbarg jede Gefühlsregung hinter einer finsteren, undurchdringlichen Mauer. »Wie du willst.«

Wütend sah ich ihn an, bis er sich langsam abwandte und davonging. Es fühlte sich an, als würde er einen Teil meines Herzens mit sich reißen. Jedes Mal, wenn er ging, wurde das Gefühl schlimmer – weil er sich so oft wieder umdrehte und doch einen Schritt in meine Richtung machte.

Aber jedes Mal ging er fort. Und als er jetzt quer über die trockene Wiese lief, sah er sich kein einziges Mal nach mir um.

Suchend drehte ich mich um meine eigene Achse und fühlte mich mit einem Mal alleingelassen. Meine Freunde aus der Akademie waren weit entfernt. Schülern wurde es nur selten gestattet, die Akademieinsel zu verlassen. Hier wiederum hatte ich überhaupt keine Freunde, in diesem Moment noch weniger als jemals zuvor.

Das allein wäre auszuhalten gewesen, doch die Leute ringsherum warfen mir Blicke zu, die so scharf wie Messer waren, und ich fühlte mich ihnen schutzlos ausgeliefert. Ich hatte nicht getan, wofür die Menschen mich verurteilten, wofür König Arrum mich verachtete, wofür Carex mich hauslos machen wollte. Ich konnte nichts dafür, was meine Eltern sich vor Jahren angetan hatten – und trotzdem straften mich alle, als wäre ich eine Verbrecherin.

Ich reckte das Kinn ein Stück in die Höhe und drückte meine Schultern durch. Was auch geschah, nichts konnte mich zwingen, meine Haltung zu verlieren. Mochten die Leute mich verurteilen, meinen Stolz konnten sie mir nicht nehmen.

Als mich das nächste zornige Augenpaar musterte, erwiderte ich den Blick direkt. Statt Zorn legte ich aber tiefe Verachtung in ihn und schenkte dem starrenden Mann ein Lächeln, das eine Mischung aus mitleidig und herablassend war. Er drehte sich von mir weg, die Brauen verärgert zusammengezogen.

Unschlüssig sah ich weiter auf dem wenig gefüllten Platz umher, als Dahlya meine Aufmerksamkeit auf sich zog. Sie war unter den vereinzelten Bäumen hervorgetreten, Laurus folgte ihr auf den Fuß.

»Ich fasse es nicht!«, stieß sie hervor. Obwohl sie ihre Stimme sichtlich dämpfte, klang sie laut zu mir hinüber. »Wie konntest du nur?«

Laurus packte ihren Arm und versuchte, Dahlya zurück zu den Bäumen zu ziehen. Seine Lippen bewegten sich, doch ich hörte die gedämpften Worte, die er sprach, nicht.

Dahlya riss sich los. »Nein!«, kreischte sie, nicht darum bemüht, leise zu sein. »Nicht einmal mehr für einen einzigen Tag!«

Etliche Köpfe wandten sich zu ihr herum und Laurus zuckte zurück. Erneut flüsterte er etwas.

»Das ist keine Entschuldigung und kein Grund!«, schrie Dahlya. »Ich fasse es nicht, was für ein … was für ein Feigling du bist!« Sie wirbelte herum und stapfte über die Wiese direkt auf den König zu, der inmitten seiner Hüter und einer Gruppe von Inselbewohnern neben dem leeren Podest stand, nur wenige Mannslängen von mir entfernt.

Laurus sah ihr panisch hinterher. Er folgte ihr nur zögerlich.

»Eure Majestät«, sagte Dahlya, als sie König Arrum erreichte. Einer der Hüter sah sie misstrauisch an, die anderen wandten sich nicht einmal um. Nur König Arrum richtete sich ruckartig auf, als er Dahlya entdeckte.

Ich ahnte, was jetzt kommen würde. Sollte ich sie aufhalten? Nein, das schuldete ich ihr tatsächlich nicht. Außerdem – wenn ich mit meiner Vermutung richtig lag, dann hieß ich ihr Vorhaben möglicherweise sogar gut.

»Eure Majestät«, wiederholte Dahlya. Ihr Atem ging schnell, in ihren Wangen brannte eine helle Röte. Sie sah unglaublich lebendig aus, wie sie da aufgerichtet vor dem König stand. »Ich muss Euch ein Geständnis machen. Ich war es – mir hat Laurus die Kette geschenkt. Wir lieben uns noch immer, Eure Majestät. Vor über einem Jahr habt Ihr uns befohlen, voneinander Abstand zu nehmen, und das haben wir versucht. Aber – Eure Majestät. Wir lieben uns und ich bitte Euch: Gebt uns Eure Erlaubnis dazu.«

Ich hatte recht gehabt. Langsam atmete ich aus.

»Es stimmt, dass ich keine Blutsmagierin bin«, redete Dahlya weiter. »Aber das heißt nicht, dass ich Eures Sohnes nicht würdig bin. Immerhin bin ich sogar bis zur dritten Runde des Wettbewerbs gekommen – ohne jegliche Blutsmagie und ohne einem hohen Haus anzugehören.«

König Arrum wurde so bleich, dass ich mich für einen Moment um seine Gesundheit sorgte. Erneut ballte er die Hände zu Fäusten, dann wandte er sich zu seinem Sohn um, der einen Schritt hinter Dahlya stehengeblieben war. »Stimmt das?«, fragte er; seine Stimme klang belegt.

Laurus zögerte kurz. Dahlya wirbelte herum und bei ihrem Blick richtete er sich eilig auf. »Ja, Vater«, sagte er fest. »Wir sind verlobt und ich bitte Euch um Euren Segen.«

»Mir wurde berichtet, sie sei nun diesem Jungen aus einem niederen Haus versprochen«, brachte König Arrum heraus. »Man hat mir gesagt, du seist mit Elaia aus dem Hause 7 angetroffen worden.«

»Das waren Lügen«, gab Laurus zu. Gerade hatte er gezögert, doch jetzt stellte er sich seinem Vater geradeheraus. »Dahlya und ich haben keine andere Möglichkeit gesehen, um zusammenbleiben zu können. Diese Täuschung tut mir leid, Vater.«

Immer mehr Menschen traten näher heran, um jedes der gesprochenen Wörter zu verstehen. Die Inselbewohner liebten Aufregungen und ich verachtete diese niedere Kleingeistigkeit. Jetzt allerdings, da es um Dahlya ging, konnte ich mich selbst nicht vom Geschehen losreißen.

König Arrum sah so bleich aus, als stünde er im Licht des Mondes und nicht in der hellen Sonne. »Ihr liebt euch?«

»Ja, Vater.« Entschlossen machte Laurus einen Schritt nach vorn und ergriff Dahlyas Hand. »Bitte verzeiht uns die Lügen.«

»Fass dieses Mädchen nicht an!«, zischte König Arrum und Laurus ließ Dahlya so schnell los, als hätte er sich verbrannt. »Vater –«

»Ihr habt mich über ein Jahr lang getäuscht und belogen!«, fuhr

König Arrum ihn an. Allmählich kehrte Farbe in sein Gesicht zurück und seine Stimme war nun hart, aber beherrscht. »Ich kann gar nicht ausdrücken, wie sehr ich mich für dich schäme, Laurus – du bist mein eigener Sohn! Wie konntest du nur?«

»Bitte, Vater!« Laurus klang erstickt. Als König Arrum den Kopf schüttelte, verstummte er.

König Arrum sah wieder so müde aus wie damals in seinem Arbeitszimmer. »Ich kann nicht über dich richten, Laurus. Ich bin dein Vater. Carex, übernimm du das bitte.«

Das Ratsmitglied stand mit unbeweglicher Miene im Hintergrund und nickte ruhig. »Laurus aus dem Hause 1 wird von dem Wettbewerb und dem Zusehen von diesem ausgeschlossen. Sein Vergehen war ein Ungehorsam dem Vater gegenüber. Eine Verwarnung genügt. Dahlya dagegen ist mehrerer Verbrechen schuldig, darunter des Hintergehens königlicher Befehle, Ungebührlichkeiten gegen die Mitglieder hoher Häuser und fehlenden Respektes zum König. Aufgrund deiner früheren Verfehlungen erkläre ich dich hiermit für hauslos.«

Carex sah zu Arrum, der nickte. »So sei es.« Der König bedeutete seinen Hütern, ihm zu folgen. »Ich bin heute nicht mehr in der Stimmung zum Feiern. Morgen zur dritten Runde des Wettbewerbs kehre ich wieder.«

Enttäuschtes Gemurmel breitete sich unter den Menschen aus, als Arrum zwischen ihnen hindurchschritt.

Dahlyas Stimme zerschnitt die Geräusche wie ein Messer. »Habt Ihr nie geliebt, Eure Majestät?«

Arrum blieb mit dem Rücken zu ihr stehen, drehte sich aber nicht um.

»Ihr hattet eine Frau, Majestät«, sprach Dahlya weiter, und ringsherum zuckten unzählige Menschen zusammen. Sie hatte das ungeschriebene Gesetz gebrochen. »Habt Ihr sie geliebt?«, rief Dahlya. »Was würde Eure Frau hierzu sagen, wäre sie noch am Leben?«

»Meine Frau ist tot«, antwortete König Arrum leise. Um ihn waren alle Inselbewohner verstummt, daher konnte ich trotzdem jedes einzelne Wort verstehen. »Aber wenn sie am Leben wäre, dann hätte sie mich nicht über ein Jahr belogen. Und sie hätte meine Entscheidung nicht infrage gestellt.« Ohne ein weiteres Wort oder sich umzudrehen, entfernte sich König Arrum von Dahlya und seinem Sohn. Er ging so schnell, dass es wie eine Flucht aussah.

Dieses Mal machten die Inselbewohner keinen Versuch, sich um ihn zu scharen. Sie bildeten eilig eine Gasse und König Arrum marschierte hindurch, ohne anzuhalten.

Obwohl sie mehrere Mannslängen von mir entfernt stand, konnte ich das Zittern sehen, das Dahlyas Körper heimsuchte. Sie ballte die Fäuste, starrte den König an. Dann stürzte sie ihm mit einem Aufkeuchen hinterher.

Bevor wir Übrigen auch nur begriffen, was Dahlya da vorhatte, sprang Ren auf sie zu. Er riss sie an der Schulter zurück und packte ihre Oberarme, während Dahlya von einem heftigen Zittern geschüttelt wurde. Sie gab keinen Laut von sich. Ihr Blick war fest auf den Rücken des Königs gerichtet, der geradewegs die Wiese überquerte. Erst als Arrum in eine Gasse einbog und außer Sichtweite war, sah Dahlya zu Boden. Ren ließ sie los.

Ruckartig trat Dahlya zurück und warf zornige Blicke in die Menge. Ihre Augen schimmerten hell – waren das Tränen oder nur die Sonne?

»Wer seid ihr nur?«, zischte Dahlya und machte einen weiteren Schritt nach hinten. »Ihr wisst genau, dass das hier falsch ist! Warum unterstützt ihr alle Entscheidungen, die nicht nur unmenschlich sind, sondern uns auch jeglicher Freiheit berauben? Arrum ist unser König, aber das heißt nicht, dass wir ihm wie blinde Schafe folgen müssen! Ihr dürft für das einstehen, was ihr wollt! Warum tut ihr es nicht?« Keiner sagte ein Wort und über Dahlyas Wangen liefen Tränen. »Weil ihr Feiglinge seid!«, stieß sie hervor. »Weil ihr Angst um euer ruhiges, behütetes Leben habt. Aber wisst ihr was? Es ist mir gleichgültig! Lasst euch doch wie die Schafe ausnutzen! Ich will euer Verständnis überhaupt nicht. Ihr widert mich an!«

Sie wirbelte herum und trat an Laurus vorbei, der eine Hand hob, Dahlya aber nicht aufhielt. Da stürmte sie los, rannte in die nächste Gasse und verschwand zwischen den bunt geschmückten Häusern.

Wir blieben schweigend auf dem Platz zurück.

Zwischenspiel – Ren

Dies war die letzte Nacht vor dem Attentat. Die letzte verdammte Nacht.

Dahlyas und meine vorgebliche Verlobung bestand nicht länger, doch das spielte keine Rolle mehr. Die Inselbewohner kümmerten sich viel zu sehr um Dahlya und Laurus, als dass mich jemand beachtet hätte.

Ich war so weit gekommen. Gestern auf der Wiese hatte er direkt vor mir gestanden, hatte mir den Rücken zugewandt. Hätte ich ein Messer dabeigehabt, hätte ich es möglicherweise getan.

Das Durcheinander war so vollkommen gewesen, dass ich vielleicht sogar hätte fliehen können. Und selbst wenn nicht – das wäre es wert gewesen. Sein Tod wäre es mir wert gewesen. Doch der Augenblick war vorüber, die Gelegenheit verstrichen.

Dennoch war ein Teil von mir erleichtert. Ich wollte Elaias Blick nicht sehen, wenn sie meine Lüge durchschaute. Trotz allem, was ich bereits getan hatte, schien sie mir noch immer zu vertrauen. Das wollte ich nicht zerstören. Ich wollte nicht, dass sie begriff, wer ich wirklich war und was ich schon von Beginn an vorgehabt hatte.

Andererseits hasste sie mich nach dem gestrigen Tag vermutlich ohnehin. Das war schlecht. Ich fürchtete, dass Elaia gefährlich sein konnte, wenn sie einen verabscheute. Vielleicht konnte ich das irgendwie wiedergutmachen, zumindest ein bisschen.

Sie hatte mich unvorbereitet getroffen. Warum war sie mir gefolgt? Konnte sie etwas gehört haben? Wir waren den Plan erneut durchgegangen, hatten die letzten Einzelheiten besprochen. Wir waren unvorsichtig gewesen, viel zu leichtsinnig.

Es war von Anfang an unklug gewesen, mich mit ihnen einzulassen. Ich hätte es allein tun sollen, so wie ich es zu Beginn geplant hatte. Doch meine Verbündeten versprachen mir, dass ich *danach* fliehen konnte.

Natürlich misstraute ich ihnen. Das beruhte auf Gegenseitigkeit. Doch ich musste mich an jede Hoffnung, dass ich entkommen konnte, klammern. Nicht nur für mich, sondern auch für das andere Mädchen, dem ich verpflichtet war.

Elaia durfte nicht mehr dazwischenkommen. Es spielte keine Rolle, welchen Hass sie für mich empfand oder empfinden würde. Das *Danach* gab keinen Raum für Gefühle. *Nichts* würde meine Entscheidung ändern. Der entscheidende Zeitpunkt war beinahe gekommen. Morgen Nacht war es so weit.

Kapitel 16 – Elaia

Ich erwachte vom Glockengeläut, das die letzte Runde verkündete.

Dahlya war nicht zu ihrem Haus zurückgekehrt. Auch als ich nun aufstand und mich umzog, klang aus ihrem Teil des Hauses nur eine seltsame, leere Stille.

Wo war sie? Wohin konnte ein zorniges, verletztes Mädchen fliehen, wenn es auf Inseln hoch über dem Erdboden eingesperrt war?

Ich verharrte im Schritt und sah zu Boden. Zum Glasboden, unter dem sich scheinbar endlos der Wald erstreckte. Genau genommen war Dahlya nicht gefangen, zumindest nicht ausweglos. Aber würde Dahlya dies tun? Hinunter gehen, ohne die geringsten Mittel zum Überleben?

Da gab es die Stämme, doch die hassten die Inselbewohner – zu Recht. Noch immer brannten die Bilder von dem Überfall auf die Stämme vor meinen Augen wie das Feuer selbst.

Aus dem Flur über mir erklangen Schritte; ich zuckte zusammen. Eilig schob ich den Vorhang im Eingang beiseite und trat in die heiße Morgensonne hinaus. Bis zur dritten Runde dauerte es noch eine Weile. Die Entscheidung, was ich tun wollte, traf ich mehr unterbewusst, als dass ich es tatsächlich entschied.

Ohne lange nachzudenken, schlug ich den Weg nach rechts

ein und steuerte das helle Sandsteingebäude an, in dem der Rat vormittags für gewöhnlich tagte. König Arrum glaubte mir nicht – oder aber er wusste von den Geschehnissen am Erdboden und belog uns genauso wie zumindest Quercus. Doch was es auch war, ich wollte Gewissheit haben.

Auf der Straße verschwand ich in der Masse der bunt gekleideten Menschen. Niemand schenkte mir besondere Beachtung. So fiel es nicht weiter auf, als ich ohne Zögern in das Ratsgebäude trat.

Ren hatte damals gesagt, man dürfe sich nur nicht anmerken lassen, dass man etwas Verbotenes tat. Es fühlte sich an, als läge dieser Tag schon eine Ewigkeit zurück. Ich schüttelte den Gedanken ab.

Obwohl das Betreten des Ratsgebäudes untersagt war, hielt mich niemand auf. Ren hatte Recht behalten.

Im Inneren des Hauses war es kühl und still, das Lärmen der Stadt erzeugte das einzige Geräusch. Aus den Räumen vor mir ertönte kein Laut. Auf Zehenspitzen eilte ich den düsteren Flur entlang. Es gab keine Fenster, von beiden Seiten des Ganges gingen Zimmer ab. Die schmalen Sonnenstrahlen, die unter den Vorhängen vor ihnen hindurchfielen, waren die einzige Lichtquelle.

Der kalte Schatten hier weckte weitere unangenehme Erinnerungen in mir – an den Tag, an dem meine Mutter wegen des Mordes an meinem Vater zur Todesstrafe verurteilt wurde. König Arrum hatte sie gerettet. Obwohl dieser Morgen schon mehrere Sommer zurücklag, fühlte er sich nicht länger vergangen an als der Tag mit Ren bei den Stämmen.

Ich erinnerte mich an jede Kleinigkeit dieses Gebäudes. Nichts hatte sich seit damals verändert. Dieselben düsteren Bilder zierten die Wände und dieselben dichten, braunen Vorhänge hingen vor den Zimmern. Eine Gänsehaut wanderte meine Arme hinauf und ich war mir nicht sicher, ob sie von der kühlen Luft herrührte.

Der große Tagungssaal lag am Ende des langen, stillen Flurs.

Hohe Flügeltüren aus dunklem Holz versperrten die Sicht in den Saal. Türen – auf den Inseln gab es nicht mehr als eine Handvoll. Holz war zu wertvoll, um damit auszusperren, wer so oder so zusammen eingesperrt war.

Erst als ich direkt vor den Saaltüren stand, klang das Geräusch der leisen Unterhaltung zu mir hinaus. Mein Herz klopfte so laut, dass es das Gespräch beinahe übertönte. Aber auch als ich mich ganz auf die ruhigen Stimmen konzentrierte, verstand ich nichts von dem Gesagten. Nur ein gedämpftes, gleichmäßiges Murmeln drang als eine undeutliche Masse zu mir hinaus.

Enttäuschung ergriff mich und ich machte einen Schritt nach hinten. Doch was hatte ich erwartet? Außerdem: Selbst wenn ich ihn verstehen würde – dass sie genau jetzt über die Stämme auf dem Erdboden sprachen, war ohnehin unwahrscheinlich. Aber nicht unmöglich.

Zögernd warf ich einen Blick über die Schulter. Sollte ich gehen? Jetzt ungesehen aus dem Ratsgebäude hinauszukommen, dürfte nicht schwierig sein. Vor allem, weil sich draußen immer mehr Menschen auf den Straßen versammelten. Sie warteten voller Vorfreude auf die dritte Runde des Wettbewerbs, die schon bald begann.

Doch ich hasste es, unverrichteter Dinge zurückzukehren. Und ich hasste die Ungewissheit, in der ich mich befand. Kurzentschlossen schlich ich wieder an die Tür heran und presste ein Ohr an das glatte, weiche Holz. Und nun, endlich, konnte ich verstehen, was drinnen gesprochen wurde.

»Dann ist das also abgemacht«, sagte einer der Männer. Die dicken Holztüren machten es mir unmöglich, zu erkennen, welcher der drei sprach.

»Wenn du es unbedingt so haben willst«, erwiderte ein weiteres Ratsmitglied. »Auch wenn ich nicht ganz verstehe, warum.«

»Das musst du nicht«, fuhr der andere Mann – oder war es der dritte? – auf. »Und ein reißendes Seil ist schließlich nichts Ungewöhnliches.«

Wovon nur sprach der Rat? Die Worte ergaben nicht den

geringsten Sinn und ich verfluchte mich dafür, nicht schon früher hier gewesen zu sein.

Was darauf gesagt wurde, verstand ich nicht, da der Sprecher seine Stimme senkte. Nur unvollständige Satzfetzen drangen zu mir hindurch. »… vielleicht … nicht sein …«

Verärgert presste ich das Ohr fester an die Tür, bis sie plötzlich unter dem Druck nachgab. Ich zuckte heftig zurück, aber es war zu spät.

Mit einem in der Stille ohrenbetäubend lauten, rauen Schleifen glitt der eine Flügel der Tür über den Steinboden. Er stand nur einen winzigen Fingerbreit offen, doch das spielte keine Rolle. Die Ratsmitglieder mussten die offenstehende Tür gar nicht sehen, es genügte, dass sie es gehört hatten.

»Was war das?« Nun erkannte ich die Stimme dieses Mannes. Quercus war noch immer ein Stück entfernt und nicht laut, doch seine Worte klangen klar zu mir hindurch. »Ist da jemand?«

Gleichzeitig erklang ein Stuhlrücken.

Der Schreck durchzuckte meinen ganzen Körper. Mein Blick flog den Gang hinunter, doch der war lang und aus dem Tagungssaal ertönten bereits Schritte … Es gab keine Fenster, keine Vorhänge – nur jene vor den zu weit entfernten Ausgangstüren.

Meine Instinkte, die ich so oft auf dem Drahtseil erprobt hatte, übernahmen die Oberhand. Ohne zu zögern oder auch nur darüber nachzudenken, zog ich mich an der Flügeltür neben mir nach oben, mich mit dem Fuß auf dem goldenen Türknauf abstoßend.

Der Türrahmen ragte nur einen Daumenbreit über die Steinwand hinaus, meine Zehen krallten sich an das Holz. Ich musste mich an der Decke abstützen, um nicht das Gleichgewicht zu verlieren. Ein einziger Blick nach oben würde mich verraten. Doch ein anderes Versteck gab es hier im Gang nicht und zum Weglaufen hätte meine Zeit nicht ausgereicht.

Noch bevor ich mir meiner ungünstigen Lage auch nur gänzlich bewusst werden konnte, wurde die Tür aufgezogen. Ein Mann trat aus dem Saal und blieb direkt unter meinen Füßen stehen. Ich hatte genug Zeit bei Yason zu Hause verbracht, um Quercus selbst aus dieser Position sofort zu erkennen.

Mein Herz raste so schnell und laut, dass mein ganzer Körper innerlich zu erbeben schien. Doch äußerlich hielt ich völlig still. Nicht einmal die lose Haarsträhne vor meinen Augen regte sich.

Nach zahllosen, angstgejagten Herzschlägen wandte Quercus sich um und ging wieder in den Saal hinein. »Hier ist niemand. Oder er ist schon weg.«

Ich machte mich zum Sprung bereit, aber da blieb Quercus stehen, noch viel zu dicht an der Tür. »Egal, gehen wir. Sonnenhoch ist nah und wir wollen doch nicht zu spät kommen.«

Im Raum wurden Stühle gerückt und weitere Schritte näherten sich.

Alles in mir krampfte sich zusammen und die lose Haarsträhne erzitterte. Mühsam brachte ich meinen Körper wieder unter Kontrolle, bis sie völlig still lag.

Aus dem Raum klang ein Lachen. Es war Pyrus, das dritte Ratsmitglied. »Wir wollen schließlich nicht verpassen, wie dein Sohn den Wettbewerb gewinnt, meinst du?«

Von Quercus ertönte ein Schnauben. »Mein Sohn ist ein verweichlichter Jammerlappen. Der Sieg steht ihm überhaupt nicht zu.«

Unter mir kam Quercus' sorgfältig geteilter Scheitel in Sicht und am liebsten hätte ich ihn angespuckt. Für keine einzige seiner selbstverliebten Taten hatte Yason so einen Vater verdient.

»Kommt ihr?«, fragte Quercus in meine hassdurchwogten Gedanken hinein.

Aus dem Raum erklang Geraschel. »Geh schon mal vor, wir räumen noch die Papiere zusammen!«, rief Pyrus.

Ohne eine Erwiderung schritt Quercus den Gang entlang, von mir fort. Er drehte sich kein einziges Mal um, bis er aus dem düsteren Flur durch das Leinentuch in die helle Sonne trat und verschwand.

Ich hielt den Atem an.

Jetzt.

Ich war schon im Absprung, als unter mir eine zweite Person auftauchte. Carex! Wie war er so leise hierhergekommen? All meine Aufmerksamkeit hatte auf Quercus geruht.

In der Bewegung riss ich mich zurück, meine Finger rutschten über die steinerne Decke. Das Kratzen war nicht geräuschvoller als ein Kieselstein, der auf den Boden traf, doch es war laut genug. Carex' Blick wanderte nach oben und ich schloss die Augen, wartete auf einen Aufschrei, ein Geräusch des Erschreckens. Es blieb still.

Ich riss die Augen auf. Carex hatte sich von mir abgewandt und drehte sich wieder in den Raum hinein. Das Blut rauschte wie das Meer vor Tagen in meinen Ohren und übertönte nun sogar meinen rasenden Herzschlag.

Nicht auszudenken, was geschehen wäre, wenn ich hier direkt vor Carex auf den Boden gesprungen wäre. Er hatte es ohnehin schon auf mich abgesehen. Das Belauschen des Rats allein war bei weitem Grund genug, mich für immer hauslos zu machen.

Das Rauschen in meinen Ohren war so laut, dass Carex' Worte direkt unter mir kaum zu mir hindurchdrangen. »Jetzt, wo wir allein sind … Ich wollte ohnehin mit dir sprechen«, erklärte Carex. Seine Stimme war gesenkt.

»Mit mir?« Pyrus klang ein wenig misstrauisch. Seine nahenden Schritte hallten auf dem Stein wider. »Warum hast du es nicht in der Versammlung angesprochen? Quercus war doch eben noch da.«

»Weil es gerade um Quercus geht«, flüsterte Carex.

Ich konnte seinen Haarschopf sehen, als er einen Schritt aus der Tür machte und den Gang nach möglichen Zuhörern absuchte. In die Höhe sah er nicht. Stattdessen trat er wieder zurück und verschwand aus meinem Blickfeld.

»Quercus?« Pyrus flüsterte nicht, seine Stimme war laut und verwundert.

»Ja«, zischte Carex, offensichtlich verärgert über die Lautstärke. Er schwieg einen Augenblick. Die nächsten Worte konnte ich nur verstehen, weil er noch immer direkt in dem Türrahmen stand, auf dem ich hockte: »Ich fürchte, dass er König Arrum etwas Böses will.«

Ich riss die Augen auf, meine einzelne Haarsträhne erbebte. Im Saal atmete Pyrus scharf ein. »Du meinst … *Er* plant das Attentat, vor dem Arrum sich fürchtet?«

»Ich weiß es nicht«, murmelte Carex schwer. »Aber ich weiß, dass er Arrum belügt, ihm Dinge verschweigt … Ich bin mit Quercus seit unserer Kindheit befreundet, mir ist bewusst, wie sehr er Arrum beneidet. Doch nun ist da ein Hass auf ihn … Ich verstehe es selbst nicht.«

»Ich … Das ist mir ebenfalls aufgefallen. Aber ich dachte … ich dachte niemals, dass …«

»Mit Arrum bin ich auch seit unserer Kindheit befreundet«, knurrte Carex. »Ich verehre all seine guten Eigenschaften, doch manchmal ist er geradezu *lächerlich* leichtgläubig. Es würde ihm nicht einfallen, uns, seinen Freunden, zu misstrauen. Das war schon immer so, in dieser Hinsicht ist er blind.«

»Ich weiß.« Pyrus räusperte sich. »Aber was sollen wir jetzt tun? Hast du mit Arrum gesprochen?«

»Nein.« Carex klang schroff und wurde selbst ein wenig lauter. »Das würde ihn zerstören und wir wissen schließlich nichts Genaues. Vielleicht irre ich mich auch.«

»Aber wenn nicht, ist Arrum in großer Gefahr«, warf Pyrus ein.

»Das ist er so oder so«, murmelte Carex. »Dennoch hast du recht. Ich werde mit Arrum reden. Doch bis dahin sollten wir Quercus im Auge behalten … ständig. Jetzt zum Beispiel – wohin ist er gegangen? Wir müssen ihn suchen.«

Nacheinander traten die beiden Männer aus der Tür, schlossen sie hinter sich und eilten den düsteren Flur entlang.

»Glaubst du, er wird das Attentat bald ausführen?«, fragte Pyrus. Er musste rennen, um mit Carex' langen, eleganten Schritten mithalten zu können.

»Nein. Arrum ist zu aufmerksam und seine Hüter sind gewarnt. Wenn aber in den nächsten Tagen weiterhin alles ruhig bleibt …«

Den Rest des Satzes verstand ich nicht mehr, weil die Ratsmitglieder das Ende des Ganges erreichten. Keiner von ihnen drehte sich um.

Gleißend helle Sonne erfüllte den Flur, als sie das Leinentuch beiseitezogen. Dann fiel das dicht gewebte Tuch hinter ihnen wieder hinunter und versperrte den Sonnenstrahlen den Weg.

Wie erstarrt hockte ich auf dem Türrahmen.

All die eben gesprochenen Worte wirbelten in meinem Kopf zu einem wilden Strudel durcheinander. Sie ergaben keinen Sinn, waren verworren, geradezu unmöglich. Quercus – das zweite Ratsmitglied und nach Arrum und Carex der mächtigste Mann der Inseln – sollte ein Attentat planen? *Yasons Vater*?

Ich dachte an die hilflose Wut, die ich ihm gegenüber immer fühlte – weil er die Stämme mordete und weil er seinen Sohn geringschätzte, ihn oft sogar schlug. Aber trotzdem hatte ich ihn stets für königstreu gehalten, für eine Stütze Arrums. Konnte es sein, dass gerade er König Arrum tot sehen wollte? Ich sah seine eiskalte Miene vor mir, die er den Stammesmenschen gezeigt hatte. Die Antwort war eindeutig: Ja, es war möglich.

Mit steifem Körper ließ ich mich von dem Türrahmen gleiten und schlich den leeren Gang entlang. Beim Vorhang zögerte ich einen Augenblick, horchte, ob noch Stimmen von Carex oder Pyrus zu hören waren. Ich vernahm nichts. Eilig trat ich nach draußen.

Die Sonne schlug mir so hell strahlend entgegen, dass ich blinzeln musste. Für einen Moment wankte ich orientierungslos auf die Straße hinaus. Jeder meiner Muskeln brannte, doch mein Schrecken über die gehörten Worte übertönte alle Schmerzen.

»Mädchen, was machst du da?«, fragte jemand von der Seite. Meinte er mich? Ich beachtete ihn nicht, sondern eilte im Strom der anderen Menschen die Straße entlang. Nur nach und nach nahm ich die Häuser und all die Inselbewohner um mich herum wahr.

Ich musste mit König Arrum reden, jetzt sofort. Ganz gleich, was Carex meinte: König Arrum musste wissen, woher ihm

Gefahr drohte. Nur dass der König mir nicht glauben würde. Ein kurzes Frösteln kroch meinen Rücken hinauf, das sicherlich nicht von der Hitze verursacht wurde. Das letzte Mal, als ich Quercus in Arrums Gegenwart angezweifelt hatte, hätte Arrum mich beinahe von *Sternenschimmer* verwiesen. Und das war, bevor er mich in der Öffentlichkeit als Flittchen dargestellt hatte.

Doch das war mir gleichgültig. Vielleicht genügte es, wenn Arrum Quercus gegenüber zumindest ein bisschen vorsichtig war. Sein Leben war wichtiger als meine Stellung oder als jegliche Meinung, die er über mich besaß. Es war wichtiger als der Wettbewerb, den ich so gern gewinnen wollte.

Der stetige Menschenstrom verlief sich in einer lockeren Ansammlung und ich blickte auf. Ich war so tief in Gedanken versunken gewesen, dass ich nicht einmal gemerkt hatte, wohin wir alle gingen. Und obwohl ich den Platz hier kannte, brauchte ich einen Augenblick, um ihn wiederzuerkennen, da sich vor mir eine Wand erhob.

Wir waren gar nicht auf der Wiese, wo die letzten beiden Runden stattgefunden hatten. Stattdessen standen wir am Rand von *Sternenschimmer*. Dort, wo sonst der leere Grasstreifen verlief, war eine riesige Tribüne errichtet worden. Reihen um Reihen von Steinbänken erhoben sich stufenweise, die obersten Sitzreihen lagen hoch über den Hausdächern und boten Platz für Tausende Zuschauer.

Meine Lippen waren ein Stück geöffnet, als ich den Gang zwischen zwei Abschnitten der Tribüne entlangmarschierte, zu dem Ort, auf den die Sitze ausgerichtet waren.

Meine Gedanken waren für einen Moment völlig ausgelöscht. Stattdessen wurde mein Körper von einer heißen, kribbelnden Vorfreude erfüllt. Das hier war eine Arena. Die dritte Runde würde in der freien Luft stattfinden. Ein Geschenk für Yason und mich, die letzten verbliebenen Seiltänzer unter den Wettkämpfern.

Zwischen *Sternenschimmer* und *Nordwind*, der nächsten Insel, spannte sich ein neues Seil. Daran schwankten ganz sachte einzelne Gondeln, mit jeweils einem Abstand von mehr als fünf Mannslängen zu einander.

Vier Gondeln für vier Wettkämpfer. Laurus war vom Wettbewerb ausgeschlossen worden und Dahlya nun eine Hauslose und damit ohnehin ausgeschieden. Blieben noch Yason, Ren, Artemis und ich.

Helle Aufregung durchtanzte mein Blut. Zum ersten Mal wurde mir bewusst, wie weit ich gekommen war. Jetzt kämpfte ich nicht mehr gegen eine zahllose Masse Fremder, sondern nur noch gegen drei Jugendliche, die und deren Fähigkeiten ich einschätzen konnte. Sie alle waren stark, aber dennoch – gerade wenn die Runde in der Luft stattfand – hatte ich eine wirkliche Hoffnung auf den Sieg.

Genau in diesem Moment entdeckte ich Yason, der inmitten eines Haufens jüngerer Mädchen dastand und lauthals lachte. Meine plötzliche Freude erstarb genauso rasch, wie sie erwacht war. Diese Mädchen vergötterten Yason. Und nicht nur sie, so gut wie jeder andere auf den sechsundzwanzig Inseln tat das. Ich durfte ihn nicht unterschätzen.

Nun, ohne die prickelnde Aufregung, fielen mir auch all meine Sorgen von gerade eben wieder ein. Ich musste mit König Arrum sprechen, das war wichtiger als der verdammte Wettbewerb.

Suchend drehte ich mich einmal um mich selbst. Der Platz zwischen dem Abgrund und den Zuschauerbänken war gedrängt voll, doch die meisten Inselbewohner ließen sich bereits auf den langen Sitzreihen nieder. Heute hatten sich noch mehr Menschen versammelt als zu den letzten beiden Runden. In der dritten Runde wurde den Zuschauern immer ein Spektakel vor Ort geboten, keine auf der ganzen Insel verteilten Aufgaben.

Zu diesem Anlass wurde es auch vielen Bewohnern der anderen Inseln erlaubt, hierherzukommen – ich war mir allerdings sicher, dass nicht ein einziger Bürger von *Morgengrauen* hier war.

Endlich entdeckte ich König Arrum. Er saß hoch über mir in der obersten Sitzreihe und unterhielt sich mit einer älteren

Inselbewohnerin, die sich von einer Reihe weiter unten zu ihm umgedreht hatte. Die Plätze neben dem König waren leer.

Erleichtert lief ich los. Ich sprang die Treppe hinauf, die zwischen den Sitzreihen nach oben führte. Mehrere Stufen auf einmal nehmend schlängelte ich mich durch die lachenden und redenden Menschen, die sich noch nicht gesetzt hatten.

Es war nicht zu spät und vielleicht würde es das auch nie sein. Ein paar kurze, warnende Worte zu König Arrum und er würde zumindest ein wenig misstrauisch werden – hoffte ich. Mit einem letzten Satz sprang ich auf die höchste Stufe und drehte mich nach rechts, wo der König saß.

Ich wurde von einem Mann aufgehalten, der sich wie aus dem Nichts vor mir aufbaute und mir den Weg versperrte. Abrupt blieb ich stehen und schaffte es nur knapp, nicht in ihn hineinzurennen. Zischend holte ich Luft und machte einen Schritt nach hinten.

»Was hast du hier oben zu suchen?«, knurrte Quercus und blickte missbilligend auf mich herab.

Jegliche meiner Gedankengänge setzten für einen Moment aus. Ich war schon öfter bei Yason zu Hause gewesen und hatte dort mit ihm und Quercus zu Abend gegessen, was zweifellos furchteinflößend war. Doch nie, niemals hatte ich solche Angst vor ihm gehabt wie in diesem Augenblick.

Quercus sah wie immer ordentlich aus, gepflegt und mit sorgsam zurückgekämmten Haaren. Doch im Inneren war er wie einer der Wölfe, die unten in den Wäldern herumstrichen. Voll eiskalter Gnadenlosigkeit und jederzeit bereit, sich ein Opfer zu reißen.

Ich schluckte. »Ich möchte König Arrum begrüßen.«

»Das steht dir nicht zu.« Quercus' Miene war reglos. »König Arrum wünscht, nicht belästigt zu werden.«

Ich warf einen Blick an Quercus vorbei, wo König Arrum noch immer mit der Frau eine Sitzreihe unter sich redete. Sonderlich verärgert über die Belästigung wirkte er nicht.

»Es ist wichtig«, flehte ich und wusste gleichzeitig nicht,

wie ich überhaupt mit König Arrum sprechen könnte, wenn Quercus danebenstand und zuhörte.

»Elaia.« Quercus seufzte. »Carex wartet dort unten schon darauf, den Wettbewerb beginnen zu können. Geh zurück.«

Ich blickte auf Carex hinab, der auf der Randmauer der Insel stand, die anderen Wettkämpfer standen zu seinen Füßen. Die Zuschauerreihen füllten sich immer weiter. Angst durchzuckte mich.

»Es dauert nicht lange«, versprach ich, ein letzter, verzweifelter Versuch.

Quercus' Miene verdüsterte sich. »Wann hast du verlernt, respektvoll zu sein?«

Eine Warnung, unausgesprochen, aber umso eindringlicher. Ich machte einen weiteren Schritt nach hinten. Er würde mich nicht zu Arrum hindurchlassen. Ahnte er, was ich vorhatte? Das konnte nicht sein.

Widerwillig und ohne ein Wort zu sagen, drehte ich mich um und stapfte die Treppe hinunter. Es war unwahrscheinlich, dass Quercus König Arrum genau jetzt während der dritten Runde umbringen würde. Fast alle Bewohner dieser Insel und einige der anderen Inseln waren hier. Unzählige Blicke wanderten über König Arrum. Ich würde hinterher mit ihm sprechen, so bald wie möglich. Das musste genügen.

Trotzdem war mir übel, als ich nach oben sah. Quercus hatte sich genau neben König Arrum gesetzt, der sich zurücklehnte.

Ich stellte mich zu den anderen und bemühte mich, Ren nicht anzusehen. Ich hatte nicht vergessen, was er gestern zu mir gesagt hatte. Ohnehin hatte ich gerade bei weitem größere Sorgen, als dass ich mich mit ihm auseinandersetzen konnte.

Arrum durfte nicht sterben. Wenn das geschah, würde ein absolutes Durcheinander ausbrechen. Laurus war zu jung und unerfahren, um von den höheren Häusern als König anerkannt zu werden. Jeder würde ihn beeinflussen und er würde es nicht einmal merken. Eines Tages würde er zweifellos König werden, vermutlich ein guter. Doch jetzt war er noch viel zu sehr von jugendlicher Leichtsinnigkeit erfüllt, die die Inseln ins Unglück stürzen könnte. Und vor allem wäre Laurus nicht imstande, mit der Massenangst unter den Inselbewohnern umzugehen, falls jemand König Arrum umbrächte. Selbst wenn ich meine eigene Treue zu ihm völlig außer Acht ließ, durfte das nicht geschehen.

Ich sah hinauf zu den Zuschauerbühnen. Quercus hatte sich in seinem Sitz zurückgelehnt und schaute auf uns hinab. Aus der Entfernung konnte ich das nicht genau erkennen, aber es fühlte sich an, als läge sein Blick auf mir.

Immerhin war es unwahrscheinlich, dass Quercus das Attentat jetzt während des Wettbewerbs verüben würde. Die beiden waren befreundet; er musste tausend bessere Möglichkeiten haben, als seinen Plan hier vor all den Inselbürgern in die Tat umzusetzen.

Tausend bessere Möglichkeiten. Trotz der Sommerhitze fröstelte ich.

Meine kreisenden Gedanken wurden von Carex unterbrochen, der verkündete: »Verehrte Bewohner der sechsundzwanzig Inseln! Damen! Herren! Kinder! Ich begrüße euch alle zur dritten und letzten Runde des Wettbewerbs!«

Stille senkte sich über den Platz. Jeder wandte sich uns in gespannter Haltung zu, nur eine Handvoll Kinder redete auf den untersten Sitzbänken aufgeregt durcheinander. Dann verstummten auch sie.

»Ihr seht die vier Gondeln hinter mir«, fuhr Carex fort und wies mit einer Hand in ihre Richtung. »Vier Gondeln für vier Konkurrenten, doch nur einer wird der Sieger sein. Er wird nicht nur mit großer Ehre belohnt werden, sondern auch bei der Wahl zum nächsten Ratsmitglied irgendwann einmal besonders berücksichtigt werden.«

Mir war die Anerkennung wichtiger als der eigentliche Preis. Solange eines der jetzigen Ratsmitglieder noch etwas zu sagen hatte, würde ich niemals in den Rat gelangen, völlig gleichgültig, wie viele Wettbewerbe ich gewann.

»Jeder der Wettkämpfer wird auf einer der Gondeln festgekettet«, erklärte Carex. »Die Gondel wird sich langsam an einem Seil abwärts bewegen, in Richtung des Erdbodens. Ist sie an ihrem untersten Punkt angelangt, wird das Seil in der Winde wieder aufgewickelt und zieht die Gondel nach oben. Doch wenn sie erneut an ihrem höchsten Punkt angekommen ist, wird das Seil selbsttätig von einem Messer durchschnitten. Die Gondel stürzt in die Tiefe.« Er machte eine spannungsschwere Pause.

Mit einem Knoten im Magen drehte ich mich zu den Gondeln um, die unschuldig in der sanften Brise schwankten. Unter ihnen klaffte Leere. Das Messer sah ich nicht, aber ich zweifelte nicht daran, dass es vorhanden war.

»Selbstverständlich werden wir unsere Wettkämpfer nicht in den Tod stürzen lassen«, brach Carex mit liebenswürdiger Stimme die Stille. »Mehrere Blutsmagier warten nur darauf, sie aufzufangen. Doch wer fällt, hat verloren. Daher ist es das Ziel dieser Runde, vorher von der Gondel zu kommen und zurück auf die Insel zu klettern. Wem das zuerst gelingt, hat gewonnen.«

Eine Welle des Jubels schwappte durch die Zuschauerreihen. Am lautesten schrie die Handvoll Mädchen ganz vorn, die sich gerade noch um Yason versammelt hatte.

»Damit alle vier mit den gleichen Bedingungen kämpfen, wird keiner von ihnen währenddessen Blutsmagie wirken können«, sprach Carex weiter, als der Jubel allmählich abebbte. »Verehrte Zuschauer! Hiermit eröffne ich die dritte Runde des Wettbewerbs!«

Kapitel 17 – Elaia

Die erste Herausforderung war es, dass wir alle vier in unsere Gondeln gelangten.

Yason zögerte keinen Wimpernschlag. Er schwang sich auf das Drahtseil und tanzte mit eleganten Bewegungen und schnellen, präzisen Drehungen zur letzten Gondel. Der Jubel der Zuschauer war so dröhnend, dass es in meinen Ohren schmerzte. Trotzdem konnte ich Yasons Lachen hören. Er war solch ein Darsteller.

Ich wartete nicht ab, bis er sein Schauspiel beendet hatte, sondern zog mich hinter ihm auf das Seil. Mit geraden, schnellen Schritten marschierte ich das Seil entlang. Der Jubel wurde leiser, Yasons Lachen verstummte. Er drehte sich zu mir um. »Du verdirbst mir den ganzen Spaß, Elaia.«

Ich lächelte breit. »Es war mir eine Freude.«

Das brachte Yason erneut zum Lachen und er sprang in seine Gondel. Ich ließ mich in meine fallen und beide schwankten leicht. Jetzt erst wandte ich mich wieder um.

Ren war an den Stein getreten, in dem das Seil verankert war. Er blickte in die Tiefe. Zwischen uns lagen einige Mannslängen, doch ich konnte sehen, wie bleich er war. Ren hatte keine Höhenangst, doch sich ohne jede Sicherung über den Abgrund zu begeben, musste ihn trotzdem zu Tode erschrecken. Mein Magen krampfte sich zusammen.

Aber noch während ich Ren voller Mitgefühl ansah, packte er den Draht mit den Händen. In mühsamer, langsamer Arbeit hangelte er sich Stück für Stück das Seil entlang, an der ersten Gondel vorbei, und ließ sich schließlich in die zweite fallen. Ich konnte sehen, wie er zitterte – vor Anstrengung oder vor Angst?

Artemis folgte ihm auf dieselbe Weise. Ihr Gesichtsausdruck war verbissen, aus ihrer Haltung strahlte ungezügelte Entschlossenheit. Sie tat mir ebenfalls ein wenig leid, neben Yason und mir konnten ihre Hoffnungen auf den Sieg nicht sonderlich groß sein. Andererseits war sie schon erstaunlich weit gekommen.

Kaum dass Artemis ihre Gondel erreicht hatte, bewegte sich der Boden unter mir. Oder nein, nicht der Boden. Schwere Metallketten glitten wie Schlangen über das Holz. Blutsmagie lenkte sie. Bevor ich ausweichen konnte, wanden sie sich um meine Knöchel und fesselten mich an die Gondel. Das Metall lag rau und kalt auf meiner Haut, jetzt wieder vollkommen regungslos. Reflexartig versuchte ich, eines meiner Beine anzuheben, doch die Kette saß fest.

»Und nun – beginnt!«, rief Carex neben uns auf der Insel. Er hatte noch nicht zu Ende gesprochen, als sich meine Gondel mit einem Ruck nach unten bewegte. Ich zuckte zusammen, schwankte. Meine gefesselten Beine erschwerten es mir deutlich, das Gleichgewicht zu halten.

Links von mir stürzten Ren und Artemis gleichzeitig in das Innere ihrer Gondel. Auf der anderen Seite stand Yason, reglos und gerade in seiner Gondel aufgerichtet. Das Publikum brüllte.

Yason zögerte keinen Augenblick, sondern sprang in die Höhe, so weit, wie seine Ketten es zuließen.

Was tat er? Glaubte er, dass er …?

Mit größter Anstrengung hielt Yason sich an dem Drahtseil über uns fest und machte sich gleichzeitig mit einer Hand an der Seilwinde zu schaffen. Einen Atemzug darauf stürzte er nach unten, die Gondel machte einen Satz. Das Publikum keuchte auf, doch keinen Wimpernschlag später stand Yason bereits wieder auf den Beinen. Er streckte einen Arm in die Höhe, in dem etwas glitzerte … *ein Messer*?

Ich schnappte nach Luft. Yason hatte das Messer gelöst, das ganz am Ende das Seil seiner Gondel durchschneiden sollte. *Klug*.

Die Zuschauer tobten.

Ich hockte mich hin und blendete das Geschehen um mich herum aus. Ich musste die Fesseln lösen, der Rest sollte keine große Herausforderung sein.

Erneut versuchte ich, die Ketten von meinen Füßen zu streifen. Doch sie schlangen sich eng und schneidend um meine Beine, kein Fingerbreit Platz lag zwischen den kühlen Kettengliedern und meiner Haut.

Hastig ließ ich von ihnen ab und wandte mich der Stelle zu, an der die Kette im Boden der Gondel verschwand. Sie bewegte sich nicht und ich konnte nicht sehen, wie sie dahinter befestigt war. Zornig riss ich an meinem einen Bein, womit ich mich selbst von den Füßen warf. Scharf und mit jedem Augenblick schmerzhafter schnitt das Metall in meine Haut.

Wankend rappelte ich mich auf. Zu meiner Rechten hieb Yason mit viel Theater auf seine Kette ein, das Publikum fieberte mit ihm mit. Zumindest der Teil, der Yason noch im Blick hatte. Und der wurde immer kleiner, denn wir bewegten uns fortlaufend nach unten. Nicht schnell, aber beständig.

Ich hielt mich an dem Seil fest, um in der schwankenden Gondel nicht das Gleichgewicht zu verlieren. Auf meiner anderen Seite kämpften Ren und Artemis ebenso erfolglos mit den Ketten wie ich.

Das Seil fühlte sich unter meinen Fingern rau an. Es war kein Drahtseil, sondern aus einem weicheren Material – Hanf vielleicht?

Mein Blick wanderte über das Seil, als sich vor meinen Augen einige Fasern des gedrehten Stranges lösten. Sie rissen auseinander, einfach so. Ohne Auslöser und ohne dass die Gondel gerade besonders stark geschwankt hätte.

Mein ganzer Körper versteifte sich, für einen Moment vergaß

ich das Atmen. *Mein Seil riss.* Der Wald schien sich unter mir zu drehen, möglicherweise tat er das tatsächlich. Das Meer glitzerte unnatürlich hell. Alle Ängste aus meiner gesamten Kindheit brachen klingend an die Oberfläche meines Denkens.

Meine Glieder gehorchten mir nicht mehr. Ich konnte nicht atmen. Ich konnte gar nichts anderes tun als hilflos nach oben zu starren, wo sich der feste Inselboden stetig von mir entfernte.

Nur die obersten Zuschauerreihen waren noch zu sehen, doch die einzelnen Gesichter waren zu weit fort, um sie zu erkennen, oder vielleicht verschwammen sie auch vor meinen Augen.

Dafür stach ein anderes Gesicht plötzlich ganz deutlich hervor: das von Carex, der noch immer auf der Mauer stehend zu uns herabsah. Nein, nicht zu uns. Er sah mich direkt an, hielt mich mit seinem Blick fest. Und dann, während ich bewegungslos zu ihm nach oben starrte, verzog er den Mund zu einem kalten Lächeln.

Merkwürdigerweise war es dieses Lächeln, das mich aufrüttelte. Keuchend holte ich Luft, und sie schoss stechend in meine Lunge.

Es war nur ein kurzer Augenblick vergangen, die Gondel hatte sich keine Mannslänge nach unten bewegt. Mir kam es wie eine Ewigkeit vor.

Mit einem angstvollen Blick auf das Seil fiel ich auf die Knie und riss erneut an der Kette. *Carex wusste es.* Er hatte mich schon in der ersten Runde loswerden wollen, aber ich hatte seine Anweisungen und später seine Drohungen nicht beachtet. Ich hätte es wissen müssen – niemand widersetzte sich dem Rat. *Verflucht.*

Eine Erinnerung schob sich in meinen furchterfüllten Gedankenstrudel. Worte, durch eine dicke Holztür gedämpft: *Ein reißendes Seil ist schließlich nichts Ungewöhnliches.*

Ich hatte meinem eigenen Todesurteil gelauscht, aber es nicht einmal geahnt. Dabei hätte ich es wissen müssen – als ich Carex gestern in *Morgengrauen* getroffen hatte, war es doch so offensichtlich gewesen.

Mit einem verbitterten Aufkeuchen ließ ich von der Kette

ab. Meine Füße fühlten sich taub an. Ich biss die Zähne zusammen und schleifte meinen Arm mit Gewalt über die raue Holzkante der Gondelwand. Dieser war noch von den letzten Tagen geschunden, die Haut riss sofort auf. Meine Angst übertönte jeglichen Schmerz. Golden floss das Blut meinen Arm hinunter. Eine lange Schramme zog sich über meinen ganzen Unterarm. Nicht tief, aber dafür umso breiter.

Carex hatte gesagt, wir könnten keine Blutsmagie wirkten, aber vielleicht – hoffentlich – irrte er sich und ich fand eine Schwachstelle in der Sperre. Mit aller Anstrengung schüttelte ich meinen Arm, bis die goldenen Tropfen auf das Eisen fielen und dort verschwanden. *Zerbrich*, flehte ich die Kette an. *Zerbrich.* Als sie sich nicht rührte, schmierte ich das Blut auf das reißende Seil. *Füge dich wieder zusammen.*

Nichts geschah. Natürlich hatte Carex sich nicht geirrt. Keuchend richtete ich mich auf und wandte mich dem blutbeschmierten Seil zu. Es hatte sich nicht verändert. Ein paar Fasern hingen heraus, ein einzelner Strang war zerrissen. Der Rest hielt.

Hatte ich Carex' Lächeln falsch gedeutet?

Ein reißendes Seil ist schließlich nichts Ungewöhnliches. Nein, ich täuschte mich nicht.

Eine Gondel weiter schüttelte Yason locker seine Ketten ab. Er streckte sich, dann zog er sich gemächlich das Seil hinauf.

Ich drehte mich zu Ren, der noch immer mit seinen Ketten kämpfte. Sein Blick flog über mich hinweg, stockte dann und kehrte zu mir zurück.

»Ist alles in Ordnung?«, fragte er. Seine Gondel war ein Stück von meiner entfernt, aber er musste trotzdem nicht laut sprechen, damit ich ihn hörte.

»Nein«, antwortete ich. Meine Stimme war heiser und ich räusperte mich. »Mein Seil reißt.«

Ren runzelte die Stirn. Verstand er mich nicht? Dann schien er zu begreifen. Ich hörte es nicht, konnte aber seine sich öffnenden Lippen sehen, als er scharf einatmete.

Ren bückte sich und machte sich erneut an seinen Ketten zu schaffen. Sprachlos starrte ich ihn an. War das alles? Kein Hilfeversuch, nicht einmal ein Zeichen des Erschreckens?

Zorn kochte heißer als die Hitze um mich herum in mir auf und ich wandte mich wieder meinen Ketten zu. Irgendwie mussten sie doch zu lösen sein! Außer der Rat wollte überhaupt nicht, dass ich mich befreite. Verzweifelt versuchte ich, meinen Fuß durch die Schlaufe zu ziehen.

Hoch über mir hörte ich, wie die Inselbewohner jubelten. Yason war bis in ihr Sichtfeld geklettert.

Gleichzeitig veränderten sich seine Bewegungen auf einen Schlag. Wo sie vorher leicht und entspannt gewesen waren, wirkten sie nun, als stünde er an den Grenzen seiner Kraft. Keuchend zog sich Yason weiter nach oben. Als er meinen Blick bemerkte, grinste er mir zu. *Schauspieler.*

Ich zerrte an der Kette. Die Gondeln bewegten sich unaufhaltsam in die Tiefe. Wir waren nun bei der Hälfte der Höhe zwischen Inseln und Erdboden angekommen. Die Inseln schienen unendlich weit entfernt, doch der Boden ebenso. Ein Sturz aus dieser Höhe …

Meiner Kehle entwich ein verzweifeltes Keuchen. Ich wollte nicht sterben! Nicht jetzt und nicht auf diese Weise.

Aus dem Augenwinkel sah ich, wie Ren aufsprang und nach dem Seil griff, an dem die Gondel hing. Er hatte sich befreit! Wie hatte er das angestellt?

Entschlossenheit, so fest wie die Kette um meine Beine, spiegelte sich in seinen Zügen. »Ich komme rüber!«, rief er.

»Was?« Für einen Augenblick vergaß ich die Ketten und sah zu, wie Ren mit seiner Gondel zu schaukeln begann.

War er wahnsinnig?

Wollte er mit mir in den Tod stürzen?

»Das ist nicht der richtige Zeitpunkt für dämliche Heldentaten!«, schrie ich, doch Ren grinste nur. Seine Gondel schwankte immer stärker zwischen meiner und der von Artemis hin und her.

Obwohl mir sein Plan klar war, überraschte es mich, als er

schließlich tatsächlich absprang. Die Gondel federte unter ihm nach hinten und er sprang – flog, fiel …

Mein Herz setzte aus, oder vielleicht war der Augenblick auch nur zu kurz, als dass es hätte schlagen können.

Mit einem Krachen landete Ren auf meiner Gondel und brachte sie ebenfalls zum Schaukeln. Mein Herz schlug weiter, aber schneller und lauter als zuvor. Es mochte selbstsüchtig sein, doch in diesem Augenblick war ich unglaublich froh, dass Ren hier war.

Rechts von mir ertönte ein gellender Aufschrei und wir zuckten beide zusammen. Ich wirbelte zu Yason herum, der kurz vor seinem Ziel das Seil losließ und kopfüber in die Tiefe stürzte. In seinen Schrei mischte sich das Brüllen des Publikums, als es seinen Liebling fallen sah.

Bevor ich reagieren konnte, machte Yason eine elegante Drehung und landete sicher mit beiden Füßen auf seiner Gondel.

Die Schreie von oben wurden noch lauter. Die Menschen sahen Yason nicht und auch nicht sein Grinsen, als er sich aufrichtete.

Ich holte zischend Luft. »Warum –«

»Er will es spannender machen.« Ren deutete mit dem Kopf in die entgegengesetzte Richtung, wo Artemis es ebenfalls geschafft hatte, sich aus ihren Fesseln zu befreien. Verbissen zog sie sich an dem Seil hinauf, eine Handbreit nach der anderen.

In diesem Augenblick barst ein weiterer Strang meines Seils.

Ren riss die Augen auf, er hatte es auch gesehen. »Das ist …«

»… gar nicht gut.« Ich nickte kläglich.

Ren kniete sich hin. Er berührte mit den Händen meine Fesseln, die klirrend auseinandersprangen.

Ich machte einen Satz nach hinten. »Wie hast du das gemacht?« Meine Stimme ähnelte einem Kreischen. Der plötzlich fehlende Druck um meine Beine ließ mich taumeln.

Rens ganze Aufmerksamkeit lag mit einem Mal gänzlich auf dem Seil. »Das … erkläre ich dir ein anderes Mal.«

Ich öffnete und schloss mehrfach den Mund, völlig sprachlos. Dann schüttelte ich mich leicht. Er hatte recht. In diesem Moment war es am wichtigsten, dass wir von der Gondel hinunterkamen.

Bebend blickte ich nach oben. Die Inseln waren unendlich weit entfernt, unerreichbar wie die Sonne selbst. Viel näher waren die Baumwipfel, die wie eine dichte Decke verbargen, was darunterlag.

Aber nein, die Inseln waren nicht unerreichbar.

Entschlossen packte ich das Seil und zog mich nach oben. Kaum berührten meine Füße nicht mehr das Holz der Gondel, veränderte sich etwas. Es war, als würde die Luft sich zu einer Mauer verschließen, die schwer wie Steine auf mich herabdrückte. Ich schnappte nach Luft, zog mich mühsam weiter nach oben. Das war nicht die gewöhnliche Schwerkraft – das war Blutsmagie.

Doch das Seil war rau und bot den idealen Widerstand, um daran hinaufzuklettern. Ich hatte noch keine Mannslänge zurückgelegt und spürte dennoch, wie das Klettern an meinen Kräften zehrte. Aber ich konnte es trotzdem schaffen. Der Weg war schwer, doch nicht unmöglich.

Ich zog mich weiter nach oben. Erst das Rucken des Seils erinnerte mich an Ren, der sich unter mir an den Aufstieg machte. Ich blickte hinab und mein Magen verkrampfte sich.

Er schaffte es nicht. Ren war stark, aber nicht geübt. Der Widerstand in der Luft machte es ihm unmöglich, schnell voranzukommen. Noch während ich hinunterblickte, stürzte er das Stück Seil hinab, das er bereits geschafft hatte. Ein Ruck erschütterte mich und ich konnte förmlich spüren, wie ein weiterer Strang riss.

Schwankend kam Ren auf die Füße. »Kletter nach oben«, befahl er und rieb sich die Schulter. »Dann springe ich wieder auf meine Gondel.«

Ich dachte an das reißende Seil und ließ mich hinuntergleiten. Es schmerzte – weniger in meinen Händen als in meinem Inneren, da die Inseln erneut in unereichbare Ferne rückten.

»Was tust du da?« Ren ballte die Fäuste. »Elaia, *das* ist nicht der richtige Augenblick für Heldentaten!«

Ich runzelte die Stirn. »Das ist keine Heldentat. Es ist meine Gondel und ich lasse nicht zu, dass du mit ihr in die Tiefe stürzt.«

Rens grüne Augen wirkten dunkel. »Ich habe gesagt, du sollst –«

»Und ich halte mich nicht an das, was du sagst!«, unterbrach ich ihn. »Du springst zuerst.«

»Ich lasse dich nicht hier zurück! Hör auf, so stur zu sein!« Rens Stimme glich einem Knurren.

»Und ich lasse dich nicht hier zurück. Hör auf, dich zu benehmen, als wärst du mein Vater!«, hielt ich dagegen.

Wir fochten ein Blickduell aus, keiner war bereit, nachzugeben.

In diesem Moment riss das Seil endgültig und wir stürzten beide in die Tiefe.

Kapitel 18 – Elaia

Der ganze Raum schwamm in Schattierungen aus hellem Orange und dunklem Schwarz.

Sah so das Nichts aus? Aber nein, ich konnte Wärme auf meinem Gesicht spüren. Lichte Sonnenstrahlen, die auf meinen Augenlidern tanzten und die gesamte Welt zum Leuchten brachten.

Ich fühlte mich schwerelos, wollte mich in diesem tiefen Orange verlieren. Doch ganz allmählich kehrte mein Bewusstsein zurück und mit ihm die Erinnerung.

Blinzelnd öffnete ich die Augen. Helles Licht fuhr wie ein Messer in meinen Kopf, begleitet von heißem Schmerz. Ich keuchte auf, konnte einen Moment lang nichts anderes tun, als angestrengt nach Luft zu schnappen. Jede einzelne Stelle meines Körpers brannte, als wären die Inseln direkt über mir zusammengebrochen und hätten mich unter ihnen begraben. Vor meinen Augen tanzten die Lichter, jetzt nicht länger orange, sondern gleißend weiß. Ich wollte schreien, brachte aber keinen Laut heraus. Und ich konnte keinen Muskel mehr bewegen – besaß ich überhaupt noch Hände? Ja, sonst hätten sie unmöglich so sehr wehtun können.

Ganz allmählich kehrte meine Sicht zurück, die Schmerzen jedoch blieben. Über mir lag eine Decke aus dunkelbraunen

Holzbrettern. Auch die Wände um mich bestanden aus Holz, durch eine Ritze fielen die Sonnenstrahlen, die mein Gesicht berührten.

Ich war in einem Zimmer. Bis auf die vereinzelten Sonnenstrahlen war es dunkel, es gab keine Fenster. Oder doch, links von mir war ein Fensterloch, aber weitere Bretter sperrten jeden Lichtschein aus.

Erst auf den zweiten Blick entdeckte ich Ren, der an meinem Kopfende gegen die Wand gestützt dastand, den Kopf gesenkt. Als er meine geöffneten Augen sah, richtete er sich schlagartig auf. »Elaia«, stieß er hervor und setzte sich neben mich auf die Kante des Betts. Ich lag also in einem Bett. »Wie fühlst du dich?«

Ich öffnete den Mund – ein unerwarteter Erfolg –, heraus kam jedoch nur ein heiseres Krächzen. Erst beim zweiten Versuch gelang es mir, Wörter zu formen. »Warum geht es dir so viel besser als mir?«

Ren sah mich einen Moment sprachlos an, dann lachte er. Leise und heiser. »Das ist es, was du am dringendsten wissen willst? Nicht, wo wir sind? Wie lange du ohnmächtig warst?«

»Doch.« Nach und nach kehrte das Gefühl in meine Glieder zurück und ich hob eine Hand. Es war die anstrengendste Bewegung, die ich jemals vollführt hatte.

»Mir geht es besser als dir, weil ich mich zuerst geheilt habe«, erklärte Ren und verzog das Gesicht. »Nicht sehr anziehend, ich weiß.«

Geheilt? Wie … Ich öffnete den Mund, aber Ren sprach schon weiter: »Und dann bist du nicht wieder aufgewacht, also habe ich dich zu einem Stamm getragen. Du warst nicht lange ohnmächtig, es ist nicht einmal Abend.«

Zu einem Stamm? Ich fuhr ruckartig in die Höhe – eine Bewegung, die ich mir nicht zugetraut hätte, wenn sie aus einer Überlegung heraus entstanden wäre. Schwindel und leichte Übelkeit waren die Folge. Ich schloss die Augen und Ren lachte erneut.

»Jetzt geht es dir bis auf ein paar nachwirkende Schmerzen

wieder gut. Du darfst aber gern ein wenig wehleidig sein, wenn dir das hilft.«

Wehleidig? Empört riss ich die Augen auf. Wir waren auf den Erdboden gefallen und er bezeichnete mich als *wehleidig*?

Ren grinste und ich gönnte ihm nicht die Genugtuung, zu widersprechen. Ohnehin gab es gerade Wichtigeres.

Ich blinzelte, das ganze Zimmer schien von allen Seiten auf mich einzustürzen. Die karge Einrichtung, der Dreck, all das Holz … Nur meine Kopfschmerzen entschuldigten, dass ich das nicht im ersten Augenblick begriffen hatte. Wir waren in einer Stammeshütte.

Ich rollte mich vom Bett, kam trotz all der Schmerzen irgendwie auf die Füße. Der ganze Raum schwankte, drehte sich um mich. Aber ich musste hier weg! Mit geballten Fäusten taumelte ich vorwärts. Schwärze blitzte vor meinen Augen auf und plötzlich lag ich in Rens Armen. Wie war ich so schnell in die Mitte des Zimmers gekommen? Und warum stand ich nicht mehr?

»Vorsichtig«, murmelte Ren und drückte mich zurück auf das Bett. »Du darfst wehleidig sein, musst aber nicht gleich übertreiben.«

Das Sitzen linderte die Übelkeit und das Zimmer drehte sich langsamer. Ich holte mühsam Luft. »Wir müssen hier weg, Ren.«

»Beruhige dich.« Ren stand vor mir. Als er auf mich herabsah, waren seine Augen vollkommen dunkel. »Die Stämme sind nicht so böse, wie uns immer erzählt wurde. Denk doch an letztens.«

»Trotzdem.« Ich holte erneut tief Luft, versuchte, den Schwindel loszuwerden. »Bitte, lass uns gehen. Wir müssen König Arrum warnen.«

Irrte ich mich oder verdüsterte sich Rens Gesicht ein wenig?

»Jaaa …« Er zog das Wort unnatürlich lang. »Du hast recht. Aber im Moment geht das nicht, wir sind eingesperrt. Und du bist zu schwach, um jetzt zu fliehen.«

Eingesperrt. Ich kam erneut auf die Füße, das Drehen wurde schneller. Ren packte meinen Oberarm und ich merkte, wie ich schwankte. Aber der Schwindel schwächte gleich wieder ab und meine Beine gaben diesmal nicht sofort unter mir nach. Dafür spürte ich Rens Nähe nur allzu deutlich. Seine Finger auf meinem Arm waren kühl, doch sie brannten sich in meine Haut ein.

Als würde ihm das im gleichen Moment wie mir bewusst werden, ließ Ren meinen Arm los. Beiläufig machte er einen Schritt nach hinten und brachte so Abstand zwischen uns. Der Druck an meinen Schläfen wurde unerträglich.

Ohne Ren anzusehen, ging ich an ihm vorbei zu der Holztür. Sie war fest und gab keine Handbreit nach, als ich an ihr rüttelte. Hatte man sie von außen verriegelt? Augenblicklich sehnte ich mich zurück auf die Inseln. Niemand versperrte dort seine Haustüren – wir besaßen schließlich nicht einmal welche.

Ich drehte mich um und wankte zum Fenster, das offensichtlich in aller Eile verrammelt worden war. Die Bretter bewegten sich nicht, als ich mit einer Hand schwach dagegen schlug.

Schwer atmend drehte ich mich wieder um. In der der Ecke des Zimmers stand eine Kommode, der Tür gegenüber lag ein kleiner Haufen grauer Asche. Eine Kochstelle, mitten im Wohnraum. Ich rümpfte die Nase.

»Elaia.« Ren klang erschöpft. Sein Blick lag auf mir, er hatte sich auf das Bett gesetzt. Das Bett, das es eigentlich nicht wert war, Bett genannt zu werden. Es war eher ein Kasten aus groben Holzbrettern, in das jemand einen Leinensack gelegt hatte. Was wohl darin war?

Ich lehnte mich an die Wand hinter mir, hatte jetzt nicht mehr Probleme mit meinem Gleichgewicht, sondern mit dem Atmen. »Ein Stamm hat uns gefangen genommen und eingesperrt«, presste ich hervor. »Wie konntest du mich nur hierherbringen?«

»Dieser Stamm hat dir das Leben gerettet«, entgegnete Ren langsam. »Ich habe es nicht vollständig geschafft, dich zu heilen. So ziemlich jeder einzelne deiner Knochen war gebrochen. Du hast es den Leuten hier zu verdanken, dass du überhaupt schon wieder gehen kannst. Und glaub mir, ich hatte auch keine Freude daran, dich durch den halben Wald zu schleppen.«

»Es nutzt mir nicht viel, geheilt zu sein, wenn sie uns gleich umbringen und anschließend aufessen«, zischte ich.

Durch die dünnen Holzbretter klang das Gelächter mehrerer Kinder zu uns herein, als wollten sie meine Worte verhöhnen.

Ren verdrehte die Augen. »Sei nicht albern. Sie werden uns nicht *aufessen*.«

»Und woher willst du das wissen?«, fauchte ich und hätte am liebsten geschrien. »Haben sie dich nett angelächelt, bevor sie uns hier eingesperrt haben?«

Ren erhob sich, Wut lag in seinen Zügen. »Wie wäre es mit ein bisschen mehr Dankbarkeit? Ohne mich wärst du jetzt tot!«

»Ich habe dich nicht darum gebeten, mir zu helfen«, sagte ich kalt. Ich wusste, dass ich ungerecht war, aber die Angst und die Wut in mir vermischten sich zu einem Strudel, der mein ganzes Denken erfüllte.

»Ach.« Ren machte einen Schritt nach hinten, stieß mit seinem Bein gegen den Bettpfosten. »Dann wärst du jetzt lieber tot als mit mir hier?«

»Ich bin nicht diejenige, die es kaum ertragen kann, wenn wir in einem Raum sind«, schlug ich zurück und bereute meine Worte sofort. So wollte ich nicht sein. Ich wollte ihm nicht vorwerfen, dass seine Gefühle anders waren als meine eigenen.

Ren sank in sich zusammen, sein Zorn schwand sichtlich.

Blinder Hass stieg in mir auf. Hass auf seine ständigen Stimmungsschwankungen, auf meine Schwäche, darauf, dass ich mit meinen Worten schon wieder recht hatte. Ich atmete krampfhaft ein und aus, versuchte, meine Gefühle in den Griff zu bekommen.

»Elaia.« Ren sprach meinen Namen immer sanft aus, viel weicher als all die anderen. Das *E* klang dabei beinahe wie ein *I*.

Ich richtete mich auf und löschte mühsam den brennend heißen Zorn in mir. Zurück blieb nur eisige Kälte. »Bitte, sag nichts«, brachte ich hervor und meine Stimme klang ruhig. »Wir sollten lieber versuchen, hier rauszukommen. Auch wenn diese Leute uns nicht aufessen wollen, sind und bleiben sie zurückgebliebene Stammesmenschen.«

Ren zuckte zusammen, als hätte ich diese Beleidigung gegen ihn selbst gerichtet. »Diese Menschen sind nicht so schlimm, wie uns erzählt wird. Erinnere dich, was wir gesehen haben.«

»Ich habe nicht vergessen, wie Quercus einen Stamm beinahe ausgelöscht hat«, sagte ich scharf. »Und die Stämme haben es gewiss ebenfalls nicht vergessen. Sie hassen die Inselbewohner, das haben wir doch selbst erlebt. Sie hassen *uns.*«

»Ich weiß.« Ren erhob sich wieder, rastlos trat er ein paar Schritte näher an mich heran, bis er direkt vor mir stand. »Aber kannst du ihnen das verdenken?«

Ich musterte ihn. Jetzt erst sah ich, dass seine linke Gesichtshälfte von Blutergüssen bedeckt war.

»Sie werden uns nichts tun«, erklärte Ren, doch ich ging nicht darauf ein.

»Was ist das?«, fragte ich und hob meine Hand zu den dunklen Schatten in seinem Gesicht. Ich ließ sie sinken, bevor meine Fingerspitzen auf seine Haut trafen. »Waren das die Stammesmenschen?«

»Nein.« Ren berührte seine Wange flüchtig. »Das ist noch vom Sturz.«

»Warum hast du es nicht auch geheilt?«, fragte ich. Die dunklen Schatten zogen sich über seinen Wangenknochen bis hinab zum Kinn und in die Stirn hinauf.

Ren schnaubte. »Ich hatte Wichtigeres zu tun.« Seine Miene wurde ernst. Er zögerte einen Moment, überlegte, ob er die folgenden Worte aussprechen sollte. Als er es tat, war seine Stimme heiser. »Der Aufprall hat dich aus der Gondel geschleudert, gegen einen Baum. Du lagst da und um dich hat sich eine Blutlache ausgebreitet … golden leuchtend. Ich habe noch nie so viel Blut auf einmal gesehen. Ich dachte … Bis du eben die Augen geöffnet hast, dachte ich, es wäre zu spät gewesen. Ich dachte, ich wäre zu langsam gewesen.«

Ich atmete scharf ein und erinnerte mich an den Nachhall der Schmerzen, der jetzt immer weiter verblasste, und an all die schrecklichen Dinge, die ich ihm an den Kopf geworfen hatte.

»Danke«, flüsterte ich. »Danke, dass du mich hierhergebracht hast.«

Ren grinste schief. »War das der richtige Moment für eine Heldentat?«

Ich lächelte. »Vielleicht.«

Wieder wurde mir bewusst, wie nah er mir war. Nicht ganz so dicht wie vorhin, aber dennoch nur eine Armlänge entfernt. In mir entstand eine neue Art von Schmerz: Ein Druck, der nur durch eine noch größere Nähe zu ihm gelindert werden konnte.

Ich grub mir die Fingernägel in die Handfläche. Das musste dringend aufhören.

»Wie hast du dich geheilt?«, fragte ich das Erste, was mir in den Sinn kam. »Mit Blutsmagie? Aber du hast keine Narben. Und in der Gondel hast du auch nicht geblutet, als du meine Ketten gelöst hast. Allgemein habe ich noch nie gesehen, wie du geblutet hast.«

Ren verzog das Gesicht. »Ist das wichtig?«

»Ja.« Ich runzelte die Stirn. »Das ist es.«

Statt zu antworten, trat Ren näher an mich heran. Augenblicklich vergaß ich, was ich gerade gesagt hatte. Nicht nur das, ich vergaß auch alles andere um mich herum. Mit zitterndem Atem sah ich zu Ren auf, der so dicht vor mir stand, dass wir uns beinahe berührten. Wieder drehte der Raum sich um mich. Nur die hölzerne Wand in meinem Rücken gab mir Halt. Mein Gleichgewicht hatte sich wie alle Gedanken in Luft aufgelöst.

Bevor ich auch nur einen Versuch machen konnte, die Kontrolle über mich zurückzugewinnen, beugte Ren sich zu mir hinunter und küsste mich.

Dieser Kuss war zwar genauso überraschend, aber dennoch völlig anders als unser erster Kuss im Königsschloss. Er war tausendfach besser. Ich keuchte auf, warf mich gegen Ren, schlang meine Arme um seinen Hals. Er löschte mein ganzes Denken aus, erfüllte sämtliche meiner Wahrnehmungen. Und endlich, endlich verschwanden all meine Schmerzen. Nicht nur die körperlichen, sondern auch die in meinem Herzen. Alles verging, was noch schwer zwischen uns hing.

In diesem Moment öffnete sich die Tür neben uns, ein breiter Streifen Licht fiel in das Zimmer. Widerwillig löste Ren sich von mir und ich schnappte nach Luft. Alles in mir wünschte sich, dass diese Tür nur noch einen Augenblick länger geschlossen geblieben wäre. Einen Tag vielleicht. Oder eine Ewigkeit.

Dann gewöhnten sich meine Augen an das plötzliche Licht und erneut vergaß ich jegliches Atmen. Die Frau, die dort in der Tür stand, war meine Mutter.

Kapitel 19 – Elaia

Meiner Kehle entwich ein Geräusch, halb Zischen, halb Keuchen. Ich starrte sie an, blinzelte, glaubte, mich zu irren. Das war nicht möglich!

Meine Mutter machte einen Schritt zur Seite und neben ihr traten zwei Männer in das Zimmer. Männer des Stammes. In ihren Händen hielten sie fingerdicke Seile.

»Die Stammesversammlung will mit euch sprechen«, sagte der Größere der beiden. »Dafür müsst ihr euch fesseln lassen.«

»Nein.« Ich erholte mich von dem Schock und machte einen Schritt nach hinten. Fort von den Männern und fort von Ren. »Ich folge euch, aber nicht gefesselt.«

»Elaia.« Ren streckte ihnen bereitwillig seine Hände entgegen und ließ zu, dass der Mann ihm das Seil mehrfach um die Handgelenke wand. »Mach einfach mit, sie sind ohnehin in der Überzahl.«

»Hör auf, mir zu sagen, was ich zu tun habe!«, fauchte ich.

»Elaia.«

Ich zuckte zusammen, denn nun war es meine Mutter, die sprach. Ihre Stimme weckte unzählige Erinnerungen in mir. Erinnerungen an Zeiten, die ich am liebsten für immer vergessen würde.

»Lass dir die Hände fesseln«, befahl meine Mutter und die

Erinnerungen verblassten ein wenig. So hatte sie früher nie gesprochen – so stolz und scharf.

Der kleinere Mann kam auf mich zu und packte mein Handgelenk. Ich riss den Arm zurück. Kurz lockerte sich sein Griff, dann wurde er noch fester und er erfasste auch meinen zweiten Arm. Es war jämmerlich, wie wenig Kraft ich im Augenblick besaß. Der Mann fesselte mich und das Seil schnitt so scharf in meine Haut wie die Fesseln auf der Gondel.

Ich grub mir die Fingernägel in die Haut. Ob ich es im Zweifelsfall schaffen würde, mich damit zum Bluten zu bringen?

Der Mann zog an meinem Seil und es blieb mir nichts anderes übrig, als ihm wie ein Stück Vieh zu folgen. Gemeinsam traten wir ins Freie und eine Brise strich durch meine gelösten Haarsträhnen. Verschwommen erinnerte ich mich an Rens Hände, die sie zerzaust hatten. Hitze stieg in meine Wangen.

Ungewöhnlich viele Wolken verdeckten den Himmel über mir. Die Sonne strahlte hell durch einen breiten Riss, doch ringsherum war sie von Grau umgeben. Wann waren die Wolkendecke das letzte Mal so dicht gewesen? Nicht in diesem Sommer.

Ich warf einen Blick auf die Lichtung, die vor uns lag. Etwa zwei Dutzend winziger Holzhütten waren in unregelmäßigen Abständen darauf aufgebaut. Mehrere Kinder unterbrachen ihr Spiel im niedergetretenen Gras und beobachteten uns mit großen Augen. Auf der anderen Seite der Lichtung, nicht weit von uns, saßen die Stammesmitglieder in einem Kreis auf dem Boden.

Ich spürte den Blick meiner Mutter auf mir und wandte mich um. In ihrem Blick lag eine Wärme, die mir ein Zucken durch den Körper jagte. Ich hatte nicht damit gerechnet, sie jemals wiederzusehen.

»Elaia«, murmelte sie und trat auf mich zu.

Ich wich zurück und riss das Seil damit aus dem Griff des überraschten Mannes. »Calluna«, sprach ich sie beim Namen an und meine Stimme klang kühler, als ich erwartet hatte. »Du lebst.«

Meine Mutter ließ die Hände sinken und trat wieder zurück. In ihre Züge trat diese neue Härte, die ich vorhin in ihrer Stimme gehört hatte. »Ja«, sagte sie schlicht.

Ich ließ meinen Blick über ihre Kleidung wandern. Sie trug das unverwechselbare braune Leinenkleid der Stammesfrauen, die Haare hatte sie zu einem festen Zopf zurückgeflochten. Sie sah aus wie eine von ihnen.

Bevor der Mann wieder nach dem Seilende greifen konnte, wirbelte ich herum und stapfte auf die Versammlung des Stammes zu. Sofort holte der Mann mich ein und packte das Seil.

Die Blicke der Stammesleute durchbohrten mich, während wir näherkamen. Ich zählte vierunddreißig Menschen, Männer und Frauen.

»Setzt euch.« Ein älterer Mann deutete auf ein freies Stück Wiese in der Runde.

Zögernd sank ich auf die Knie, ein wenig umständlich, da meine gefesselten Hände mich behinderten. Die anderen ließen sich neben mir nieder, Ren am weitesten von mir entfernt. Verwirrt sah ich zu ihm hinüber. Ich hätte ihn gerne an meiner Seite gehabt. Doch Ren erwiderte meinen Blick nicht.

»Ich heiße Toja. Wie sind eure Namen?«, fragte der ältere Mann. Er hatte graue, schulterlange Haare, die er mit einem Band im Nacken zusammengebunden hatte. Sein Gesicht war zerfurcht, doch die dunklen Augen darin glitzerten wach.

Ich öffnete den Mund, aber Ren war schneller. »Ich bin Ren, sie heißt Elaia«, antwortete er offen. Ich schloss den Mund wieder.

»Ihr seid Entflohene?«, fuhr der Mann fort.

Ich runzelte die Stirn und erneut war es Ren, der sprach: »Ja.«

»Genau genommen sind wir nicht geflohen«, stellte ich richtig. »Wir sind gefallen.«

Der alte Mann, Toja, wischte meinen Einwand mit einer Handbewegung zur Seite. »Das ist es, wie wir euch dort oben nennen, nicht erst dann, wenn ihr nach unten kommt: Entflohene. Giftpilzbewohner. Es ist dasselbe.«

»Entflohene?« Ich blickte verwirrt zu Ren, der mich noch immer nicht ansah. »Aber wem sind wir denn entflohen?«

»Uns.« Die Antwort kam von einem anderen Mann, der ein Stück links von Toja saß. Seine Stimme war genauso düster wie seine Miene und sein Haar. »Ihr seid uns entflohen.«

Seine Worte vergrößerten meine Verwirrung, aber ich hakte nicht nach. Das war nicht der richtige Zeitpunkt für Fragen. Stattdessen erklärte ich: »Wir sind hinuntergefallen und Ren hat gesagt, dass ihr mir das Leben gerettet habt. Dafür bin ich euch zu ewigem Dank verpflichtet. Aber nun wollen wir euren Alltag nicht länger stören und noch heute auf die Inseln zurückkehren.«

Ein jämmerlicher Versuch. Das Seil um meine Hände bewies, dass es so einfach nicht werden würde. Doch ich musste es zumindest versuchen.

»Euch gehen lassen? Das ist es nicht, was ihr mit uns tun würdet«, knurrte der dunkelhaarige Mann, der eben schon gesprochen hatte.

»Ian«, wies Toja ihn zurecht. »Hier geht es nicht darum, was die Entflohenen uns antun.«

»Aber es sollte darum gehen!«, bekundete eine Frau auf der anderen Seite des Kreises und augenblicklich riefen alle durcheinander. Die Worte steigerten sich zu einem Brüllen. Ich verstand genügend, um zu begreifen, dass die meisten Stammesleute der Frau zustimmten.

»Ruhe!« Tojas Ruf erstickte den Lärm auf einen Schlag. »Es geht *nicht* darum. Außerdem habe ich die Vermutung, dass es nicht ganz stimmt, was ihr vorhin gesagt habt. Ihr seid nicht beide Entflohene, oder?«

»Doch.« Ich runzelte die Stirn und sah Ren an, der den Blick starr nach vorn gerichtet hatte.

»Nein«, sagte er leise. »Du hast recht. Zumindest zum Teil. Meine Mutter war eine Stammesfrau.«

Erneut redeten alle durcheinander, nur ich war ganz still. Ich starrte Ren an, der endlich, endlich zu mir hinübersah. In seinen

Augen fand ich nur eine Kälte, die auf mein Inneres überging.

Ich wandte mich wieder nach vorn. »Worum geht es dann?«, fragte ich und brachte damit Stille in die Versammlung.

Es war Toja, der schließlich sprach. »Es geht um die Blutschuld.«

Der Kreis bestand aus einer einzigen Reihe von verschlossenen, zornigen Gesichtern. Nur Ren und meine Mutter wichen meinem Blick aus. Wut stieg in mir auf. Alle hier wussten, wovon er redete. Nur ich nicht.

Als Toja endlich zu erklären begann, war seine Stimme heiser. In der Ferne lachten Kinder. »Die Blutschuld beruht auf einem Ereignis, das schon viele Generationen zurückliegt. Du weißt es vermutlich nicht, aber eure Blutsmagie ist nicht die einzige Magie unter diesem Himmel. Bei uns in den Wäldern ist eine weitere Zauberkunst verbreitet, wir nennen sie die *Seelenmagie*.

Früher haben die Seelenmagier und die Blutsmagier friedlich zusammengelebt, hier in diesen Wäldern. Die Blutsmagie ist im Kampf stärker als die Seelenmagie. Unsere Kraft ist mehr auf das Heilen als auf das Schaffen oder Zerstören ausgerichtet.«

Toja sah mich an, doch ich schwieg. Stimmte das? Auf den Inseln hatte bisher niemand ein Wort über solch eine Macht verloren. Andererseits hatte auch nie jemand darüber gesprochen, dass Quercus ganze Stämme verbrannte.

»Eines Tages haben ein Seelen- und ein Blutsmagier gegeneinander gekämpft. Natürlich unterlag der Seelenmagier, aber das war nicht alles. Seine Zauberkraft verließ ihn, sie ging in die Blutsmagie über. Das war der Beginn des Übels. Nun war das magische Gleichgewicht gestört und immer öfter verlor sich die Seelenmagie in Blutsmagie. Daraufhin griffen die Seelenmagier zu ihren Waffen, um sich Gerechtigkeit zu schaffen. Ihr eigenes Opfer war es ihnen oft wert und so fügten sie ihren Unterdrückern trotz ihrer Unterlegenheit immer wieder Schaden zu – Verzweiflung schafft große Kraft. Die Blutsmagier wichen. Sie und ihre Lieben flohen in die Städte, die ihr die Inseln nennt. Ihr habt aber nicht aufgehört, uns zu ermorden und zu bestehlen – aus sicherer Entfernung.«

Noch immer lachten die Kinder auf der anderen Seite der Lichtung.

Du lügst, hätte ich Toja am liebsten vorgeworfen. *Das ist nicht wahr.* Doch die Gesichter der Stammesmenschen hielten mich davon ab. In ihnen lagen hilflose Wut, Schmerz und auch Angst. Selbst wenn Tojas Erzählung nicht der Wirklichkeit entsprach – für diese Menschen war es die bittere Wahrheit.

Ich hörte das Blut in meinen Ohren rauschen. Das Blut, das erfüllt von glitzernder Magie war. Von Magie, die ich vielleicht nicht hätte besitzen dürfen.

Ich ließ meinen Blick über die Stammesleute wandern. Er blieb an Ren hängen. Ren, der mich wieder ansah. »Du wusstest es«, brachte ich hervor. Obwohl meine Stimme heiser war, musste jeder der Stammesmenschen mich verstehen. Aber das war mir gleichgültig. »Du wusstest es und du hast mir die ganze Zeit nichts gesagt? Denn du bist einer von ihnen, nicht wahr? Du bist ein Seelenmagier. Deshalb konntest du Magie wirken, ohne zu bluten. Und von all dem hast du mir kein Wort erzählt?«

Ren nickte langsam und mir fiel noch etwas ein. »Ich habe dich vorhin gefragt, wie du das gemacht hast. Und statt mir zu antworten, hast du …« … *mich geküsst.*

Erneut nickte Ren. In seinen Augen lag keinerlei Reue oder Entschuldigung.

Hitze schoss mir ins Gesicht und ich drehte mich von ihm weg. Noch nie in meinem Leben hatte ich mich so hintergangen und gedemütigt gefühlt. »Was soll ich tun?«, fragte ich laut und schluckte das Brennen in meiner Kehle hinunter. »Das alles tut mir unendlich leid, aber ich kann es nicht ungeschehen machen.«

»Doch, kannst du.« Der dunkelhaarige Ian beugte sich vor. »Du kannst uns dein Blut geben, deine Magie. Damit zahlst du die Blutschuld zurück – oder zumindest einen Teil.«

Mein Atem stockte für einen Moment. Da meldete Toja sich zu Wort: »Du müsstest nicht sterben, man kann seine Magie freiwillig fortgeben.«

Mein Herz raste, jagte das gestohlene Blut durch meine Adern.

»Das kommt nicht in Frage.« Rens Worte schlugen wie Peitschenhiebe heraus, kalt und unnachgiebig. »Die Blutschuld wird eines Tages zurückgezahlt werden, aber von den Menschen, die es verdienen. Dieses Mädchen trägt keine Schuld an den Taten ihrer Vorfahren.«

Er sprach, als wäre ich eine Fremde. Das Brennen in meiner Kehle breitete sich aus, erfasste meine Hände, meine Augenlider. »Ich muss nach oben«, erklärte ich und räusperte mich. »Ich habe König Arrum einen Eid geleistet und diesen muss ich erfüllen.«

»Wir aber nicht.« Erneut war es Ian, der sprach. »Uns interessieren dein Schwur und dein König nicht. Wir wollen euer Blut.«

»Ich muss nach oben«, wiederholte ich. »Doch danach komme ich wieder hinunter und gebe euch meine Magie freiwillig. Das schwöre ich.« Ich durfte nicht darüber nachdenken, was das bedeutete. Wenn ich das täte, wäre es um meine Selbstbeherrschung geschehen.

»Nein!«, zischte Ren. Die gefesselten Hände hatte er zu Fäusten geballt. »Lass das!«

»Du befiehlst mir nichts.« Ich blickte ihn kalt an.

»Falls du das tust, zerstörst du dein Leben.« Rens Schultern bebten. »Glaubst du, irgendjemand dort oben würde dich akzeptieren, wenn du nicht einmal mehr Blutsmagierin bist?«

»Und was kümmert dich das?«, schoss ich zurück. Ohne auf eine Antwort zu warten, wandte ich mich an Toja. »Ihr habt mein Wort. Wenn das wirklich wahr ist … ich komme wieder und gebe euch meine Magie.«

»*Wenn das wirklich wahr ist?*« Ian beugte sich nach vorne, stützte sich mit geballten Fäusten im Gras ab. »Sie ist eine Entflohene und jetzt will sie ein weiteres Mal fliehen.«

»Das wird sie nicht«, meldete sich mit einem Mal meine Mutter zu Wort. »Sie ist meine Tochter und sie hält ihr Wort. Ich kenne sie.«

»Nein«, murmelte ich. »Du kennst mich nicht.« Meine Worte

gingen im aufkommenden Streit unter. Doch am getroffenen Blick meiner Mutter sah ich, dass sie mich trotzdem gehört hatte.

»Ich muss auch nach oben«, erklärte Ren laut. »Ich habe ebenfalls einen Eid geleistet, den ich erfüllen muss.«

Seine Worte entfachten ein erneut wildes Durcheinanderrufen. Es kehrte erst Ruhe ein, als Ian rief: »Du bist kein Entflohener! Aber anscheinend ein Verräter. Oder was ist es, das dich wieder nach oben lockt?«

Rens Miene war von der gleichen Undurchdringlichkeit, die er mir unzählige Male gezeigt hatte. »Wie ich schon sagte. Ein Eid.«

Toja lehnte sich ein Stück zurück, sein Blick wanderte zu den Männern, die uns gefesselt hatten. »Bringt sie in die Hütte. Wir müssen uns beraten.«

Die Wolken türmten sich wie weißgraue Berge am Himmel auf. Letzte Strahlen der Abendsonne fielen durch vereinzelte Wolkenrisse und leuchteten rot durch das Geäst. Der Wind zerrte an meinem Kleid, schlang es mir um die Beine. Es war löchrig, hatte Risse im Rock und im Rücken. Getrocknetes Blut hinterließ hässliche Flecken aus Rot, Braun und einem stumpfen Gold. Im Großen und Ganzen hatte es den Sturz jedoch erstaunlich gut überstanden – besser als ich zumindest.

Wir stapften durch den Wald, über kaum sichtbare Pfade im raschelnden Laub. Meine Mutter führte uns. Hinter ihr marschierten in einer Reihe ich, Ren und dann Ian, der den Schluss bildete.

Dichtes Blattgewirr spannte sich über uns zu einem grünen Dach. Darüber lag dunkles Grau, ich konnte nicht sagen, ob es der Himmel oder die Unterseite einer Insel war.

Wir liefen schon eine ganze Weile und mit jedem Schritt wuchs meine Achtung vor Ren. Egal, was für ein Mistkerl er war – er hatte mich den gesamten Weg hierhergeschleppt, blutend, bewusstlos. Und dabei hatte er nicht einmal gewusst, ob ich überhaupt noch am Leben war.

»Dort.« Ren räusperte sich und wir drehten uns zu ihm um. Er deutete nach links in den Wald.

Ich spähte in die Richtung. Etwa vier Mannslängen vom Pfad entfernt lagen die Überreste der Gondel. Das Holz war zersplittert und über den Waldboden verteilt. Ich schluckte.

»Kommt. Wir sind bald da«, meinte meine Mutter. Sie klang angespannt.

Nun stapften wir unter die Insel, die Schatten senkten sich stetig tiefer in den Wald. Und noch immer pfiff der Wind zwischen den Zweigen hindurch. Ich fröstelte.

Wir verfielen wieder in Schweigen und liefen an mehreren breiten, steinernen Pfeilern vorbei. Schließlich erreichten wir die Säule, über die Ren und ich vor einigen Tagen auf den Erdboden gekommen waren.

Meine Mutter blieb stehen. »Elaia … können wir uns einen Augenblick unterhalten?«

Ich öffnete den Mund, wollte widersprechen. Doch Ren und Ian zögerten nicht, sondern gingen weiter und ließen uns allein. Seufzend drehte ich mich zu meiner Mutter.

»Was ist los?« Ihre Miene war unglücklich. »Weshalb bist du so unfassbar wütend auf mich?«

»Was tust du hier?«, zischte ich. »Warum lebst du hier bei dem Stamm, als würdest du zu ihm gehören?«

»Ich gehöre jetzt zu ihm.« Meine Mutter trat einen Schritt zurück. »Der Stamm hat mich sehr großzügig aufgenommen, nachdem ich oben nicht mehr bleiben durfte.«

»Anscheinend großzügiger als mich.« Ich verzog den Mund. »Aber du hast ja nicht einmal den Versuch gemacht, mich in dieser Versammlung zu beschützen. Andererseits – das hast du schließlich nie.«

Meine Mutter wirkte, als hätte ich sie geschlagen. Ich suchte in meinem Inneren nach einem Anflug von Mitleid mit ihr. Ich fand nur eisig kalte Wut.

»Elaia, ich bin immer noch deine Mutter.« Ihre Stimme war fest, doch ich sah das Zittern, das ihren Körper erfasste. Verwundert bemerkte ich, dass meine Hände ebenfalls bebten.

»Nein«, schleuderte ich ihr entgegen. »Du hast mich nie vor Vater beschützt. Du bist gegangen, ohne dich um mich zu kümmern. Du hast mich allein gelassen! Und auch jetzt hast du keinen Versuch gemacht, mich zu verteidigen. Das ist es nicht, was eine Mutter tun würde.«

Die Frau vor mir richtete sich auf. Nur ihre zitternden Hände zeigten, dass meine Worte sie überhaupt berührten. »Ian, wir gehen«, rief sie über meine Schulter zu dem Stammesmenschen, der ein Stück von Ren entfernt stand und diesen zornig anfunkelte.

Ich sah ihr hinterher. Ian holte sie im Laufschritt ein und sagte etwas, das ich nicht verstand. Das Beben in meinen Händen breitete sich auf mein Inneres aus. Ich wünschte, sie würde nicht gehen. Ich wollte nur, dass sie sich umdrehte und mich umarmte. Mir wenigstens ein einziges Mal sagte, dass es ihr leidtat, was ich erlebt hatte.

Aber sie drehte sich nicht um und ich würde niemals zugeben, dass ich diese Entschuldigung von ihr brauchte.

»Geht es dir gut?«, fragte Ren hinter mir und riss mich damit aus meiner Starre.

Ich wirbelte zu ihm herum. »Du hättest es mir erzählen sollen!«, fauchte ich.

»Hätte ich?« Die nahende Dunkelheit malte tiefe Schatten auf Rens Gesicht.

Ich rang nach Atem. In mir drehte sich ein Gewirr aus Dingen, die ich ihm sagen wollte. Ich ergriff das Erstbeste. »Was hast du oben vor?«, fragte ich.

Rens Miene war verschlossen. »Das … ist persönlich.«

Ich kämpfte gegen den Schwindel in mir an. Die Stammesleute hatten mich geheilt, doch der Marsch hierher hatte stärker an meinen Kräften gezehrt, als ich zugeben wollte. Nach einem Augenblick des Ringens lehnte ich mich an den nächsten Baum. Ich würde mich nicht noch mehr demütigen, indem ich hier vor Ren umfiel. »Du bist ein Stammesmensch?«, fragte ich weiter.

Ren zögerte. »Meine Mutter ist mit den Händlern nach oben

gekommen. Mein Vater hat es über ein paar gute Beziehungen geschafft, sie heimlich als Inselbewohnerin eintragen zu lassen.«

Und wo war sie jetzt? Ren hatte damals erzählt, dass seine Eltern tot waren. Ich erinnerte mich nicht mehr genau daran, was er gesagt hatte. Fragen wollte ich jedoch auch nicht, da ich bezweifelte, dass er mir eine Antwort geben würde.

»Du hättest es mir erzählen sollen«, erklärte ich erneut.

Ren legte den Kopf schräg. Mittlerweile war es so dunkel, dass ich keinen Schimmer Grün in seinen Augen entdecken konnte. »Ich schulde dir nichts.«

»Stimmt.« Ich stieß mich vom Baum ab und trat so dicht vor ihn, dass wir uns fast berührten. Doch weiterhin fehlte jede Spur von Grün in seinen Augen. »Aber dann hör verdammt noch mal auf, mir nahe sein zu wollen«, sagte ich gefährlich leise.

In mir war kein Schmerz. Sogar die Trauer um meine Mutter war verschwunden. Mich erfüllte nur ein einziges Gefühl: Abscheu. »Das, was du da machst, ist jämmerlich«, zischte ich. »Du hast die ganze Zeit nur mit mir gespielt und das weißt du. *Du* bist jämmerlich, Ren.«

Ren trat von mir weg, als würde meine bloße Anwesenheit ihn anekeln. In seinem gerade noch unbewegten Gesicht spiegelte sich reiner, eiskalter Zorn. »In Ordnung«, knurrte er. »Wir gehen gemeinsam nach oben, dann bist du mich los.«

»Gut.« Ich wartete auf den Schmerz, der mich ersticken würde, aber er blieb aus. Mehr noch, mich erfüllte Erleichterung. Ich war froh, dass dieses Hin und Her zwischen uns endlich ein Ende hatte.

»Gut.« Ren drehte sich um und verschwand in den größer werdenden Schatten der Bäume um uns.

Gut. Ich lehnte mich erneut an die raue Baumrinde und kämpfte gegen das Pochen hinter meinen Augenlidern an. Und noch etwas schlug in mir – mehrere Gedanken, die sich immer wieder berührten, aber keinen Zusammenhang fanden. Ich musste nachdenken, musste nur kurz überlegen. Doch mein Kopf war so schwer. Schwer und betäubt.

Mit der Dunkelheit wuchs die Kälte. Die sonst so leichte Wärme der Sommerabende war einem beißend scharfen Wind gewichen. Mein zerrissenes und hauchdünnes Sommerkleidchen hielt ihn nicht im Geringsten ab und ich schlang die Arme um meinen Körper. Anscheinend nahte tatsächlich ein Sturm. Das war selten, doch wenn es einmal der Fall war, brachte das alle sechsundzwanzig Inseln in Aufruhr. Dort oben, hoch in den Lüften, gab es nichts, was uns vor den Winden schützte.

»Elaia?«

Ich schreckte auf. Um mich lag völlige Schwärze, der Wind brauste mit Klängen durch die Blätter, die dem Meeresrauschen ähnelten. War ich eingeschlafen? Ich erinnerte ich nicht daran, die Augen geschlossen zu haben.

»Wir können jetzt nach oben gehen«, erklärte Ren. Er stand eine Mannslänge von mir entfernt, mit verschränkten Armen. Kalt. Abweisend.

»Ja.« Ich löste mich vom Baum und rieb mir die Augen. Mein ganzer Körper wurde von einem Zittern geschüttelt. Warum nur war es so unendlich kalt?

Ren lief auf die Steinsäule zu. Ich folgte ihm. Er drehte sich kein einziges Mal zu mir um. Als er den Stein erreichte, griff er nach den untersten Sprossen der dort angebrachten Leiter und begann den Aufstieg. Ich wartete, bis er ein Stück geschafft hatte. Dann tat ich es ihm gleich, meine Zähne klapperten.

Der Wind zerrte an mir, versuchte, mich von den Metallsprossen zu reißen. Ich kletterte immer höher und ließ den dunklen Wald unter mir zurück.

Normalerweise liebte ich die Dunkelheit und die Art, wie sie mich gleich einem Tuch verdeckte. Im Moment schien sie mich eher verschlingen zu wollen. Meine Hände zitterten. Noch immer konnte ich die Nachwirkungen des Sturzes spüren. Diese Tatsache machte mir größere Angst als alles, was mir nun bevorstand – was ich nun tun würde. Aber wenn ich mich nicht einmal mehr auf meinen eigenen Geist und Körper verlassen konnte – worauf dann?

Schweigend stiegen wir weiter nach oben, auf die dunkle Unterseite der Insel zu. Der Weg kam mir viel länger vor als letztes Mal. Doch ich wurde nicht langsamer, folgte Ren mit einem seltsamen Gefühl der Endgültigkeit in meinem Magen.

Endlich kletterte Ren in den Steinboden der Insel hinein. Über mir schob er die Bodenklappe beiseite und schwang sich in das Zimmer. Ich folgte ihm und zog mich nach oben. Meine Finger waren so kalt, dass ich kaum Gefühl in ihnen hatte. Ich rieb sie aneinander, um ein wenig Wärme zu erhalten.

Es war so *dunkel*. Der Mond lag hinter den gefährlich nahen Wolkenbergen verdeckt und warf keinen Schimmer auf die Insel. Und noch etwas war seltsam.

In dem Zimmer war Ren beinahe unsichtbar. »Warum ist es so leise?«, flüsterte er und sprach damit aus, was auch ich bemerkt hatte.

»Ich weiß es nicht«, wisperte ich.

Sonst war nachts immer ein geschäftiges Treiben auf den Straßen. Nicht laut, aber beständig und wach wie ein Bienenstock. Doch nicht heute. Es war so leise draußen, als wären alle Inselbewohner auf einen Schlag verschwunden. Dabei war das die Nacht nach der letzten Runde – sollte nicht gefeiert werden, gesungen und getanzt?

Ren drehte sich um. Er schob die Luke mit einem Ruck wieder zu und ging ohne ein weiteres Wort an mir vorbei nach draußen. Ich beeilte mich, ihm zu folgen.

Wir traten auf die Straße, als ein Geräusch die umfassende, nur vom Wind durchbrochene Stille zerriss. Am Ende der Gasse leuchteten Fackeln auf, Laufschritte kamen genau auf uns zu.

Geistesgegenwärtig machte Ren einen Satz nach hinten. Er zog mich mit sich in das leere Zimmer hinein, ließ mich dann eilig wieder los. Ich wich ebenfalls ein Stück von ihm zurück.

Ohne ein Wort spähten wir beide durch das Türloch. Auf der Straße mischte sich ein Gewirr aus unverständlichen Rufen, Fackelschein und Bewegung. Ein Mann rannte an der Spitze einer Gruppe – nein, er floh vor ihnen. Im nächsten Augenblick stürzte sich einer der Verfolger auf ihn und rang auf dem Boden mit ihm. Die anderen Männer gesellten sich zu ihm. Keine fünf Atemzüge sprangen die Männer wieder auf. Der Flüchtende stand gefesselt zwischen ihnen.

»Du weißt von der Ausgangssperre!«, herrschte einer der Männer ihn an. Im flackernden Flammenschein konnte ich seine Uniform erkennen – er war ein Hüter.

»Ihr könnt uns nicht zwingen, in unseren Häusern zu bleiben!«, brüllte der Gefangene. Er versuchte sich loszureißen, wurde jedoch festgehalten. Seine Lage erinnerte mich sehr an meine eigene heute Mittag.

»Das ist eine Anordnung des Rats – bis der Sturm vorüber ist!«, rief der Hüter. Er war lauter als nötig, wollte sichtlich, dass man ihn hörte. »Du wirst in Gewahrsam genommen. In den Kerkern von *Frost* wirst du warten, bis du eine Anhörung bekommst. Dann kannst du den Richtern erklären, warum du dich einem festen Ratsbeschluss widersetzt.«

Der Mann schlug wild um sich, schrie irgendetwas. Sein Widerspruch ging unter, als er von uns fortgezerrt wurde, durch die leeren Straßen.

Ich wich vom Türloch zurück und lehnte mich an die eisige Wand. »Das ergibt keinen Sinn«, murmelte ich. »Es gab auf den Inseln schon viele Stürme, aber nie eine Ausgangssperre. Warum sollte der Rat dies tun?«

Noch während ich sprach, ahnte ich, dass es durchaus einen Sinn ergab. Es ergab Sinn, wenn eines der Ratsmitglieder etwas plante, für das es leere Straßen brauchte. Auf einen Schlag fror ich mehr als den gesamten bisherigen Abend. Es war so weit: Quercus würde den König umbringen. Ich wollte es nicht glauben, konnte es nicht. Andererseits wurden all meine Befürchtungen in letzter Zeit auf eine grausame Weise bestätigt.

Ren antwortete nicht, er starrte nur weiter hinaus in die Dunkelheit. Ich sah ihn an, eine andere Ahnung kroch in mir auf. Endlich verbanden sich meine Gedankenfäden zu einem zusammenpassenden Seil.

»Du planst das Attentat«, flüsterte ich.

Ren fuhr zu mir herum. Trotz der Dunkelheit konnte ich sehen, dass seine Augen weit aufgerissen waren. »Was?«

»Du planst es«, wiederholte ich leise. Immer wieder zog ich an meinen Gedankenfäden, versuchte, einen anderen Sinn in ihnen zu finden. Doch das Einzige, was dagegensprach, war, dass ich es nicht glauben *wollte*.

»Nein!« Ren klang zornig und laut, der Ruf musste auf der Straße zu hören sein. Aber überzeugend war es dennoch nicht.

»Dann schwöre es«, bat ich. Noch immer sprach ich leise, als wären meine Worte kaum wichtig oder bedeutend. Doch das waren sie.

Ren biss die Zähne zusammen, sein Gesicht war unbewegt. Nur in seinen Augen konnte ich einen Wirbel von Gefühlen sehen, die eigentlich schon genügend verrieten. Dennoch wartete ich seine Antwort stumm ab.

»So einfach ist das nicht«, knurrte Ren.

Ich war so dumm gewesen. So unfassbar blind. So sehr geleitet von meinen dämlichen, bedeutungslosen Gefühlen.

»Elaia«, zischte Ren. »Lass mich das erklären.«

»Ja?« Ich blickte ihn an, wartete auf seine Antwort. Als könnte irgendeine Erklärung noch das Kleinste an den Tatsachen ändern.

»Es muss sein. Ich –«

Er wurde erneut von Schritten unterbrochen. Keine Laufschritte diesmal, sondern ein rasches, aber doch ruhiges Gehen.

Ich sah hinaus. »Eine Patrouille. Das habt ihr ausgezeichnet organisiert.«

Ren ballte die Hände zu Fäusten und spähte auf die Straße.

Ich sah ihn an, während die Schritte immer näher kamen. Die Entscheidung, was zu tun war, traf ich nicht bewusst. Aber als die Hüter direkt vor unserer Hütte vorbeigingen, zögerte ich keinen Augenblick. Mit aller Kraft, die ich noch besaß, stieß ich Ren aus der Tür. Genau in die Arme der Hüter.

Kapitel 20 – Elaia

Schrie er? Rief er etwas? Ich hörte es nicht und ich drehte mich auch nicht um.

Bevor die Hüter oder Ren überhaupt begriffen, was geschah, huschte ich aus der Tür. Ich zog mich auf das nächste Hausdach und verschwand in der Dunkelheit. Die Geräusche, wie Ren hinter mir gefesselt wurde, dröhnten in meinen Ohren.

Ich konnte nicht fassen, dass es wirklich Ren war, der das Attentat plante. Vermutlich wollte er das nicht – er hatte gemeint, dass er einen Eid geleistet hatte. Aber das spielte keine Rolle. *Es muss sein*, hatte er gesagt. Wortlos stimmte ich ihm zu.

Carex hatte recht: Es war tatsächlich Quercus, der das Attentat plante. Doch er war nicht allein.

Es war von Beginn an töricht gewesen, nach nur einem einzigen Attentäter zu suchen. Und es war töricht gewesen, Ren nicht zu verdächtigen – obwohl ich ihn sogar bei Gesprächen belauscht hatte, die mir alles hätten sagen müssen. Ich war blind gewesen, geblendet von meinen eigenen Gefühlen. Die einzige Hoffnung, die mir blieb, war, dass es noch nicht zu spät war.

Doch je weiter ich über die Hausdächer schlich, desto stärker wurde das Brennen in meiner Brust. Ich lief in die Dunkelheit, sprang von einem Dach auf das nächste, bis ich nichts mehr hören konnte als den reißenden, brausenden Wind. Irgendwann gab ich nach und setzte mich auf die kalten Schindeln eines Schrägdaches. Ich schlang die Arme um meine Knie, meine Kehle fühlte sich zugeschnürt an. All der Schmerz, den ich vorhin in mir gesucht hatte, brach wie eine Welle über mir zusammen. Ich schnappte nach Luft, versuchte, an die Oberfläche zu gelangen. Doch überall um mich wogte nur eine einzige, grausame Gewissheit: Was auch geschehen würde, ich hatte Ren für immer verloren.

Ich erlaubte mir diesen einen Augenblick der Schwäche und des Schmerzes. Keine Reue; die verspürte ich nicht. Ich würde es immer wieder tun, ohne zu zögern. Doch das hieß nicht, dass es nicht unfassbar wehtat.

Als ich endlich ruhiger atmen konnte, stand ich auf. Mein Inneres war eisig kalt. Ich huschte weiter, wich Patrouillen aus und kletterte über tiefschwarze Dächer. Der Weg fühlte sich endlos an.

Dahlyas Haus war dunkel und kalt. Meine Hände zitterten, als ich eine Kerze entzündete. Es war völlig still hier. War Dahlya inzwischen wieder da? Von ihr war kein Laut zu hören. Und Ren...?

Ich schlüpfte aus dem zerstörten Kleid und zog irgendetwas aus den Tiefen meiner Kommode an. Eine dunkle, lange Hose, ein langärmliger, dick gestrickter Pullover. Auf Schuhe musste ich verzichten, die würden mich bei meinem Vorhaben nur behindern. Mein Aufzug war nicht im Geringsten gesellschaftsfähig, doch nie war etwas unwichtiger gewesen.

Zum Schluss holte ich mit steifen Fingern das Messer aus den Tiefen der Schublade heraus. Einen Moment lang war ich unschlüssig, was ich damit tun sollte. Schließlich schob ich es in meinen Ärmel, wo es sich seltsam und fremd anfühlte.

In der neuen Kleidung war mir um einiges wärmer, aber mein Inneres fror noch immer. Ohne mich länger aufzuhalten, verließ ich das Zimmer. Vor dem Vorhang nach draußen lauschte ich einen Moment in die Stille, dann erst huschte ich auf die Straße.

Von den Dächern aus konnte ich zahlreiche Hüterpatrouillen in der Stadt sehen, aber keine von ihnen entdeckte mich. Die Dunkelheit machte mich auf meinem Weg zu Quercus beinahe unsichtbar.

Die Entscheidung, direkt zu ihm zu gehen, fiel mir schwer. Ich hätte gern noch einmal mit König Arrum gesprochen, aber dazu blieb keine Zeit. Außerdem war ich mir nicht sicher, wie viele Hüter mit Quercus verbündet waren. Wenn sie mich abfingen … Diese Gefahr durfte ich nicht eingehen. Also musste ich zuerst zu Quercus gehen – und ihn töten.

Mein ganzer Körper verkrampfte sich schon beim Gedanken daran. Aber ich würde es tun, das wusste ich. Weil ich es tun musste. Danach würde ich mein zweites Versprechen einlösen und direkt zu den Stämmen gehen, bevor die Hüter mich festnahmen.

Und dann … Ich hatte keine Ahnung, was dann kam. Für den Moment sah ich nur mein Vorhaben, mehr nicht. Das war einfacher.

Ich sprang von dem letzten Dach und rannte über die Wiese zu den Gondeln. Es fühlte sich seltsam an, nach so langer Zeit wieder zu dem Anwesen des Hauses 3 zu laufen. Es lag auf der winzigen, eigenen Insel *Sommerbrise* zwischen *Sternenschimmer*, *Morgengrauen* und *Sonnenleuchten,* der Königsinsel.

Ich ging ruhig über das Drahtseil. Keine Drehungen diesmal, keine Sprünge. Ich vertraute meinem eigenen Körper nicht genügend. Außerdem war der Wind so reißend, dass es ohnehin ein Wagnis darstellte, jetzt über den Abgrund zu laufen.

Als sich die Insel in der Schwärze abzeichnete, wurde ich langsamer. Waren Hüter in der Nähe? Quercus hatte eine ganze Handvoll, die eigens dazu abgestellt war, seine Insel zu bewachen.

Ich konnte nichts erkennen. Andererseits hieß das, dass ich im Gegenzug ebenfalls nicht gesehen werden konnte. Entschlossen lief ich bis zum Ende des Seils. Unter mir hingen einige Gondeln, mit Ketten aneinander festgebunden. Bei ihrem Anblick zog sich etwas in mir zusammen und für einen Augenblick spürte ich wieder, wie ich in die Tiefe stürzte.

Ich sprang über sie hinweg, federte mich ab und blieb dann in der Hocke. Mit weit geöffneten Augen sah ich mich um. Waren hier irgendwelche Hüter? Sorgsam gestutzte Bäume mit schwarz schimmernden Blättern standen überall auf dem kurzgeschnittenen Rasen. Falls zwischen ihnen jemand stünde, würde ich es niemals bemerken.

Ich biss mir auf die Unterlippe und schlich gebückt weiter. Sobald ich in das Waldstück eintauchte, ging mein Atem ein wenig ruhiger. Obwohl ich schon so lange nicht mehr hier gewesen war, fühlte sich jeder meiner Schritte vertraut an.

Unter meinen Füßen raschelte das Gras und endlich tauchte in der Dunkelheit ein Lichtschein auf. Eines der Fenster im Erdgeschoss war erhellt. Nicht stark, doch der Kerzenschein schnitt dennoch durch die Schwärze.

Der Rest des riesigen Herrenhauses war völlig dunkel. Hoffentlich hieß das, dass alle schliefen … Hoffentlich war Quercus überhaupt da und nicht fort – bei der Ausführung dessen, was auch immer er plante.

Ich lauschte in die Stille, hielt sogar den Atem an. Der Wind rauschte in den Blättern der Bäume, riss sie von den Zweigen und zerrte sie dann mit sich in die völlige Dunkelheit, wo sie für immer verschwanden.

Angespannt schlich ich näher an die Hauswand heran. Im Gegensatz zu den meisten Häusern auf den Inseln war sie hell, aus einem Sandstein, der trotz des verborgenen Mondes zu leuchten schien – ungünstig für mich. Vor dieser Mauer würde sich mein Umriss deutlich abzeichnen.

Ohne mir weiteres Zögern zu erlauben, trat ich nach vorn. Die Wand bestand aus großen, viereckigen Sandsteinen, die aufeinandergeschichtet waren. Wo sie übereinanderlagen, entstanden kleine Spalten. Spalten, an denen man sich leicht hochziehen konnte, wenn man ein wenig gewandt war.

Quercus' Familie hatte das Haus so bauen lassen, weil es

hübsch aussah. Und es nützte einem Einbrecher ohnehin nichts, da es auch von oben keinen Zugang zum Haus gab. Die Ratsmitglieder gehörten zu den wenigen, die sich vor der Außenwelt abschließen durften, indem sie vergitterte Fenster und Türen einsetzten. Zum Schutz vor Attentätern.

Zu Recht, dachte ich und spürte den Messergriff kalt an meiner Haut.

Leicht hinaufzukommen, half einem also nicht – es sei denn, man kannte das Fenster mit dem fehlenden Riegel im zweiten Stock. Das Fenster, durch das Yason sich immer wieder hinein- oder hinausschlich. Ich flehte, dass sich dort nichts verändert hatte, und begann meinen Aufstieg.

Das lange Messer in meinem linken Ärmel behinderte mich und noch immer fühlte ich den Nachhall des Sturzes in mir. Doch meine alte Kraft kehrte nach und nach zurück. Ich konnte die Muskeln in meinem Körper spüren und genoss das Gefühl. Rasch und geräuschlos zog ich mich nach oben. Die Baumspitzen blieben unter mir zurück und die Schutzlosigkeit durchzuckte meinen ganzen Körper. Doch jetzt war es ohnehin zu spät. In wenigen Atemzügen erreichte ich das Fenster.

Das Holz war unter meinen Fingerspitzen genauso glatt wie das Glas selbst. Ich drückte sanft dagegen. Einen schrecklichen Moment lang bewegte sich gar nichts. Dann gab der Rahmen mit einem Ruck nach und schwang zurück. Ich zog mich am Fensterbrett hoch und ließ mich in das Zimmer gleiten. Der Holzboden knarzte leicht und ich erstarrte.

Draußen war es schon dunkel, doch die Schwärze hier drinnen übertraf das noch. Langsam hob ich die Hand vor mein Gesicht. Ich konnte sie erst erkennen, als ich bereits meinen warmen Atem an der Handfläche fühlte. Mit heftig pochendem Herzen schob ich das Fenster hinter mir wieder zu und sperrte den brausenden Wind aus. Auf Zehenspitzen schlich ich durch das Zimmer, sorgsam darauf bedacht, nicht noch einen Laut zu verursachen.

Nur weil ich den Raum kannte, fand ich die Tür und danach

den Flur zu der Treppe, die nach unten führte. Erst auf der Hälfte der Treppe wurde es allmählich heller. Jetzt drang der Kerzenschein zu mir hindurch, den ich schon von draußen gesehen hatte.

Ich lief schneller. Der Holzboden ging in glatt geschliffenen Stein über, der unter meinen nackten Füßen kalt war. Ich lauschte vor jeder Ecke, huschte durch die Gänge und blieb so weit wie möglich im Schatten. Es war geradezu ungerecht einfach, durch das schlafende Haus zu kommen. Trotzdem überraschte es mich, als ich schließlich vor der Tür stand, die in Quercus' Schlafzimmer führte.

Mein Mund war trocken. Ich hielt an, warf einen Blick in beide Richtungen. Der Flur war leer. Nun lauschte ich in das Zimmer hinein. Dort drinnen herrschte genau die gleiche Stille wie im restlichen Anwesen.

Ich holte tief Luft und zog das Messer aus meinem Ärmel. Ich schlug das Tuch beiseite, das die Schneide verhüllte. Achtlos ließ ich es neben mir zu Boden fallen. Die Klinge schimmerte leicht in dem Schein der Kerze, die hinter einer Ecke des Flurs stehen musste. Erstaunt stellte ich fest, dass meine Finger zitterten. Doch ich würde nicht zögern, das durfte ich nicht.

Ich hätte gedacht, dass sich das Messer in meiner Hand eiskalt anfühlen würde, kalt wie der Tod, den es brachte. Aber so war es nicht. Das Holz war so warm wie meine eigene Haut. Der Griff schmiegte sich samtig in meine Handfläche, als würde er genau dort hingehören.

Wieder schluckte ich, dann drückte ich die Tür auf. Es war dunkel im Zimmer, erst durch die geöffnete Tür fiel Licht hinein. Ich riss meine Augen auf, starrte in die Schwärze. Diesen Raum hatte ich noch nie betreten, doch ich erfasste ihn mit einem Blick. Die linke Seite lag vollkommen im Dunkeln. Mir gegenüber war ein Schreibtisch aufgebaut, rechts von mir stand das Bett.

Der Kerzenschein erhellte Quercus' Gesicht, das mir zugewandt war. Ein kochender Schock fuhr durch meinen Körper, doch Quercus' Augen waren geschlossen.

Ich sprang vor, ich atmete nicht. Ich hob das Messer. Ich zögerte nicht.

Von der Seite traf mich ein Stoß, so unerwartet, dass ich mich nicht mehr fangen konnte und stürzte. Goldenes Blut blitzte auf, als ich mich an meiner eigenen Klinge schnitt. Mit einem Klirren fiel das Messer zu Boden, irgendwo in den Schatten.

Geistesgegenwärtig rollte ich mich zur Seite. Ein schwerer Körper landete dort, wo ich eben noch gelegen hatte. Meine Instinkte übernahmen vollständig die Kontrolle und ich sprang auf die Füße. Eine Hand griff nach mir. Die Finger streiften mich, bekamen jedoch keinen Halt.

Ich rannte los, holte jetzt erst Atem. Die Luft fuhr stechend in meinen Körper. Hinter mir rappelte die Gestalt sich auf. Ich lief schneller, schwere Schritte nahmen die Verfolgung auf. Durch die Flure, die Treppe hoch. Die Schritte kamen näher.

Mir entwich ein Keuchen, das erste Geräusch, das einer von uns machte. Die Person hinter mir rief nichts, atmete nicht einmal laut. Selbst unsere Schritte waren nicht geräuschvoll, nur ein leises Trommeln auf den dunklen Stein.

Mein Körper brannte, doch ich beachtete es nicht. Nur schneller, immer schneller. Im finsteren Zimmer im zweiten Stock stolperte ich. An meinem Rücken fühlte ich Hände, aber sie glitten an der Wolle des Pullovers hinab.

Ich hechtete vorwärts, riss das Fenster auf. Die Hände packten meinen Arm. Blindlings trat ich zurück, der Griff lockerte sich. Ich stürzte nach vorn, sprang über das Fensterbrett, hinaus in die Dunkelheit. Der schwarze Boden raste mir entgegen. Äste flogen an mir vorüber, zu verschwommenen Streifen verwischt. Ich griff nach ihnen, doch sie glitten mir durch die Hände. Erneut glitzerte goldenes Blut auf. Kleinere Zweige zerkratzten meine Arme, meine Beine, mein Gesicht. Endlich gelang es mir, einen Ast zu fassen zu bekommen. Auch er entglitt mir, bremste den Sturz jedoch ein wenig ab.

Trotzdem fuhren eintausend Stiche durch meine Knochen, als

ich auf dem Boden landete. Bevor ich auch nur mein Gleichgewicht wiedergefunden hatte, sprintete ich los. Hinter mir ertönte ein dumpfer Laut, als mein Verfolger sich ins Gras fallen ließ.

Die Bäume standen viel zu dicht und es war viel zu dunkel. Ich wich den Zweigen aus, schrammte jedoch immer wieder gegen scharfkantige Rinde. Endlich erreichte ich die freie Grasfläche.

Nur noch ein Stück. Ich rannte, so schnell ich konnte.

Über mir waren die Wolken weitergezogen. In ihnen klaffte ein Riss, durch den der Mond nur ein schwaches, kaltes Licht warf.

Ich drehte mich nicht um, sondern sprang auf die erste festgekettete Gondel. Meine Finger berührten das dicke Drahtseil, als wäre es ein rettender Anker. Mit einer Drehung, die in der Nachtarena die Herzen aller Zuschauer gewonnen hätte, schwang ich mich nach oben.

Der Wind erfasste mich und ich schwankte ein wenig. Trotzdem lief ich weiter, kämpfte um mein Gleichgewicht. Es war mir gleichgültig. Das Seil verlieh mir ein Gefühl der Sicherheit, welches übermächtig wurde.

Bis das Seil unter meinen Füßen erzitterte. Nun drehte ich doch den Kopf und in mir erstarrte etwas. Im Mondlicht wirkte Yasons Gesicht völlig weiß, seine Miene war verkniffen. Ich rannte weiter. Doch ich kannte Yason – dies war ein Wettrennen, das ich nur verlieren konnte.

Obwohl ich damit gerechnet hatte, kam der Schlag trotzdem unerwartet. Ich stürzte nach vorn, die Schwärze rückte drohend näher. Ein weiterer Schlag, eine Drehung. Plötzlich hing ich, baumelte an meinem linken Arm. Das Einzige, was mich oben hielt, war Yasons Griff, hart und unbarmherzig. Er ragte hoch über mir auf, seine Augen waren tiefschwarz.

»Das hättest du nicht tun sollen«, zischte er. Seine freie Faust fuhr auf mich zu.

Die Finsternis um mich dehnte sich aus, drehte sich und griff nach mir. Dann verschluckte sie mich.

Kapitel 21 – Elaia

Helle Lichter flimmerten hinter meinen Augenlidern und schon wieder drehte der Raum sich. Schnell, immer schneller, immer im Kreis. Mir war übel.

Blinzelnd öffnete ich die Augen. Das Leuchten blieb, verschwamm in meinem Sichtfeld. Nur langsam wurde es klarer, verschmälerte sich zu dem Kerzenschein mehrerer Laternen.

Je schärfer meine Sicht wurde, desto lauter wurde der hämmernde Schmerz hinter meinen Schläfen. Ich schnappte nach Luft und richtete den Kopf auf. Vor mir standen drei Männer. Yason, Quercus und … Carex. Was tat der hier?

»Wo bin ich?«, krächzte ich. Der Raum war bis auf die Laternen an der Wand leer. Oder nein, da war noch der Stuhl, auf dem ich saß – auf den ich gefesselt war.

»Auf *Frost*, in den Kerkern.« Quercus' Stimme war so dunkel wie die Schwärze, die mich gerade umgeben hatte. »Elaia. Warum hast du das getan?«

»Das wisst Ihr.« Ich verdrängte den Schmerz aus meinem Kopf und wandte mich an Carex. Wie es aussah, hatte ich ohnehin verloren, also konnte ich offen sein. Und wer wusste schon, ob ich noch einmal mit Carex allein reden konnte. »Ihr müsst mit König Arrum sprechen. Er muss wissen, was Quercus plant.«

»Was ich plane?« Quercus klang ehrlich verwirrt.

Ich blinzelte und mit einem Mal wurde mir so übel wie noch nie in meinem Leben. Ich bekam keine Luft mehr, starrte nur Quercus an und begriff, dass ich einen Fehler gemacht hatte. Einen kleinen, dummen, unverzeihlichen Fehler.

»Wie dem auch sei.« Quercus wandte sich ab, fort von mir. »Danke, dass du sie für mich verhörst. Yason, komm.«

»Nein!« Endlich brachte ich ein Wort heraus, doch es war nur ein unverständliches Stammeln. Alles was ich wusste, war, dass ich nicht mit Carex allein bleiben durfte.

»Bleibt!«, flehte ich. »Es war ein Missverständnis. Ich kann es er« Der Schlag traf mich mitten im Gesicht, mein Kopf flog zur Seite. Carex stand vor mir, schweigend. Quercus ging.

»Yason«, krächzte ich und schmeckte Blut in meinem Mund. Hatte ich mir auf die Zunge gebissen? »Yason!«, wiederholte ich verzweifelt.

Für einen Moment hielt er in der Tür inne, die Hände zu Fäusten geballt. Doch dann ging er, ohne sich auch nur ein einziges Mal umzudrehen. Die schwere Metalltür fiel mit einem endgültigen Ruck ins Schloss. Mit dem Geräusch verschwand jeder Hauch von Wärme.

Carex drehte sich von mir weg. Er sprach kein Wort.

Ich bewegte die Hände, die hinter meinem Rücken gefesselt waren. Die Ketten schlangen sich schneidend in meine Haut. Auch meine Beine waren gefesselt. Ich konnte nicht fliehen – ich konnte nicht einmal ausweichen.

Carex wandte sich wieder mir zu. Was mir die meiste Angst machte, war seine tiefgreifende Ruhe. »Du bist *dumm*, Mädchen«, erklärte er. »Die beste Schülerin der Akademie und so *dumm*.« Seine Stimme klang liebenswürdig.

Ich atmete tief ein, blinzelte dann. »Ihr müsst Quercus aufhalten!«, brachte ich so überzeugend unschuldig heraus, wie ich konnte. »Er will –«

Wieder flog Carex' Hand nach vorn und traf schallend auf meine Wange. Heißer Schmerz breitete sich in meinem Gesicht aus.

»Und du bist dumm, wenn du glaubst, du könntest mich täuschen. Als hättest du nicht von Anfang an genau das getan, was ich wollte.«

Noch mehr als mein Körper schmerzte das Wissen, dass er recht hatte.

»Du hättest *Sternenschimmer* verlassen sollen, als ich es dir gesagt habe«, sprach Carex weiter. Um seine Lippen spielte ein schmales Lächeln. Ich hatte mich ihm widersetzt und er hatte mit mir gespielt wie eine Marionette. Carex hatte mich besiegt und er genoss es.

Ich lehnte mich vor, als wollte ich ihm ein Geheimnis erzählen. Carex legte abwartend den Kopf schräg. Ich holte tief Luft und spuckte ihm vor die Füße.

Es glitzerte golden, wo ich mir auf die Zunge gebissen hatte. *Wirf ihn um!*, befahl ich und legte all meine Furcht in den Befehl. Ein Windstoß kam auf, schlug Carex entgegen – und wieder blitzte Blut auf, so schnell, dass ich es nur aus dem Augenwinkel sah. Der Wind ebbte schlagartig ab, Carex lachte. »Also bitte, Elaia. War das alles?« Ein weiterer Schlag folgte auf seine Worte, ich keuchte auf. Ich sah auf, erblickte Carex jedoch nur unscharf. Alles drehte sich.

Ich entschied mich dazu, zu schweigen. Carex würde meine Lügen nicht glauben und keines meiner Wörter könnte ihn von dem abhalten, was auch immer er zu tun gedachte. Das Einzige, was mir blieb, war mein Stolz. Ihn konnte er mir nicht nehmen. Ich klammerte mich mit aller Macht daran.

»Du enttäuschst mich immer wieder«, fuhr er kopfschüttelnd fort. »Heute Nacht hätte ich wirklich geglaubt, dass du es schaffst. Aber sogar bei diesem einfachen Mord hast du versagt. Doch das ist nicht wichtig.«

Ich dachte daran, wie Carex darüber geredet hatte, dass Quercus das Attentat plane. Wie hatte ich nur glauben können, dass das stimmte? Wie konnte ich nur angenommen haben, dass Carex mich nicht gesehen hatte? Ich war solch eine Närrin. Jetzt bezahlte ich dafür.

»Es wird kein Verhör geben«, flüsterte Carex, als würde er mir ein Geheimnis erzählen. »Nur eine Hinrichtung. Aber nicht sofort – erst nach dem Verbrechen.«

Warum tötete er mich nicht jetzt gleich? *Erst nach dem Verbrechen?* Er konnte nur von einem Verbrechen reden: dem Attentat. Und ich sollte die Schuldige sein. Natürlich, irgendjemandem musste er es anhängen. Und ich hatte ihm direkt in die Hände gespielt.

»Es ist bedauerlich, wenn man seine perfekten Pläne mit niemandem teilen kann«, murmelte Carex. »Seine perfekten Pläne, die perfekt aufgehen.«

Dann erzähl sie mir. Ich öffnete den Mund, schloss ihn aber gleich wieder. Es wäre nur eine Genugtuung für ihn, mir diese Bitte auszuschlagen.

Carex hatte es trotzdem gesehen und er lachte. »Ich kann mir vorstellen, dass du gern mehr darüber wüsstest. Und es ist so verlockend, wo du doch so herrlich mitspielst. Aber … nein. Lieber nicht.«

Ich sah die Faust nicht kommen. Sie traf mich an der Wange, schleuderte erneut meinen Kopf beiseite. Schwarze Fetzen schlichen sich wie Wolken in mein Blickfeld und drohten, sich auszudehnen. Der nächste Stoß traf mich an der Schulter, warf mich seitlich vom Stuhl. Nur dass meine Arme dort noch immer festgebunden waren …

Carex schlug wieder zu, warf mich damit gänzlich vom Stuhl, und irgendwo knackte etwas. Ich schrie – schrie ich? – und wand mich, doch die Fesseln waren fest. Ich konnte dem Fuß nicht ausweichen, der meinen Bauch traf. Erneut knackte es und da war nur Schmerz, Schmerz in meinem ganzen Bewusstsein …

»Bitte«, flehte ich. All mein Stolz war verschwunden. Stolz! Was war schon Stolz? Ein Privileg der Gesunden.

Worte kamen über meine Lippen. Worte, die unverständlich wurden, als der nächste Faustschlag mein Gesicht traf.

Blut … da war überall Blut, rot und golden. Ich versuchte, ihm etwas zu befehlen, irgendwie die Magie zu erwecken. Doch ich konnte keinen klaren Gedanken fassen, nichts, und Carex über mir nahm mir mit einigen Tropfen seines eigenen Blutes jede Macht. Da war überall Blut, aber ich versagte.

Irgendetwas verschleierte mir die Sicht. Tränen? Schmerz?

Endloser Schmerz. Und weitere Tritte, jeder vervielfachte mein Leiden. Ich drohte zu ertrinken und es war mir nicht einmal unwillkommen.

Irgendwo knackte etwas.

Kapitel 22 – Elaia

Schwärze. Leere. Der Geruch von Erbrochenem, vermischt mit Blut.

Über mir ragte jemand auf. Ein Kreischen erfüllte meine Ohren – mein eigenes?

Carex fasste nach meinem Kinn. Wellen des Schmerzes jagten durch meinen Körper. Ich wollte sterben, tot sein. Einfach fort.

Das schreckliche Kreischen machte es mir schwer, seine Worte zu verstehen: »Wenn du doch nur gegangen wärst.«

Dann –

Kapitel 23 – Elaia

Schwärze.
Schwärze.
Schwärze.
Schwärze.

Schmerz.

Schwärze.

Kapitel 24 – Elaia

Schwärze. Alles in mir krampfte sich zusammen, wartete auf die nächste Flut, diesmal vielleicht die letzte. Doch sie blieb aus. Nur die Schwärze bestand fort.

Ich atmete flach.

Einatmen, ausatmen.

Die Schmerzen waren da, aber so erträglich, dass ich dem nicht gänzlich vertraute.

Nur zögerlich wagte ich es, mich zu entspannen. Jeder Muskel meines Körpers war verkrampft. Die Furcht vor den Schmerzen war beinahe genauso gegenwärtig, wie der Schmerz selbst es gewesen war. Doch jetzt war er verschwunden, zurück blieb nur ein leerer Widerhall.

Blinzelnd öffnete ich die Augen. Die drückende, allumfassende Schwärze wich nicht. Dafür nahm ich Geräusch wahr – ein Murmeln. Nicht nah, aber auch nicht weit entfernt.

War ich erblindet? Die Angst griff nach mir. Sie zerrte an meinem Denken und meinem Körper und drückte mir die Kehle zu. Ich rang nach Atem.

»Bist du wach?« Die Frage erklang direkt neben mir und ich zuckte zurück.

»Ren?«, brachte ich heraus. Meine Stimme war heiser. »Ich kann nichts sehen.«

»Es ist dunkel«, erklärte Ren leise.

Ich krümmte mich beim Klang seiner Stimme zusammen. Der Steinboden unter mir war hart, rau und unnachgiebig.

»Er hat mich geschlagen«, wisperte ich und durch meinen Körper lief ein Zittern – ein Schluchzen. Ich merkte erst, dass ich weinte, als die Tränen heiß über meine Wangen rannen.

»Alles ist gut.« Rens Stimme war sanft, sie schützte mich vor den scharfen Krallen der Kälte. Doch die Schluchzer, die aus mir herausbrachen, wurden immer stärker. *Ich hatte einen Fehler gemacht.*

»Hast du mir schon wieder das Leben gerettet?«, flüsterte ich, als ich endlich Luft holen konnte.

Ren schwieg so lange, dass ich glaubte, mir seine Worte nur eingebildet zu haben. »Ja«, gab er irgendwann zu. Seine Stimme offenbarte keinerlei Gefühl.

»Aber bist du nicht wütend?« Ich fuhr mit einer Hand über den Steinboden.

Diesmal kam Rens Antwort schnell und hart. »Elaia. Du hast mich direkt in die Arme der Hüter gestoßen und damit alles zerstört, worauf ich seit Jahren hingearbeitet habe. *Wütend* trifft es nicht ganz.«

Ich schluckte und versuchte, das Brennen hinter meinen Augenlidern zu vertreiben. »Aber du arbeitest mit Carex zusammen. Warum? Warum willst du König Arrum umbringen?«

»Verdammt, Elaia!« Rens Stimme war laut und hart. »Ich hatte nie vor, König Arrum umzubringen. Ich wollte *Carex* umbringen.«

Carex? Ich erstarrte, blickte in die Schwärze. »Was?«

»Wieso sollte ich …« Er unterbrach sich. »Egal. Es spielt keine Rolle mehr.«

Ich blinzelte, versuchte zu verstehen, was er mir da gesagt hatte. »Es … es tut mir leid«, wisperte ich.

»Deine Entschuldigung bedeutet mir nichts.« Ren klang nicht einmal zornig, nur sehr kalt. Die Wärme, die er mir gerade noch geschenkt hatte, war zur Gänze verschwunden.

»Es ist, wie Yason damals gesagt hat«, murmelte Ren. »Du kannst jedem alles vormachen. Und dann stichst du ihm ein Messer in den Rücken.«

Ich erinnerte mich daran, dass Yason dies einst behauptet hatte. An einem Tag, der ein Leben zurücklag. Aber dass Ren es wiederholte, es glaubte, verletzte mich tausendfach stärker.

Ich presste meine Handflächen auf den Steinboden.

Einatmen, ausatmen.

Ein, aus. Wieder und wieder.

»Carex hat meine Eltern umgebracht«, flüsterte Ren zahllose Atemzüge später. »Weil er herausgefunden hat, dass meine Mutter eine Stammesfrau war. Er hasst die Stämme und fürchtet die Seelenmagier. Und er hasst König Arrum. Mein Vater war mit Arrum befreundet. Er kannte Carex' Geschichte und hat sie mir erzählt.« Ren schwieg, versuchte, seine Gedanken zu sammeln. »Carex ist zusammen mit dem König aufgewachsen und musste sich immer mit ihm vergleichen. Und dann haben sie sich auch noch in dieselbe Frau verliebt. König Arrum hat sie bekommen, wie alles andere. Nur dass Königin Althea eines Tages gestorben ist. Ein Attentat der Stämme, als die beiden auf einem Ausflug nach unten waren. Früher gab es so etwas noch.«

Ich hörte, wie Ren tief ein- und ausatmete. »Carex ist der Meinung, dass er Königin Althea besser beschützt hätte. Aber natürlich hat er nicht nur romantische Ansinnen, sondern ist auch ein machthungriger Bastard.«

Wieder war unser beider Atem das einzige Geräusch neben dem Gemurmel, das durch die Dunkelheit klang. Ich wartete darauf, dass Ren weitersprach, doch er schwieg.

»Und du wolltest *ihn* umbringen?«, fragte ich heiser.

»Ich habe es meinem Vater versprochen«, flüsterte Ren. »Ich habe es versprochen, als er im Sterben lag.«

»Das hättest du es mir sagen können.«

»Versuch nicht, mir die Schuld zu geben.« Ren klang müde. »Du hättest mir auch einfach vertrauen können.«

»Du hast mir nicht vertraut«, gab ich zurück.

Ren lachte nur kurz und ohne jegliche Heiterkeit. »Zu Recht, wie sich gezeigt hat.«

Das traf mich. Ich holte tief Luft und richtete mich vorsichtig auf. Die Kälte des Bodens fraß sich unbarmherzig in meinen Rücken. Hinter mir ertastete ich eine Wand. Das Gestein war genau das gleiche wie das unter mir. »Wo sind wir hier?«, fragte ich leise.

Ren seufzte. »In *Frost*. Also im Untergrund, in einem der Kerker.«

»Wer sind die übrigen Leute hier?«, wisperte ich und hoffte, dass keiner von ihnen mich hörte.

»Schwerverbrecher«, erklärte Ren erschöpft. »Oder anders gesagt: Feinde des Rats. Vielleicht ein Dutzend, aber dieser Kerker ist nur einer von vielen. Du hast Glück, dass du zufällig in dem gleichen wie ich gelandet bist.«

Jetzt erst begriff ich, dass seine Müdigkeit von meiner Heilung herrühren musste. »Danke«, wisperte ich. Ren erwiderte nichts und ich kam schwankend auf die Füße. »Gut, wir müssen hier raus.«

Ren lachte auf, hart und freudlos. Ich hasste dieses Lachen. »Wir kommen hier nicht raus.«

»Wir sind Magier«, hielt ich dagegen. »Und vielleicht ist einer der anderen das ebenfalls.«

»Die Kerker sind gegen Magie gesichert.«

»Aber es muss einen Weg nach draußen geben«, beharrte ich.

Wieder gab Ren ein kurzes Lachen von sich. »Das ist ein *Gefängnis*. Dessen Sinn ist es, dass es *keinen* Ausweg gibt.«

»Aber wir sind Magier.« Ich blieb stur.

»Das spielt keine Rolle.«

»Ich muss es wenigstens versuchen.«

»Elaia.« Ren rührte sich nicht von der Stelle. »Glaubst du nicht, jeder hier drinnen hätte nicht schon alles versucht?«

»Ich muss nach draußen.« Meine Stimme zitterte. »Dort läuft Carex herum und will König Arrum …« Ich beendete den Satz nicht.

»Hier drinnen sitzen Menschen, die sich dem Rat widersetzt haben«, seufzte Ren. »Niemand hat vor, einen von uns in der nächsten Zeit hinauszulassen. *Es gibt keinen Weg nach draußen.*«

Ich glaubte ihm nicht. Natürlich glaubte ich ihm nicht.

Ich lief den gesamten Raum ab. Er war etwa vier Mannslängen lang und drei breit. Die Decke war so niedrig, dass ich nur gerade so stehen konnte, ohne mit dem Kopf den Stein zu streifen. Obwohl es an meiner Energie zerrte, ließ ich helle Blutstropfen von meiner Hand rinnen und erhellte damit den Raum.

Neben Ren und mir saßen einundzwanzig Menschen in diesem Gefängnis. Keiner machte Anstalten, mir zu helfen. Ihre Blicke waren leer, teilnahmslos musterten sie das Blut, das von meiner Hand tropfte. Niemand sprach mich an.

Verzweifelt lief ich die Wände entlang und suchte nach irgendeinem Ausweg. *Es gibt keinen Weg nach draußen.*

Ich schleuderte mein Blut an die Tür, versuchte, sie zu durchbrechen. Als das nichts half, warf ich mich selbst gegen das schwere Metall.

Es gibt keinen Weg nach draußen.

In der Ecke war ein winziger Abort, darunter rauschte Wasser. Ein eisernes Gitter hinderte mich daran, in den Strom hinunterzuklettern. Auch mein leuchtendes Blut konnte das Gitter nicht lösen.

Das Wasser war das einzige im ganzen Raum, doch ich weigerte mich, es zu trinken. Mir blieb noch mein Stolz.

Es gibt keinen Weg nach draußen.

Ich zerrte an dem Gitter, versuchte mit all meiner Kraft, es herauszureißen. Ich scheiterte.

Tränen liefen meine Wangen hinab. Ich hämmerte mit beiden Fäusten gegen die Tür, bis Ren mich an der Schulter wegzerrte.
Es gibt keinen Weg nach draußen.

Ich trank das Wasser unter dem Gitter und unterdrückte den Würgereiz. Der Stolz blieb ein Privileg der Gesunden.

Wimmernd rollte ich mich in der Ecke zusammen, fror auf dem viel zu kalten Boden.

Dunkle Bilder von Carex über mir flogen vor meinen Augen vorbei und die Dunkelheit machte mich wahnsinnig. Irgendwann stand ich auf und scharrte mit bloßen Händen an der Wand, versuchte, den Stein wegzukratzen.

Ren zog mich weg, drückte mich wieder auf den Boden. Ich kauerte mich zusammen und schlang die Arme um meine Beine. Alles war so viel größer als ich – der Hunger, die Kälte, die Dunkelheit. War ich überhaupt noch da?

Ren hatte recht. Es gab keinen Weg nach draußen.

Kapitel 25 – Elaia

Irgendwann, zwischen Dunkelheit, Hunger und Abwesenheit, schwang die Tür auf. Es gab keine Vorwarnung, kein ankündigendes Geräusch, nichts. Sie öffnete sich einfach.

Ein Streifen Licht fiel in den Raum. Nicht hell, doch in der Schwärze war es blendend.

Bevor ich auch nur begriff, sprang ich auf die Beine, taumelte auf das Licht zu.

Eine Person trat in die geöffnete Tür. Es dauerte einen Herzschlag, bis ich sie erkannte, und noch einen weiteren, bis ich es glaubte. »Dahlya?«, stieß ich hervor.

Im Fackelschein sah ich, wie sich ein Lächeln auf Dahlyas Gesicht ausbreitete. »Elaia! Schön, dich zu sehen – auch, wenn du schon mal besser aussahst.«

Ich keuchte auf und stolperte an ihr vorbei, in den trostlosen Flur hinaus. Die Luft hier war erschreckend frisch und endlich war da Licht, das die Dunkelheit durchdrang – selbst wenn ich nur graue Steinwände um mich erblickte –, und Laurus, den ich erst mit Verzögerung entdeckte. Er stand ebenfalls im Gang, wirkte aber nicht annähernd so aufgeregt wie Dahlya.

Hinter mir wankte Ren nach draußen. Unter seinen Augen lagen dunkle Schatten, sein Gesicht wirkte ein wenig eingefallen.

»Bitte sag, dass wir hier herauskönnen«, flüsterte ich.

Dahlya lächelte, aber das konnte die Sorge in ihren Augen nicht überdecken. »Deswegen sind wir hier. Wir haben eine Schuld zu begleichen.«

»Eine Schuld?« Ich runzelte die Stirn. Mir fiel da mehr als nur eine ein, doch ich hätte nicht gedacht, dass Dahlya irgendetwas davon wiedergutmachen wollte.

»Ja. Laurus hat versucht, dich umzubringen.«

»Dahlya! Ich dachte, wir hätten uns geeinigt, das nicht zu sagen?« Laurus wich meinem Blick aus.

»Und ich dachte, wir hätten uns darauf geeinigt, keine Lügen mehr zu erzählen«, zischte Dahlya.

Ich starrte Laurus an. »Du hast versucht, mich umzubringen? Wann das denn?«

»Habe ich nicht.« Laurus sah seine Schuhspitzen an. »Du hast das über mich und Dahlya herausgefunden und ich hatte Angst, dass du es verrätst. Also habe ich den Häscher gebeten, dich zu … warnen, damit du es nicht weitererzählst.«

Der Häscher. Sprachlos starrte ich Laurus an, fühlte erneut, wie ich vom Seil der Nachtarena in die Tiefe fiel.

Ren sprang nach vorne und schlug Laurus mit der geballten Faust mitten ins Gesicht.

Laurus jaulte auf und machte einen Schritt zurück. »Es war ein Missverständnis, verdammt!«

Im fahlen Lichtschein wirkte Rens Arm verschwommen, als er erneut ausholte und noch einmal zuschlug. Wieder sprang Laurus nach hinten. Blut floss leuchtend golden aus seiner Nase. »Verflucht, Ren!«

»Ähm …« Hilflos blickte Dahlya zwischen den beiden hin und her. »Habt ihr Hunger? Ich habe Essen mitgebracht.« Aus einer Tasche, die ich erst jetzt bemerkte, zog sie einen Laib Brot und brach uns Stücke davon ab. Dankbar nahm ich es entgegen und auch Ren ergriff es nach einem weiteren zornigen Blick auf Laurus.

»Hier, nehmt ebenfalls etwas.«

Ein wenig bekümmert sah ich zu, wie Dahlya das restliche

Essen an die anderen Gefangenen verteilte, die misstrauisch bis an die Tür herangeschlichen waren.

Ein Mann mit verfilzten, schulterlangen Haaren sah es nicht einmal an, sondern stürmte an uns vorbei den Gang hinauf. Ich sah ihm nach. »Bitte, lasst uns auch gehen. Ich will hier raus. Wie seid ihr an den Hütern vorbeigekommen?«

»Laurus hat sie niedergeschlagen.« Dahlya lächelte stolz.

»Gern geschehen.« Laurus war immer noch dabei, sich Blut aus dem Gesicht zu wischen. Unter seinem Auge bildete sich ein tiefer, lilafarbener Schatten. Und obwohl es nichts zu bedeuten hatte, erfüllte mich der Gedanke mit Wärme, dass Ren sich trotz allem für mich eingesetzt hatte. Jetzt gerade warf er Laurus einen verächtlichen Blick zu, schwieg jedoch.

»Hier geht's lang.« Dahlya führte uns durch die spärlich beleuchteten Gänge.

Die anderen Gefangenen folgten uns mit einer Mannslänge Abstand, als misstrauten sie der plötzlichen Freiheit. Ich tat es ebenfalls.

Am Treppenabsatz gingen wir an einem Hüter vorbei, der regungslos auf dem Boden lag. Mit jedem Schritt nach vorne wurde die Luft ein bisschen frischer und die Kälte ein bisschen weniger drückend.

»Ich sollte euch vielleicht vorwarnen. Dass wir hier so leicht reingekommen sind, liegt daran, dass da draußen … Es ist das reine Chaos.«

»Warum?« Ich war abgelenkt, alles in mir drängte weiter.

Dahlyas nächste Worte zogen meine gesamte Aufmerksamkeit auf sich: »Die Stämme sind oben.«

»Wie bitte?« Ren und ich starrten sie in gleicher Fassungslosigkeit an.

»Keine Ahnung.« Dahlya warf die Arme hoch. »Keiner hat eine Ahnung, was er tun soll … Sie sind auf *Abendrot*, genau wie fast alle Hüter.«

»Wie sind sie hochgekommen?« Ren sah misstrauisch aus, als würde er ihr nicht glauben.

»Über die Säulen, soweit ich weiß. Ganz heimlich. Als die Hüterpatrouillen sie entdeckt haben, waren schon unzählige oben.«

Wir bogen um eine Ecke und *endlich* war da der Ausgang. Kühler, scharfer Wind pfiff von draußen herein und wehte mir die Haare aus dem Gesicht. Dicht an der Wand lagen in sich zusammengesunken zwei Männer. Einem von ihnen rann Blut aus einer Platzwunde die Schläfe hinab.

Vielleicht hätte ich mich zu einem anderen Zeitpunkt um sie gesorgt, aber im Augenblick war mir alles egal. Ich drängte nach vorn, holte tief Luft und trat hinaus.

Es war Nacht. Der Himmel war genauso dunkel wie die Kerker unter uns. Doch hier war die Schwärze trotzdem nicht undurchdringlich, flammende Feuer durchbrachen sie. Von den anderen Inseln wehte Rauch hinüber, unzählige Fackeln blitzten auf. Schreie und Flammen vermischten sich in der Ferne zu einem dichten Gewirr.

»So.« Die lockere Sicherheit fiel allmählich von Dahlya ab. »Wir haben euch befreit, aber mehr können wir nicht für euch tun.«

»In Ordnung.«

Einige Gefangene drückten sich an uns vorbei. Sie verschwanden auf den Wiesen und Weiden, die sich auf ganz *Frost* erstreckten.

»Gut«, sagte auch Ren. »Vielen Dank für eure Hilfe.«

Ich sah ihn an, wie er zitternd die Nachtluft einatmete. Wie lange waren wir dort unten gewesen? Es fühlte sich an wie mehrere Wochen, doch das war unwahrscheinlich. Es war noch immer dieselbe Nacht, die Nacht nach der dritten Runde. Schon jetzt verschwamm die gesamte Zeit in meiner Erinnerung zu einer einzigen, schwarzen Masse. Während ich Ren anblickte, wusste ich, dass keiner von uns beiden einfach fliehen würde. Wir hatten das gleiche Ziel: Carex zu finden und ihn zu töten.

Ren erwiderte meinen Blick. In seinen Augen las ich dieselbe finstere Entschlossenheit, die auch ich empfand.

»Wollen wir –«, begann ich, doch Ren unterbrach mich.

»Nein. Es gibt kein *Wir*. Und außerdem wird man dich erkennen. Die Nachricht, dass du ein Attentat auf Quercus versucht hast, hat sich sogar zu uns in den Kerkern herumgesprochen – jeder andere wird es auch wissen. Geh, Elaia. Ich schaffe das allein. Das hätte ich von Anfang an, wenn du nicht …« Er beendete seinen Satz nicht.

In mir zog sich alles zusammen. Die Gewissheit, dass ich ihn verloren hatte, war übermächtig. Gern hätte ich geglaubt, dass er mich nur beschützen wollte, doch so war es nicht. In Rens Augen las ich die Wahrheit. Er verzieh mir nicht und das konnte ich ihm nicht einmal verübeln. Ich hätte es ebenfalls nicht getan – ich *tat* es ebenfalls nicht.

»In Ordnung.« Ich holte tief Luft. »Dann werde ich jetzt nach unten gehen.«

»Schön.« Ren drehte sich um und verschwand in die Dunkelheit.

Erneut atmete ich tief ein. Ich wusste nicht, was schlimmer wäre: Wenn er mir diese Lüge einfach so abgenommen hatte oder wenn es ihn schlicht nicht kümmerte, was ich vorhatte.

»Es tut mir leid«, murmelte Dahlya, »aber wir müssen jetzt auch gehen. Wenn man uns hier erwischt … Es ist schon gefährlich genug, dass sie Laurus gesehen haben, bevor er sie niedergeschlagen hat.«

»Ja.« Zum ersten Mal seit langem meldete Laurus sich zu Wort – vermutlich, weil Ren fort war. »Ich werde sie auf jeden Fall bestechen, aber wenn sie damit an die Öffentlichkeit gehen –«

Er brach ab, als Dahlya ihm einen warnenden Blick zuwarf. »Komm.« Sie packte seine Hand und zog ihn mit sich, in Richtung der Brücke zu *Zwielicht*. Ich blieb allein zurück.

Ein Blick zur Seite zeigte mir, dass die beiden Hüter noch immer bewegungslos dalagen. Hinter ihnen lag der Gang zu der Treppe, die hinab in das Grauen führte.

Ich drehte mich um und ließ die Kerker zurück. Die Brücke war nicht weit von den Kerkern, aber bis zu ihr kam ich nicht. Ich lief bis zu der hüfthohen Mauer, die einmal um die Insel herumführte. Dort setzte ich mich hin, den Rücken an den kalten Stein gelehnt. Der Sturm brauste über die Insel hinweg, doch diese Steine boten mir Schutz. Sie verbargen mich vor dem Wind. Und nicht nur das, sie versteckten mich auch vor der ganzen Welt. Ich wollte hierbleiben, bewegungslos, für immer. Hauptsache, ich hatte den weiten Himmel über mir und musste nie wieder in diese endlose Schwärze zurückkehren.

Vielleicht wäre ich auch tatsächlich nicht mehr von diesem Platz aufgestanden, wenn die Ruhe nicht plötzlich gestört worden wäre.

Rechts von mir lag irgendwo die Brücke und jetzt näherten sich darauf Personen. Aber nicht auf die normale Weise – einige von ihnen weinten, ich konnte Schluchzer hören. Vereinzelte Hilferufe mischten sich darunter.

Sofort sprang ich auf, hockte mich dann in den Schatten der Mauer. Alles in mir spannte sich an. Wer auch immer das war – sie durften mich nicht erwischen. Ich würde es nicht ertragen, noch einmal dort unten zu landen. Letztes Mal war ich fast zerbrochen. Ein weiteres Mal würde mich umbringen.

Aber das dort waren keine Hüter – nicht nur zumindest.

Angestrengt versuchte ich zu erkennen, wer da im Fackellicht die Brücke entlangzog. Das waren Menschen … Sie wurden getrieben – auf *Frost* zu. Waren das gefangene Stammesleute?

Meine Augen tränten, weil ich so angespannt in die Dunkelheit starrte. Die Gruppe kam immer näher und ich erstarrte, als ich begriff. Das waren nicht irgendwelche Stammesleute – es waren *Kinder*. Stammeskinder, die dicht aneinandergedrängt vorwärtsstolperten. Ich erinnerte mich an ihr Lachen, als Ren und ich unten gewesen waren. Jetzt lachte keines von ihnen.

Sie kamen dichter und langsam konnte ich Einzelheiten erkennen. Da waren vier, nein, fünf Hüter und mindestens zwei Dutzend Kinder. Einige von ihnen waren so klein, dass sie von den Älteren getragen wurden.

Ich hockte in der Dunkelheit und sah zu. Mir war klar, dass ich etwas hätte tun sollen. Die Männer waren zu fünft, aber ich hätte den Kindern genug Zeit zum Weglaufen verschaffen können. Doch was dann? Sie wären nicht weit gekommen.

Trotzdem war dieser Gedanke nichts als eine feige Ausrede. Ich hätte ihnen helfen müssen. Stattdessen wurde alles in mir von der Todesangst gelähmt, wieder gefangen genommen zu werden. Und deshalb saß ich da und sah zu, wie die Stammeskinder weiter zu den Kerkern geführt wurden. *Ich erbärmlicher Feigling.*

Die Gruppe verschwand im Gebäude und ich lief los. Blieb nicht stehen, als die Kleinen einen letzten, verzweifelten Widerstand leisteten.

Zum ersten Mal seit langem hatte ich etwas nicht getan, obwohl ich davon überzeugt war, dass es richtig wäre. Die Verachtung und der Hass dafür waren in mir übermächtig. Das hätte nicht passieren dürfen. Nicht einmal Jahre im Kerker hätten das bewirken dürfen. Denn wenn ich nicht mehr zu meinen eigenen Grundsätzen stand – wozu dann? Was war ich dann noch wert?

Das Seil der Gondeln war ein kleines Stück von den Brücken entfernt, in der Dunkelheit brauchte ich einen Moment, um es zu finden. Schließlich schwang ich mich in der so gewohnten Bewegung auf das Seil. Zögerte kurz, bevor ich mich aufrichtete und meine Hände von dem sicheren Halt des Drahtes löste. Konnte ich es noch? Wusste mein Körper noch, wie es ging?

Er wusste es. Und während ich die ersten Schritte auf das Seil hinausmachte, fiel mehr von den Schrecken der Kerker von mir ab als im Schutz der Mauer die ganze Zeit. Um mich tobte der Sturm und die nächtlichen Schatten verschlangen mich beinahe. Doch hier, hoch oben in der Luft, tanzte ich und spürte, wie all die Fesseln endlich von mir abfielen. Zurück blieb nur das berauschende Gefühl der Freiheit.

Ich tanzte, um nicht von den Sturmwinden fortgerissen zu werden. Mit schnellen Bewegungen wich ich den Böen aus, lief immer weiter. Um mich herum konnte ich die Seile singen hören. Sie hießen mich willkommen, begrüßten mich wieder zu Hause. Das Sirren war lauter als jemals zuvor. Es klang aufgeregt, wie ein Jubel. Die singenden Drähte waren die einzigen, die mir bei diesem letzten Tanz in Sturm und Schatten applaudierten.

Auf dem Weg nach vorne wurde mir immer klarer, was nun zu tun war. Ich würde dafür sorgen, dass die Kinder wieder freikamen. Danach würde ich meinen Schwur einlösen und den Stämmen meine Magie überlassen.

Doch zuerst drängte ein anderer Eid darauf, erfüllt zu werden. Das Versprechen klang in meinen Ohren, als würden die Drahtseile es mir zurufen: *Ich gelobe, Euch zu schützen. Bis ich kein Blut mehr zum Brennen besitze.*

Und eine düstere Vorahnung sagte mir, dass wo auch immer König Arrum sein würde, Carex bei ihm war.

Kapitel 26 – Elaia

Zwischen *Abendrot* und *Frost* lagen mehrere andere Inseln. Das erklärte, warum ich vom wahren Ausmaß des Geschehens nicht die geringste Ahnung gehabt hatte.

Auch die übrigen Städte waren im Aufruhr. Alle Menschen waren auf der Straße, nichts mehr war von der nächtlichen Ausgangssperre zu bemerken, die noch in dieser Nacht über den Inseln gelegen hatte. Die Inselbewohner rannten wild durcheinander, schrien und versuchten, etwas gegen die Stammesleute zu unternehmen, die es auf die Inseln geschafft hatten. Die Brücken waren offen, nur wenige Hüter preschten gehetzt durch die dunklen Straßen. Ich zögerte, sie zu nutzen – ich wollte auf keinen Fall bemerkt werden –, aber dann erkannte ich, dass der Aufruhr viel zu groß war, als dass diese Gefahr tatsächlich bestünde. Der tosende Sturm war deutlich bedrohlicher.

Eilig hielt ich auf *Abendrot* zu. Als die Stadt in näherkam, begriff ich, dass die bisherige Unruhe nichts, *nichts* gegen das war, was hier geschah. Mit jedem Schritt, den ich mich der Insel näherte, wurde der Lärm lauter. Ich betrat die letzte Brücke und hatte endlich freie Sicht auf *Abendrot.*

Die Stadt brannte. Mehrere Hausdächer standen in Flammen. Die Funken verschwanden in den Wolken, die bis in die Inseln hingen. Überall leuchteten Fackeln auf. Sie bewegten sich wirr durch die Straßen, wurden hinter Hauswänden unsichtbar und tauchten an völlig anderen Stellen wieder auf. Am Rand der Insel loderte ein Baum helles Feuer in die Nacht. Seine Blätter und Zweige verschmolzen zu einem einzigen, glühenden Feuerball. Funken fielen von ihm ab und entzündeten das knisternd trockene Gras.

Der Wind um mich wurde immer stärker. Er zerrte Erinnerungen mit sich – an eine andere Sturmnacht. An meinen Vater, der drohend über mir aufragte, und meine Mutter, die ihn von mir fortstieß. Wie er taumelte, stolperte und dann rückwärts nach hinten fiel, direkt in den Abgrund hinein. Stumm, kein Schrei entfloh seinen Lippen. Das einzige Kreischen kam von mir; und es war mein letztes.

Ich hatte seitdem kein einziges Mal geschrien – bis zu dieser Nacht. In den Kerkern, vor Carex, hatte ich mein Schweigen auf eine fürchterliche Weise gebrochen und war zurückgeworfen worden zu einer Schwäche, die ich überwunden geglaubt hatte. In dieser Nacht war ich wieder genauso wehrlos gewesen wie damals.

Für einen Augenblick erstarrte ich und stellte überrascht fest, dass ich das vergessen hatte. Meine Mutter hatte mich *doch* beschützt. Dieses eine, entscheidende Mal. Aber das war jetzt nicht mehr wichtig.

Ich betrat die brennende Stadt. Es war, als säße ich noch immer unsichtbar im Schatten meiner Mauer. Niemand schenkte mir Beachtung. Eine Frau stürmte an mir vorbei, im Arm hielt sie ein Bündel aus Stoff und Edelsteinen. »Zu Hilfe!«, brüllte sie, doch keiner tat etwas. Sie wurde nicht einmal verfolgt.

Drei Hüter kamen aus einer anderen Richtung angerannt und stürzten sich auf einen Stammesmann, der mit einer Axt auf eine Schrankwand einhieb, mit der jemand seinen Eingang verrammelt hatte.

Eine weitere Frau, diese kam aus den Stämmen, rempelte mich an, als sie wie aus dem Nichts vor mir auftauchte. Panisch packte sie meine Arme. »Wo sind sie?«, brüllte sie. Hinter ihr splitterte irgendwo Holz. »Wo sind meine Kinder?«

Ich verstand. »Auf *Frost*«, rief ich, um den Lärm zu übertönen. »Das ist die letzte Insel in dieser Richtung. Such die Kerker!«

Die Frau ließ mich los und stolperte augenblicklich zu der Brücke, die ich gerade erst verlassen hatte. »Ajo!«, schrie sie. »Hier entlang!«

Wenigstens das konnte ich tun. Ich lief weiter in das Chaos hinein und wich Dachziegeln aus, die von oben auf die Straße geschmissen wurden. Zu meiner Seite blitzte goldenes Blut auf, die Ziegel flogen wieder hinauf. Schreie ertönten, ich zuckte zusammen.

»Die Kinder sind auf *Frost*!«, brüllte ich so oft, dass meine Kehle heiser war. »Einer Insel im Nordwesten!«

Immer mehr Stammesleute hörten auf mich und rannten los, doch das schien nur ein kleiner Teil zu sein. Das hier auf *Abendrot* war nicht nur ein Stamm, es waren unzählige.

In der Ferne sah ich, wie auch das Dach der Nachtarena leuchtend brannte. Mein Herz krampfte sich schmerzhaft zusammen. *Nicht wichtig*, erinnerte ich mich selbst. Was zählte, war jetzt nur, wo König Arrum war – aber wie sollte ich ihn hier finden, zwischen all den Menschen, die offensichtlich verrückt geworden waren? Panik stieg in mir auf.

Oder war er gar nicht auf *Abendrot*? Ich war hergelaufen, ohne auch nur zu überlegen, dem größten Tumult entgegen. War es nicht möglich, dass König Arrum sich auf *Sonnenleuchten* versteckt und alle Zugänge gekappt hatte? Ein vorsichtiger Herrscher hätte das getan.

Aber nicht König Arrum, nicht so, wie ich ihn kennengelernt hatte. Dieser Mann hätte sich als Erstes zum Aufruhr begeben und in das größte Getümmel gestürzt. Zumindest war es das, was König Arrum früher getan hätte. Ich liebte und verwünschte ihn gleichermaßen dafür.

Ich erreichte das Ratsgebäude, das leer und dunkel dastand. Der Türvorhang lag abgerissen auf dem Boden.

Ohne das Gebäude zu betreten, drehte ich mich wieder um.

Wenn er nicht hier war, wo dann? In der Menschenmasse würde ich ihn niemals entdecken … Aber obgleich die Wahrscheinlichkeit nicht groß war, musste ich ihn trotzdem als Nächstes im Schloss suchen – es war mein einziger Anhaltspunkt.

Ich rannte los, meine Füße trommelten auf den kalten Stein. Heiße Funken brannten sich in meine Haut, der Geschmack von Asche lag auf meiner Zunge: staubig und bitter.

Wo war König Arrum? Ich spürte die Zeit verrinnen wie Hände, die sich um meinen Hals legten und immer fester zudrückten. Carex plante ein Attentat und er wäre ein Dummkopf, wenn er das Durcheinander jetzt nicht nutzen würde. Aber Carex war nicht dumm.

Irrte ich mich oder waren schon weniger Menschen auf den Straßen? Hatten sich die Stammesleute bereits auf den Weg zu ihren Kindern gemacht? Ich hoffte es.

Eisiger Wolkennebel peitschte als eine einzige Nässe durch die Straßen. Ich holte tief Luft, das Atmen fiel mir schwer. Vor mir lag die Brücke, die zu einer leeren Plattform führte, von der mehrere Brücken zu verschiedenen Inseln abgingen. Eine von ihnen war die Königsinsel *Sonnenleuchten*. Doch da, wo sonst die Seile der Gondeln lagen, waren jetzt nur Leere und die Spuren eines gerissenen Drahtseils.

Aber die Brücke daneben war instand, auch wenn sie im Sturmwind bedrohlich schwankte. Ich lief weiter, der Stein unter meinen Füßen wich Holz. Es schaukelte im Wind und knarzte laut. So laut, dass ich die Stimmen beinahe überhört hätte.

»Ich verstehe nicht, was das soll.« Alles in mir schrak zusammen und ich verharrte instinktiv in der Bewegung. Die Brücke knarzte.

»Ich erkläre dir, was das soll.« Carex klang geduldig.

Dicht an das Geländer geschmiegt huschte ich näher und erblickte Carex und König Arrum auf der Plattform. Sie standen genau in der Mitte, aber trotzdem trennten sie auf keiner Seite mehr als zwei Mannslängen vom Abgrund. Und das hölzerne Geländer … es war verschwunden. Ob magisch entfernt oder vom Wind fortgerissen, konnte ich nicht sagen, es spielte jedoch auch keine Rolle.

Das Blut rauschte wie der Wind in meinen Ohren. Hier war ich nun und was ich sah, war genauso schlimm wie alles, was ich gefürchtet hatte. Was nun?

»Das ist kein Grund, den Respekt zu verlieren«, erklärte König Arrum. Er klang angespannt. Er stand mit dem Gesicht, Carex mit dem Rücken zu mir.

»Ach ja.« Carex' Stimme, gelassen und überheblich, ließ mich erzittern. »Ich glaube nicht, dass ich dir Respekt schulde. Den hast du an dem Tag verloren, als du Althea hast sterben lassen.«

»Carex«, knurrte Arrum. »Darüber müssen wir nun wirklich nicht jetzt sprechen. Siehst du nicht, was da hinten los ist?«

»Doch, sicher.« Carex wandte nicht einmal den Kopf. »Aber ich möchte gern jetzt mit dir darüber reden. Später ist das vielleicht nicht mehr möglich.«

König Arrum machte einen Schritt zur Seite. Carex' Hand schoss vor und umklammerte seinen Arm. Ich kannte diese Hand und die Kraft, die in ihr steckte.

»Lass mich los.« Die Worte des Königs waren kaum verständlich, so leise sprach er. »Oder –«

»Oder was?« Carex klang gelangweilt, doch seine angespannte Haltung verriet das Gegenteil. »Ich war dir immer schon überlegen, das weißt du.«

Und dann zerrte er Arrum auf den Rand der Plattform zu. Genauso überraschend, wie er auf mich eingeschlagen hatte. Schnell und ohne Vorwarnung.

Ich stürmte vor, dachte nicht nach. Alles geschah auf einmal. Arrum schrie etwas, Carex stieß ihn nach vorn. Ich warf mich auf den König und gemeinsam rollten wir weiter, auf den klaffenden Abgrund zu.

»Du!«, rief Carex, seine Stimme vor Verblüffung heiser. Aber er brauchte nicht lange, um seine Überraschung zu überwinden. Noch während wir auf dem Boden lagen, stürzte er vor und trat nach mir.

Alles drehte sich, als die Erinnerung an den letzten dieser Tritte in mir aufkam. Ich warf mich zur Seite, der Tritt traf meine Schulter. Noch ein Tritt, wieder rollte ich mich weg. Doch dieses Mal galt er nicht mir, sondern König Arrum. Ein dumpfer Laut, dann nichts mehr. Erneut holte Carex aus. Ich sprang auf die Füße und stürzte mich auf ihn. Gemeinsam stolperten wir nach hinten. Fort vom Abgrund und fort von der regungslosen Gestalt Arrums.

»Ich habe dich tanzen sehen«, zischte Carex. »Ich war auch einmal ein Seiltänzer, aber besser als du. Weißt du, was dir fehlt? Die Reflexe.«

Seine Hand schnellte nach vorn und ich schaffte es nur mit Mühe, auszuweichen. Da blitzte auf einmal Blut in Carex' Handfläche auf; golden und leuchtend. Er schüttelte sie und die Tropfen fielen auf den steinernen Boden, der unter Arrum zu bröckeln begann …

Ich ließ mich auf die Knie fallen, riss meine verschorfte Haut über den rauen Stein. Einen endlosen Atemzug geschah nichts, dann fügten sich die losen Steine wieder zusammen. Aber wenn Carex so weitermachte … Er war ungleich stärker als ich.

»Sie holen die Kinder!«, rief ich – ein jämmerlicher Versuch, ihn abzulenken. »Ich habe den Stammesmenschen gesagt, dass sie auf *Frost* sind. Sie haben sich schon auf den Weg gemacht.«

Mit allem hatte ich gerechnet, aber nicht damit: Carex ließ seine Arme sinken und starrte mich an. Dann fuhr ein Lachen durch seinen Körper, so heftig, dass er bebte. »Das hast du nicht getan!«

»Das habe ich.« Misstrauisch richtete ich mich auf. Carex musste endgültig verrückt geworden sein.

Doch sein Lachen ebbte wieder ab und er schüttelte leicht den Kopf. »Du bist das Beste, was meinen Plänen hätte passieren können, Elaia. Was glaubst du denn, warum ich die Kinder nach hier oben entführt habe? Natürlich damit ihre Eltern nachkommen. Was ihre Kinder angeht, sind Menschen sehr berechenbar.«

So viele Fehler. Und dieser war der größte.

»Sie alle werden nach *Frost* stürmen. Und dann wird *Frost* kippen und jeder, der sich darauf befindet, wird tot sein.«

Ich sah die Bewegung nicht kommen, nur helles Blut, das in der Nacht aufblitzte. Ein magischer Windstoß schleuderte mich zurück, direkt auf den Rand zu. Und da war der König – tot? – der ebenfalls nach hinten geschoben wurde …

Blut tropfte aus meinem Arm zu Boden und schaffte einen winzigen Widerstand. Ich baute mich vor König Arrum auf, riss meine Wunde mit den Fingernägeln weiter auf. Blut rann hinaus und ich stieß die Tropfen mit aller gedanklichen Kraft gegen Carex. Ein Brausen ertönte, als unsere beiden Windstöße aufeinandertrafen. Doch wir waren beide Blutsmagier – unsere Magie kämpfte nicht gegeneinander an, sie hob sich auf. Ich stolperte einige Schritte vor, als der Druck plötzlich nachließ.

Während ich taumelte, sprang Carex vor. Seine Faust traf meinen Magen. Ich krümmte mich zusammen, als schon der nächste Schlag folgte. Der Boden flog mir entgegen und da erst sah ich Carex mit dem Bein ausholen …

Ein Schrei. Mein eigener? Aber der Schmerz blieb aus. Stattdessen hörte ich ein Geräusch, dumpf. Carex wurde nach hinten geschleudert, eine Person hockte über ihm – Yason. Noch nie war ich so froh gewesen, ihn zu sehen.

Die zwei rangen miteinander und ich kam taumelnd auf die Füße. Ein Schlag, ein Schrei. Ein wildes Gerangel, dann sprangen beide auf. Yason stolperte zurück, an meine Seite.

Wieder blitzte Blut auf und ein neuer Windstoß kam auf, schleuderte mich nach hinten. Ich spürte mich fallen, fallen, fallen …

Irgendwie bekam Yason mein Handgelenk zu fassen und riss mich in die Höhe. Von seiner anderen Hand tropfte Blut, linderte den reißenden Wind. »Danke«, keuchte ich.

Ganz flüchtig schlich sich ein schmales Lächeln über Yasons schönes Gesicht. »Ich habe dir doch damals versprochen, dich niemals fallen zu lassen.« Das hatte er – beim Seiltanzen, vor langer Zeit, als wir noch Freunde gewesen waren. Vor einer Ewigkeit.

Der bröckelnde Boden unter uns hinderte mich an einer Antwort. Verbissen standen wir nebeneinander, blutend, und versuchten, irgendetwas auszurichten.

Ein neuer Windstoß. Carex sprang nach vorn, stieß mit dem Fuß an König Arrum. Yason und ich warfen uns gegen das Ratsmitglied. Und dann war da plötzlich noch eine vierte Person – Ren. Er stand so weit von uns entfernt, wie die Plattform es zuließ, und hatte beide Hände gehoben. Er richtete seine ganze Magie gegen Carex. Die Seelenmagie, die im Gegensatz zu unserer etwas gegen Carex' Magie ausrichten konnte.

Doch er war nicht stark genug. Yason und ich versuchten noch immer, Carex zu Boden zu ringen, während Ren Schritt für Schritt zurückgedrängt wurde.

Blutsmagie schlug Seelenmagie im Kampf, hatte Toja gesagt.

In mir kam eine Idee auf, hell und schmerzhaft. Konnte es –

Ich dachte nicht weiter darüber nach. Ohne meinen Gedanken auch nur zu Ende zu denken, ließ von Carex ab und richtete meine Aufmerksamkeit auf Ren. Ich zögerte nicht. Das tat ich nie.

Ohne zu atmen, warf ich Ren mein Innerstes entgegen, drückte meine Magie zu ihm hin. Kein Donnern, kein Leuchten, kein Schrei. Nur Blut, das von meinem Arm tropfte und plötzlich die Farbe verlor. Dann eine schreckliche, allumfassende Leere in mir. Über mir der graue Himmel. Der Wind tobte weiter, als wäre nichts geschehen. Und die Magie war fort.

Ich wartete auf Geschrei, Gewitter, auf irgendeine Reaktion. Aber alles blieb, wie es war. Sie war einfach weg.

Ich wankte, Ren schleuderte seine nun etwas gewachsene Macht nach vorn. Yason und Carex rangen miteinander, dicht am Abgrund … Carex war stärker. Stärker als wir alle.

»Tu es.« Yason zischte die Worte zwischen seine Zähne hindurch. Entschlossen, endgültig.

»Yason …« Tränen ließen meine Sicht verschwimmen. Die

Leere in mir brannte.

»Tu es!«, brüllte Yason und schaffte es nur mit Mühe, Carex von der Gestalt König Arrums fernzuhalten. »Jetzt!«

Ich tat es. Meine Tränen versiegten. Mit einem endlosen Gefühl der Trauer, das kein Schluchzen ausdrücken konnte.

Ich sprang nach vorn und stieß Yason und Carex gemeinsam in den Abgrund.

Kapitel 27 – Elaia

Nichts veränderte sich. Die Nacht verschwand nicht, die Kälte blieb. Nur der Wind wurde ein kleines bisschen schwächer.

Ich fiel auf die Knie, starrte in die Tiefe. Wieder wartete ich auf einen Schrei, ein Geräusch, irgendetwas. Ich hörte nichts und ich sah nichts. Die Dunkelheit schien wie ein unendliches, tiefschwarzes Meer. Und die beiden Männer ertranken in ihm.

Ein Lied strich durch den Wind an mein Ohr, vielleicht nur eine ferne Erinnerung.

Mit silbernen Tränen fließt mein Glück dahin, und die sich ewig wähnen, sie fallen zu Beginn …

Yason hatte sich ewig gewähnt und das hätte er auch sein sollen. Aber ich hatte ihn umgebracht. *Ich hatte ihn umgebracht.* Wenn ich doch nur an seiner Stelle gefallen wäre. Ein Teil von mir fiel tatsächlich. Endlos, unaufhaltsam.

Und plötzlich war ich wieder ein Kind, sah zu, wie meine Mutter meinen Vater in die Tiefe stieß. Sie hatte ihn von der Insel geworfen und uns beide damit aus der Gesellschaft. Sie hatte einen Menschen ermordet. Und jetzt … hatte ich es selbst getan.

Von irgendwoher kamen Leute. Sie riefen etwas, trugen König Arrum fort.

Ich konnte mich nicht bewegen.

Das Ziel war erreicht. König Arrum war gerettet – war er? Lebte er noch? –, der Attentäter gefallen. Ich hatte meinen Eid erfüllt – *beide meiner Schwüre* –, ich hatte meine Magie an die Seelenmagier zurückgegeben.

Aber – ach, zu welchem Preis. Zu welch hohem, unbezahlbaren Preis. Mein Inneres fiel noch immer und ich fürchtete mich vor dem Aufprall. Er würde mich zerschmettern.

Eine Person schob sich in mein Blickfeld und ich starrte sie an. Mira, die Seiltänzerin. Was tat sie hier? Doch es war gleichgültig. Es spielte keine Rolle, war verblasst wie alles andere auch.

Da kam der Aufprall, aber ganz anders, als ich ihn erwartet hatte.

Auf der gegenüberliegenden Seite der Plattform zog sich ein Kopf über ihren Rand. Ich keuchte auf und sprang auf die Füße, taumelte, stürzte beinahe selbst in die Tiefe.

Mit hochrotem Kopf schwang Yason sich auf den kalten Steinboden und blieb bewegungslos liegen. Ich starrte ihn an, ein Zittern erfasste meinen gesamten Körper.

»Verdammt.« Ganz langsam richtete Yason sich auf und fuhr mit der Hand über seine Stirn. Er schwankte leicht.

Ich stürzte an Mira vorbei direkt in Yasons Arme. »Du –« Meine Stimme brach und jetzt erst bemerkte ich die Tränen, die heiß über meine Wangen liefen.

Yason tätschelte leicht meinen Rücken und ich konnte ein Lächeln in seinen Worten hören: »Hast du mich etwa vermisst?«

»Ich habe dich umgebracht.« Das auszusprechen, machte es tausendfach schrecklicher und ich ekelte mich vor mir selbst.

»Genau genommen nicht. Ich lebe doch.«

»Ja. Wie?« Ich schaffte es nicht, mit dem Weinen aufzuhören. »*Wie?*«

»Da unten hängt das Drahtseil von den Gondeln, das gerissen ist. Ich wusste das – so wichtig sind du und deine Versprechungen mir nicht, dass ich dafür sterbe.«

»Ein Seil?«, wiederholte ich.

»Ja. Da war natürlich ein gewisses Risiko, dass ich es nicht zu fassen kriege … und dann musste ich Carex auch noch abschütteln. Aber es hat ja geklappt.«

Ich löste mich aus der Umarmung und ging dazu über, mit den flachen Händen auf seine Brust zu trommeln. »Du wusstest es? Das hättest du mir sagen können!«

»Wann denn? Hätte ich Carex bitten sollen, kurz zu warten?« Yason lächelte breit. Er liebte große Auftritte und das war der größte von allen.

»Du wusstest es. Ich nicht«, flüsterte ich. »Was bin ich nur für ein Mensch?«

»Du übertreibst des Öfteren, das stimmt. Aber beruhige dich, Elaia. Ich hätte mich nicht von dir umbringen lassen.«

Das machte es nicht besser.

»Es tut mir leid«, murmelte ich. »Nicht nur das jetzt, sondern … alles. Tut mir leid.«

»Ich weiß.« Yasons Strahlen schwächte ab. Er lächelte immer noch, wirkte dabei jedoch ein bisschen traurig. »Ist schon gut.«

Doch das war es nicht. Ich hatte meinen Eid erfüllt, war dafür aber allen in den Rücken gefallen, die mir etwas bedeuteten. War das noch richtig? War ich ihnen nicht auch Treue schuldig, selbst wenn ich es nie ausgesprochen hatte? Ich war so blind meinen Versprechen gefolgt, dass ich dabei alles andere übersehen hatte. Aber hatte ich deshalb falsch gehandelt? Und wenn ja, was hätte ich stattdessen tun sollen? So viele Fragen und auf keine von ihnen hatte ich eine Antwort.

»So gern ich mich auch mit dir unterhalte, ich muss jetzt gehen.« Yason trat einen Schritt zurück. »Mein Vater wird meine Hilfe brauchen. König Arrum ist gerade nicht in der Lage, irgendetwas zu tun, und alle Inselbewohner sind in Panik.«

»Dein Vater wollte König Arrum nie töten, oder?« Beschämt senkte ich den Kopf.

»Nein. Und er wird dir nicht verzeihen, nur weil es ein Irrtum war.« Kurz flog ein Lächeln über Yasons Züge. »Dafür ist er mir aber sehr dankbar, dass ich ihn gerettet habe. Und außerdem ist er doch ein wenig stolz, dass ich den Wettbewerb gewonnen habe. Dabei hatte ich ja nicht einmal Konkurrenz.« Leichtfüßig wandte er sich um und schritt die Brücke entlang auf *Abendrot* zu. Über seinem Kopf erhellte der Himmel sich ein winziges bisschen.

Ich drehte mich zu Mira um, die noch immer auf der Plattform stand und aussah, als fühlte sie sich mehr als fehl am Platz. »Mira.« Ganz allmählich und nur zögerlich ergriff mich die Erleichterung. »Lebt König Arrum?«

»Ja. Zumindest hat er das, als die Heiler ihn fortgetragen haben. Und – eigentlich heiße ich übrigens *Mira*, mit einem weichen R. So spricht man das in den Stämmen aus.«

»In den Stämmen?«

»Ja.« Mira lächelte. »Ich bin Rens Schwester. Ein bisschen hübscher, netter und besser angepasst, aber wir sind tatsächlich verwandt.« Im Dunkeln wirkten ihre Augen schwarz, doch ich erinnerte mich, dass sie ebenfalls grün waren.

Seine *Schwester*. Das erklärte einiges – zum Beispiel Rens ständigen Besuche in der Nachtarena.

»Ren.« Meine Stimme klang genauso gequält, wie ich mich fühlte. »Das mit ihm habe ich wohl vermasselt.« Ich sah mich um. Er war fort, doch das verwunderte mich nicht.

»Er ist gegangen, als du dich in Yasons Arme geworfen hast«, sagte Mira sanft. »Und ich glaube nicht, dass du es vermasselt hast. Mein Bruder ist der großzügigste und gütigste Mensch, den ich je kennengelernt habe, aber er hasst nichts mehr als ungerechte Behandlung. Er hat mir nicht einmal erzählt, was genau du getan hast, doch er war *ziemlich* wütend, als ich vorhin mit ihm gesprochen habe.«

»Ich weiß.« Altbekannter Schmerz wogte in mir auf.

»Nein, warte.« Mira hob die Hand. »Was ich sagen wollte: Ren war unglaublich zornig, aber er ist nicht nachtragend. Du musst dir selbst verzeihen, Elaia. Er hat es bereits getan. Und jetzt geh, er ist auf *Abendrot*.«

Ich zögerte, doch dann drehte ich mich um und lief los.

Zumindest musste ich auf jeden Fall mit ihm reden. Mich entschuldigen.

Ich fand Ren erst eine Weile später, als das Morgengrauen schon in Gänze über die Inseln hereingebrochen war. Die Wolkennebel trübten die Städte noch immer, doch der reißende Wind hatte nachgelassen.

Ren wies einer Stammesfrau und zwei erschreckend blassen Kindern den Weg, auf dem sie wieder nach unten kamen. Es gab keine Straßenschlachten mehr, doch das Durcheinander blieb. Quercus hatte die Hüter zurückgerufen und die gefangenen Stammesleute sowie die Kinder freigelassen. Nicht dass das irgendwie gutmachte, was er den Stämmen bereits angetan hatte.

Ren blickte auf, über sein Gesicht glitt ein müdes Lächeln.

»Können wir reden?« Ich schlang meine Arme um mich selbst.

»Ja.«

Gemeinsam liefen wir durch die Straßen und setzten uns am Rand der Insel auf die Mauer.

Eine Weile schwiegen wir nur und starrten in den Wolkennebel hinaus. Die Kälte des Steins fraß sich durch den klammen Stoff meiner Hose. »Es tut mir leid«, sagte ich schließlich.

»Mir auch.« Ren sah mich nicht an.

»Ich war blind«, flüsterte ich. »Aber das entschuldigt es nicht einmal. Ich weiß nicht, wie ich mich entschuldigen könnte, denn ich habe dich hintergangen. Das lässt sich durch gar nichts entschuldigen, auch nicht dadurch, dass es mir selbst unglaublich wehgetan hat und dass ich nur geglaubt habe, dass es richtig war. Ich hätte dir vertrauen müssen – zumindest so weit, dass ich dich erklären lasse. Es tut mir leid.«

»Ich hätte dir ebenfalls vertrauen, mit dir reden müssen.«

»Das stimmt.«

»Aber das ist nicht leicht.« Ren holte tief Luft. »Ich hatte Angst, dass Carex mich und Mira umbringt. Er hat unsere Eltern umgebracht. Wir konnten nur fliehen, weil mein Vater tödlich verletzt entkommen konnte und uns gewarnt hat.« Ren schwieg einen Moment, unerreichbar tief in Erinnerungen versunken. »Ich weiß nicht, wer uns damals verraten hat. Ich möchte es auch gar nicht wissen, es muss einer unserer angeblichen Freunde gewesen sein. Aber wenigstens hat er Carex nicht gesagt, dass meine Eltern Kinder hatten. Trotzdem hatte ich seitdem jeden Atemzug Angst um Mira und mich. Das heißt nicht, dass ich nicht mit dir hätte sprechen können ... aber ich habe gedacht, dass es meine Sache ist. Meine Aufgabe.«

Ich zog meine Knie zu mir heran und legte das Kinn auf ihnen ab.

»Und dann war da noch die Sache mit dir.« Ren warf mir einen kurzen Blick zu. »Du musst wissen ... Wenn Bluts- und Seelenmagier sich lieben, wirklich aus tiefster Seele, bleibt ihre Magie nicht getrennt. Sie geht ineinander über und oft verliert einer der beiden Magier seine Kräfte ganz.«

Ich ließ Ren nicht aus den Augen.

Er strich sich durch die Haare. »Ich würde jetzt gerne behaupten, dass ich dich und deine Magie nur schützen wollte, doch das wäre eine Lüge. Mir ging es hauptsächlich um mich selbst und darum, dass ich meine Magie brauchte, um irgendwie gegen Carex anzukommen.«

Ich konnte nicht atmen. »Aber das heißt – immer, wenn du mir gesagt oder gezeigt hast, dass du nichts für mich empfindest ...«

»Dann wollte ich vor allem mich selbst überzeugen.« Ren grinste schief und erwiderte meinen Blick. »Aber wie gesagt, dahinter steckte keine edle Selbstlosigkeit. Ich wollte mich schützen, vor dir.«

Doch das war nicht wichtig. Mein Herz raste und trieb mir glühende Hitze ins Gesicht. Ich hatte es mir nicht nur eingebildet. Das, was da immer zwischen uns gewesen war.

»Du hast also die ganze Zeit ein Attentat auf Carex geplant«, murmelte ich. »Aber nicht allein, oder? Ich habe ein Gespräch von dir und einem Fremden gehört, in dem ihr von eurem Plan geredet habt.«

»Das stimmt. Eine Rebellengruppe aus *Morgengrauen* hat mich unterstützt. Sie haben auch den Aufstand angezettelt – um für Ablenkung zu sorgen. Der Aufstand war nicht echt, nicht ernsthaft. Es ging ihnen darum, den Rat nervös zu machen und so in dieser Nacht, der Nacht der dritten Runde, einen größeren Aufruhr verursachen zu können. Nur dass Carex klüger war als wir.«

»Der Aufstand war nicht echt«, murmelte ich und dachte an den Schrecken, den ich damals empfunden hatte. Das erklärte Rens Verhalten und wie wenig es ihn hinterher gekümmert hatte. Ich hatte so sehr geglaubt, die ganze Lage zu überblicken. Dabei hatte ich *nichts* gesehen.

»Nein«, gab Ren zu.

»Wer sind diese Rebellen?«, fragte ich. »Was wollen sie?«

Ren verbarg das Gesicht in seinen Händen. »Ich hätte mich nie auf sie einlassen dürfen. Sie wollen keinen Herrscher, sondern völlige Freiheit, ganz gleich zu welchem Preis und auf wessen Kosten. Ich dachte nur, vielleicht könnte ich es mit ihnen gemeinsam schaffen, nach dem Attentat zu entkommen.«

»Wo sind sie jetzt?«

»Einige von ihnen waren mit uns in den Kerkern. Ich glaube, die meisten haben die Inseln verlassen, als sie von den Wegen nach unten erfahren haben.«

Ren hob den Kopf, unsere Blicke kreuzten sich. Ich sah ihn an. Mein Herz schlug laut und schnell, erwärmte mich von innen. Dabei hatte ich noch vor kurzer Zeit geglaubt, dass in mir nur eisige Leere war.

»Und jetzt?«, fragte ich leise.

»Ich weiß nicht. Können wir uns gegenseitig vertrauen? Nach allem, was geschehen ist?« Ren rieb sich die Augen. »Ich bin noch immer unfassbar wütend wegen der Dinge, die du getan hast.«

Ich war nicht wütend. Und ich vertraute ihm; weit mehr als mir selbst. Doch das sagte ich nicht.

»Aber vielleicht …« Vorsichtig griff Ren nach meiner Hand. Wie von selbst verschränkten unsere Finger sich. »Vielleicht können wir es ja versuchen.«

Die Wolken zogen weiter, ein schaler Streifen Licht fiel auf die Insel und spiegelte sich in Rens Augen.

Der Sturm war vorüber. Die Sonne ging auf.

Nachhall – Elaia

König Arrum stand auf einem Podest über uns und lächelte. Äußerlich war er völlig geheilt, doch sein Blick sagte etwas anderes. Das Lächeln erreichte seine Augen nicht.

»Ich kann nicht wiedergutmachen, was geschehen ist«, rief König Arrum.

Stammesmenschen und Inselbewohner blickten von der Wiese der Waldlichtung aus gleichsam zu ihm auf. Einige voll Bewunderung, andere misstrauisch.

»Doch ich kann dafür sorgen, dass es nicht wieder geschieht«, fuhr er fort. »Vor dreißig Nächten wurden eure Kinder entführt. Vor achtundzwanzig Tagen habt ihr Carex' Leiche dafür brennen sehen. Aber natürlich war er nicht der Einzige, der euch Leid angetan hat. Ich wusste nicht, was der Rat verbrochen hat, und ich habe ihn deswegen abgesetzt. Hier seht ihr den neuen Rat.«

Er deutete auf die drei Männer, die neben ihm standen. Zwei von ihnen kannte ich nicht, der dritte war Yason. Das jüngste Ratsmitglied in der Geschichte der Inseln. Er liebte es, da oben zu stehen. Ich fragte mich noch immer, wer ihn dort tatsächlich ernstnehmen konnte. Aber anscheinend tat das jeder außer mir selbst.

»Die Inseln sind für euch alle offen. Doch viele von uns

werden nach unten gehen. Sie wollen mit euch gemeinsam ein Leben aufbauen.«

Das klang weit einfacher, als es in Wirklichkeit war. Einige der Stämme wehrten sich mit ganzer Kraft dagegen, dass wir uns ihnen annähern wollten. Die übrigen taten es zumindest mit halber.

»Wir möchten von nun an alles anders machen«, erklärte König Arrum. »Angefangen damit, dass wir uns nicht mehr bekämpfen. Wir tragen unterschiedliche Magie in uns. Doch das Blut, in dem sie fließt, ist und war immer gleich. Wir sind Brüder! So lasst uns ein neues Zeitalter beginnen, ein Zeitalter des Friedens.«

Er beendete seine kurze Rede und Jubel kam auf. Doch ich sah auch Stammesmitglieder, die sich mit verachtenden Blicken abwandten. Und dann waren da die vielen, die gar nicht erst gekommen waren. Wir hatten einen weiten Weg vor uns.

»Und ich freue mich, euch noch etwas mitteilen zu können: die Verlobung meines Sohnes Laurus mit Dahlya!« Jetzt wirkte König Arrum ein wenig gequält, doch das schien kaum jemand zu bemerken. Erneut brandete jubelnder Applaus auf.

Ich drehte mich zu Dahlya, die gleich neben mir stand. »Es überrascht mich immer noch, dass ihr ihn überzeugen konntet.«

Dahlya grinste. »Das war Laurus. Er hat gesagt, er nimmt die Krone nur, wenn er mich auch haben kann. Und Arrum hatte wohl einen schwachen Moment. Kein Wunder, schließlich lag er im Krankenbett.«

»Und du wirst Königin.« Halb gespielt, halb ernsthaft fassungslos schüttelte ich den Kopf. »Ihr werdet alle in den Wahnsinn treiben.«

Jetzt strahlte Dahlya. »Vielleicht. Aber wir werden uns bessern! Dafür kenne ich noch wen anders, der jemanden in den Wahnsinn treiben wird.« Sie machte eine Kopfbewegung zu einer hellblond gelockten jungen Frau, die zum Podest lief und wartete, bis Yason zu ihr hinabsprang.

»Artemis?« Ich runzelte die Stirn. »Die ist doch lieb.«

Dahlya lachte hell auf. »Du kennst Artemis nicht. Sie kann wirklich lieb sein, wenn sie möchte, aber sie ist der dickköpfigste Mensch, den ich kenne. Und das muss etwas heißen, ich kenne nämlich dich.«

Ich verdrehte die Augen und lachte dann.

Wieder grinste Dahlya. »Jedenfalls ist Yason niemand, der es mag, wenn jemand nicht macht, was er sagt. Ich glaube also, sie tut ihm ziemlich gut. Er kann es vertragen, mal ein bisschen von seiner Selbstgefälligkeit loszuwerden.«

»Da gebe ich dir allerdings recht.« Ich kicherte – ein Geräusch, das mich selbst überraschte. Ich entdeckte Ren, der sich auf uns zuschob. »Und da kommt noch jemand, der keine Widerworte mag.«

»Hallo, Dahlya. Hallo, Elaia.« Ren berührte mich nicht, aber sein Blick war wärmer als die Sommerhitze um uns herum. »Wollen wir ein Stück spazieren gehen?«

»Gern.« Ich lächelte Dahlya an und folgte ihm dann durch das Gedränge. Wir hatten den Rand der Lichtung schon erreicht, als eine Stimme mich zurückhielt: »Elaia! Warte.«

Ich drehte mich um und erstarrte. *Meine Mutter.* Wir hatten uns in den letzten Tagen oft gesehen, aber nie die Zeit gehabt, miteinander zu reden. Vielleicht war ich ihr auch aus dem Weg gegangen.

»Du weißt, dass wir uns irgendwann unterhalten müssen«, sagte sie. Irrte ich mich oder klang sie nervös?

»Ich weiß«, stimmte ich ihr zu und seufzte. »Und das werden wir. Aber nicht jetzt. Ich brauche noch ein bisschen Zeit.«

»Dann sag mir, wann es so weit ist.« Sie wirkte traurig.

»Das werde ich«, versprach ich und meinte es ernst. Mit jedem Tag wurde meine Wut auf sie kleiner und meine Sehnsucht nach ihr größer. Doch heute war ich nicht bereit. Jetzt gerade wollte ich nur mit einem einzigen Menschen sprechen und das war Ren.

Ich schloss zu ihm auf und wir liefen los. Schweigend gingen wir nebeneinander her, bis die Luft salzig schmeckte und die raschelnden Blätter vom Wellenschlag übertönt wurden. Wir traten aus dem Wald und direkt vor uns lag ein kleiner Abhang, hinter dem sich der schmale Sandstrand erstreckte.

Erstaunt sprang ich in den warmen Sand. »Das ist dieselbe Stelle, an der wir damals waren – als wir das erste Mal hier unten waren.«

»Ich weiß.« Ren trat auf mich zu. »Ich dachte, es wäre passend.«

Wir küssten uns. In meinem Magen entstand ein Kribbeln, das sich von dort in meinem ganzen Körper ausbreitete. Ich hatte mich noch immer nicht daran gewöhnt, ihn zu küssen. Nach all dem, was bisher geschehen war, hatte ich mit weiterer Aufregung gerechnet, mit Unsicherheit und Streit. Doch all das war ausgeblieben. Es war, als wäre mit dem Sturm auf den Inseln auch das Unwetter zwischen uns beiden verschwunden. Zurück blieb nur eine singende Leichtigkeit.

Bevor mich das Gefühl völlig überwältigen konnte, drückte ich ihn von mir. Schwer atmend sah ich zu Ren auf.

Er ergriff meine Hand und zog mich mit sich in den warmen Sand. »Du hast dich entschieden, nicht wahr?«, fragte er leise. »Wir bleiben nicht auf den Inseln, sondern gehen nach unten?«

»Ja«, sagte ich fest.

Mein ganzes Leben lang hatte ich nichts anderes gewollt, als auf den Inseln anerkannt zu werden. Jetzt war das endlich möglich – wie Ren und Yason wurde ich als Königsretterin gefeiert. Aber etwas hatte sich verändert, etwas war im Sturm zerbrochen. Die Inseln hatten ihren Zauber verloren. Und nicht nur das; ich fühlte mich oben nicht mehr wohl. Vielleicht hatte ich das nie getan, doch jetzt hatte ich es begriffen.

Und dann waren da die Nächte. Die dunklen Nächte, in denen ich wieder die drückende Schwärze des Kerkers fühlte. In denen ich Yason fallen sah. In denen ich Yason stieß, dann König Arrum, dann Ren. Nächte, in denen die Dunkelheit endlos schien.

»Es gibt nichts, was mich da oben hält«, flüsterte ich. »Und du willst doch ohnehin lieber nach unten zu den Stämmen.«

»Das stimmt«, gab Ren zu.

Eine Weile starrten wir nebeneinander auf das Meer hinaus, bis Ren wieder das Wort ergriff: »Ich wollte dir etwas schenken.«

»Schenken?« Überrascht sah ich auf.

»Nun ja.« Ren grinste schuldbewusst. »Eigentlich habe ich es dir schon einmal geschenkt und nur nie gegeben.«

Erstaunt sah ich zu, wie er meine Handfläche nach oben drehte und eine winzige Perle hineinlegte, um die sich ein schmaler Draht wand.

»Ist das die Perle, die du hier gefunden hast?«, fragte ich und fuhr vorsichtig mit der Fingerspitze über das schimmernde Perlmutt.

Ren nickte und griff nach meinem Handgelenk. »Du sammelst ja die Perlen für jedes Mal, das du fast gestorben wärst.«

Ich grinste schwach. »In letzter Zeit bin ich nicht so ganz hinterhergekommen.«

»Nimm diese hier für die gesamte letzte Zeit zusammen.« Ren befestigte die Perle an meinem Armband neben den anderen.

Ich drehte mein Handgelenk und die Perlen klimperten leise. Der Draht des Armbands war verbogen, die Perlen an einigen Stellen zerkratzt und abgeschabt. Doch es war weder gerissen noch hatte ich eine der Perlen verloren. Neun an der Zahl waren es jetzt.

»Danke«, flüsterte ich und lehnte mich an Rens Schulter. Unsere Finger verschränkten sich und ganz allmählich schwand all meine Anspannung. »Ich muss dir etwas erzählen«, sagte ich.

»Was?«

»Ich glaube nicht, was Toja damals gesagt hat. Das mit der Magie. Ich glaube nicht, dass beide Arten wirklich getrennt sind und eine etwas von der anderen wegnehmen kann. Ich glaube, die beiden sind viel enger miteinander verwoben, als er weiß – und ich glaube, dass sie sich nicht stehlen lässt. Sie geht freiwillig.«

»Wie kommst du darauf?«

Keiner von uns regte sich.

»Weil die Blutsmagie zu mir zurückkehrt«, flüsterte ich. »Ich habe mich letztens geschnitten und für einen Augenblick war das Blut golden.«

Ich erzählte ihm nicht, dass ich mich keineswegs aus Versehen verletzt hatte, sondern dass die Dunkelheit in diesem Moment stärker nach mir gegriffen hatte, als ich es hätte ertragen können. Aber vermutlich durchschaute er mich trotzdem.

Ren schwieg lange. »Ich hoffe es«, sagte er schließlich.

Ich hoffte es auch, so sehr. Denn obgleich mir Rens Nähe guttat, konnte sie die Kälte in mir oft nicht vertreiben.

Doch dafür war die Leere der Einsamkeit in mir verschwunden. So vieles war geschehen und so vieles würde noch kommen. Aber was es auch war, ich würde dabei nicht allein sein.

Alles verschiebt sich, dachte ich. *Alles zerbricht.*

Ich sah zum Himmel auf und lächelte. All meine Schatten wichen dem Licht.

Ende